WILKIE COLLINS

PAUVRE LUCILE!

ROMAN TRADUIT DE L'ANGLAIS

AVEC L'AUTORISATION DE L'AUTEUR

TOME PREMIER

PARIS

LIBRAIRIE HACHETTE ET Cie

79, BOULEVARD SAINT-GERMAIN, 79

PAUVRE LUCILE!

A LA MÊME LIBRAIRIE

Coulommiers. — Typog. PAUL BRODARD et Cie.

WILKIE COLLINS

PAUVRE LUCILE!

ROMAN TRADUIT DE L'ANGLAIS

AVEC L'AUTORISATION DE L'AUTEUR

TOME PREMIER

PARIS

LIBRAIRIE HACHETTE ET Cie

79, BOULEVARD SAINT-GERMAIN, 79

1884

PAUVRE LUCILE!

I.

PRÉSENTATION.

Ceci est le récit d'événements qui se sont passés, il y a quelques années, dans un coin retiré de l'Angleterre.

Une jeune aveugle, deux jumeaux, un médecin ont joué un rôle dans ces événements : ajoutez à ces personnages votre très-humble servante, femme singulière de caractère, Française de naissance.

C'est elle qui raconte ce qui suit.

Veuve du docteur Pratolungo, célèbre patriote de l'Amérique du Sud, j'avais éprouvé, avant de devenir sa femme, bien des vicissitudes dans mon pays natal, et ces vicissitudes m'avaient laissé, à un âge qui importe peu, une assez grande connaissance du monde, un certain talent sur le piano, et une fortune assez ronde.

Je partageai cet argent légué par un parent de feu ma pauvre chère mère avec mon bon père et mes jeunes sœurs.

A tous ces avantage il ne faut pas oublier d'ajouter le plus important de tous : une forte dose de principes ultra-libéraux qui m'ont été inculqués par le docteur lorsque je l'épousai.

Vive la Répu... Chut! soyons décente.

Chacun célèbre son mariage à sa façon. Nous célé-

L. — 1

brâmes le nôtre en nous embarquant pour l'Amérique du
Sud et en consacrant notre lune de miel, dans ces régions
toujours en ébullition, à un devoir sacré... la destruction
des tyrans.

Ce n'était qu'au souffle de la tempête révolutionnaire
que mon mari respirait et se fortifiait.

Il avait dès sa jeunesse embrassé la noble carrière de
patriote, et, quelque part que le peuple de l'Amérique du
Sud se soulevât pour proclamer son indépendance, — ces
populations ardentes ne faisaient que cela dans ce temps-
là, — le docteur se trouvait prêt à s'offrir en holocauste
sur l'autel de sa patrie d'adoption.

Il avait été condamné à mort par contumace et banni
de son pays quinze fois lorsque je le rencontrai à Paris ;
il boitait et avait le teint bronzé ; c'était l'incarnation
même de la pauvreté héroïque !

Comment ne pas adorer un tel homme et ne pas avoir
été fière lorsqu'il m'offrit de sacrifier, avec lui, moi et ma
fortune sur l'autel de la patrie ?

Si je parle de ma fortune, c'est que tout se paie en ce
monde, même la destruction des tyrans et l'avénement
de la liberté, et que tout mon argent fut dévoré par la
sainte cause des peuples.

Les dictateurs et les flibustiers florissaient malgré tous
nos efforts, et, après un an de mariage à peine, le docteur se vit contraint de fuir devant une accusation qui
entraînait la peine capitale.

Mon mari condamné par contumace et moi sans un sou
vaillant!... voilà donc la récompense que nous réservait
la République! et malgré tout je l'aime encore.

Entendez-vous, monarchistes repus et satisfaits, qui vous
engraissez sous le joug d'un tyran?... Je vous somme de
respecter le sentiment qui m'anime.

Nous nous réfugiâmes cette fois en Angleterre, et les
affaires de l'Amérique Centrale durent se passer de nous.

Je songeais à donner des leçons de piano, mais mon
illustre époux ne pouvait se passer un instant de moi, et
je crois bien que nous aurions fini par fournir les éléments
d'un lugubre petit fait divers, en mourant de faim.

Nous n'étions pas cependant destinés à une telle extrémité.

Mon pauvre Pratolungo, à bout de forces, succomba à son seizième exil, en me léguant ses nobles principes pour tout héritage et pour toute consolation.

J'allai passer quelque temps à Paris; mais comme il n'était pas dans mon caractère de rester oisive, à la charge des miens, je revins à Londres munie de bonnes recommandations.

J'eus une malechance inconcevable dans les efforts que je fis pour trouver à gagner honorablement ma vie. Je n'ai jamais eu la moindre part au banquet de la richesse insolente et de la folle prodigalité qui m'entouraient.

Quel droit a-t-on, par parenthèse, d'être riche?

Je défie qui que ce soit de me le prouver!

Je vous avouerai, sans m'appesantir sur mes malheurs, que je me trouvai un beau matin n'avoir pour toute fortune que trois livres, sept shillings, quatre pence, quatre-vingt-quatre francs quinze centimes en monnaie française.

J'avais en plus, il est vrai, mon tempérament ardent et mes principes républicains.

Me voilà donc sans place, sans argent, n'ayant que mon travail pour vivre.

Que fait une honnête femme en pareille circonstance?

Elle prend, sur le peu qui lui reste, cent sous pour payer une annonce dans les journaux.

C'est dans les annonces que l'on voit toujours le beau côté de la médaille.

Hélas!... Pauvre humanité!...

Je brillais sous le rapport de la musique; j'avais étudié les modes dans un établissement où j'étais associée; j'avais été camériste d'une grande dame parisienne; mais, au fond, j'aimais mieux m'employer en ma qualité de pianiste.

J'étais loin d'être ce qu'on appelle une grande artiste, mais j'avais l'avantage d'une solide éducation musicale et un talent suffisant pour jouer fort agréablement du piano.

Bref, je ne manquai pas de faire sonner toutes ces qualités dans l'annonce que je fis insérer dans les journaux.

Le lendemain, j'empruntai le journal pour jouir de la satisfaction d'y voir ma prose imprimée.

Je découvris ce que bien d'autres ont découvert avant moi : je vis, au-dessus de ma propre annonce, précisément ce que je cherchais.

Examinez le premier journal venu, et vous verrez que pareille coïncidence se présente fréquemment.

On demandait une dame de compagnie connaissant à fond la musique et douée d'un caractère aimable.

C'était précisément là ce que j'offrais.

On ajoutait que la personne qui se présenterait serait tenue de produire les meilleures références ainsi que des certificats de capacité.

C'était enfin, mot pour mot, ce que j'énonçais dans mon annonce, et on y trouvait jusqu'à ma phrase finale : « On est prié d'écrire. »

J'avais jeté mes cent sous par la fenêtre.

Je m'en mordis les doigts et, dans un accès de colère, je jetai comme une sotte le journal à terre.

Mais, prise de repentir, je le ramassai et, en personne sensée, je m'empressai d'écrire à l'adresse indiquée en faisant mes offres de service.

Ma lettre me mit en rapport avec un homme de loi.

Cet homme de loi s'entourait de mystère et paraissait avoir l'habitude de ne dire que tout juste ce qu'il ne pouvait cacher.

Ce fastidieux personnage m'apprit mot par mot ce dont il s'agissait : — la demoiselle à laquelle je devais servir de dame de compagnie était la fille d'un ministre ; — elle habitait une partie réservée de la maison de son père, située dans une petite localité retirée ; — le ministre, qui l'avait eue de son premier mariage, s'était remarié et possédait, comme compensation sans doute, une nombreuse progéniture de sa deuxième femme ; — quant à la demoiselle, certaines circonstances exigeaient qu'elle vécût en dehors du bruit et de l'agitation de cette foule d'enfants ; — enfin, l'homme de loi laissa échapper le grand secret : la jeune fille était aveugle !

Jeune, aveugle, solitaire. Je me sentis prise pour elle d'un intérêt subit.

« Je ne pourrai que l'aimer ! » me dis-je.

Mon talent pour la musique prenait, vu la triste position de cette jeune fille, une grande importance; elle n'avait sans doute que cela pour la distraire dans les ténèbres où elle était plongée.

On désirait que la dame de compagnie sût jouer à première vue les morceaux des grands maîtres, de manière que la jeune fille, qui en raffolait, pût reproduire note pour note ce qu'on venait d'exécuter.

On manda un professeur pour savoir si l'on pouvait me confier l'interprétation de Mozart, de Beethoven, de Glück, enfin de tous les grands maîtres. Il m'examina, et je subis l'épreuve avec succès.

Les renseignements sur mon compte étaient irréprochables. L'homme de loi lui-même ne put y trouver à redire.

Il fut convenu que la demoiselle me prendrait pendant un mois à l'essai. Si nous nous convenions mutuellement au bout de ce temps, je n'avais qu'à rester et à faire mes conditions.

Ayant fait toutes ces conventions, je pris le train le lendemain.

On m'avait dit que je devais descendre à certaine station et demander une voiture attelée d'un cheval, qui m'attendrait et qui était celle du père de la jeune fille, le Révérend Tertius Finch. Cette voiture me conduirait au presbytère de Dimchurch, village situé dans les dunes, à trois ou quatre milles de la mer.

Je n'en savais pas plus long quand je pris place dans le wagon. J'allais donc ainsi, après l'agitation de ma carrière républicaine du vivant du docteur, m'enterrer dans un petit village perdu et mener une existence aussi monotone que celle du mouton qui paît sur le versant d'une colline!

J'avais à apprendre que les limites les plus exiguës peuvent encore servir de cadre aux passions humaines les plus poignantes.

J'avais entrevu jusque-là le drame de la vie sous les Tropiques, à travers le tumulte des révolutions.

J'allais le voir se continuer avec ses péripéties les plus palpitantes, dans les solitudes de ces montagnes, caressées par la brise de la mer.

II

TRAVERSÉE TERRESTRE.

Un garçon gros et gras, dont la chevelure d'un jaune pâle décelait l'origine saxonne, et un poney à poils bruns tout ébouriffés, attelé à une pauvre petite carriole, furent les premiers objets qui frappèrent mes yeux en arrivant à la gare.

Le jeune homme, à qui je demandai s'il était le domestique du Révérend Finch, me répondit laconiquement : « Oui. »

Nous traversâmes les rues sans voir âme qui vive aux croisées et aux portes closes.

Nous n'aperçûmes que l'hôtel de ville, sur les marches duquel se prélassait un policeman, plongé dans une morne rêverie.

Les boutiques étaient veuves de chalands, et s'il y en avait eu, ils n'auraient trouvé personne pour les servir, quoiqu'il y eût bien par-ci par-là quelques rares habitants qui semblaient n'avoir rien à faire de mieux que de nous regarder avec de gros yeux effarés.

Je demandai au petit domestique s'ils étaient riches

« Je crois bien, me répondit-il en souriant.

— Tant mieux, m'écriai-je, mais ils n'ont pas l'air de s'amuser ! »

Laissant derrière nous cette ville avec ses habitants claquemurés dans leurs caveaux de famille, nous reprîmes la grande route qui montait à travers la campagne.

Mon pauvre Pratolungo m'avait inculqué l'habitude d'occuper mes moments perdus, en voyage, en sondant les opinions politiques de mes semblables.

Je me mis donc à questionner le petit domestique.

Voici quel était littéralement son programme social : viande et bière à discrétion, et aussi peu à faire que possible. En retour pour ces bonnes choses, tirer son chapeau au châtelain du pays et se contenter de la condition que Dieu lui avait imposée ici-bas...

Pauvre garçon !... qu'il était à plaindre !...,

A notre droite, la campagne se perdait dans un vallon, avec un village et son clocher, auprès duquel se trouvait une de ces étendues d'arbres et de gazon qui réveillent toujours ma haine, et auxquelles un tyran privilégié, après les avoir arrachées à la communauté, donne le nom de parcs,

Au milieu, le palais dans lequel cet ennemi de l'humanité festoyait et s'engraissait aux dépens d'autrui.

A gauche, une chaîne de collines couvertes de hautes herbes s'étendait jusqu'à l'horizon.

A ma surprise extrême, le petit domestique descendit de son siége, prit le poney par la bride, et lui fit quitter la grande route pour s'engager dans ces collines, où l'œil ne pouvait distinguer ni route, ni sentier tracé.

La voiture se mit à cahoter brusquement de droite et de gauche, d'une manière qui rappelait, à s'y méprendre, le roulis d'un navire en pleine mer, et me força de me cramponner à mon siége.

Craignant plus pour mes malles que pour moi, je m'adressai au petit domestique,

« En avons-nous encore pour longtemps ?

— Encore trois milles. »

J'exigeai qu'il arrêtât le vaisseau....... pardon, la voiture... et je descendis.

Nous attachâmes solidement les malles au fond de notre véhicule et nous nous remîmes en route; le domestique conduisait le poney par la bride, tandis que je suivais à pied.

Ah! la délicieuse promenade!... le bon air!... l'herbe touffue!...

Un doux zéphyr m'apportait le parfum de la campagne mêlé à l'air vif et salé de la mer.

De grands nuages blancs, entassés les uns sur les autres, défilaient à travers l'azur.

Nous avancions toujours, tournant tantôt à droite , tantôt à gauche, tantôt montant, tantôt descendant.

En jetant les yeux autour de moi, je n'apercevais ni maisons, ni routes tracées, ni haies, ni clôtures, enfin rien de ce qui indique un pays habité.

A l'exception de moutons semblables à de petits flocons blancs et d'une alouette qui, perdue dans l'azur, chantait son hymne d'allégresse, rien de vivant.

Quelle singulière région! A une demi-journée de Brighton, la ville bruyante et affairée par excellence, le voyageur n'aurait pu, comme le marin en pleine mer, se diriger qu'à l'aide de la boussole!

Plus nous avancions, plus ce pays sauvage devenait beau.

Le petit domestique me précédait. Je le suivais lentement, n'apercevant plus par moments que le fond de la voiture presque perpendiculaire, tandis qu'elle semblait s'enfoncer avec son conducteur dans le ravin.

Puis, quand nous montions, c'était tout le contraire : je pouvais voir alors tout l'intérieur de la voiture qui se dressait devant moi, surmonté du cheval et du domestique, et mes pauvres malles se balançant dans les liens fragiles qui les retenaient à peine.

A chaque instant je m'attendais à voir malles, cheval, voiture, domestique, rouler pêle-mêle dans la vallée.

Nous n'eûmes cependant aucun accident à déplorer ; le petit domestique était passé maître dans l'art de conduire les poneys dans des dunes.

Nous en étions, je crois, a notre cinquantième colline, quand je cherchai de nouveau quelque indice du village but de notre voyage.

Derrière nous les ondulations des collines, avec l'ombre des nuages, traversaient le désert que nous quittions.

Devant moi, j'aperçus dans le lointain, à travers une éclaircie, la ligne vague et blanche de la mer.

A mes pieds une vallée, la plus considérable que nous eussions encore vue, mais défigurée sur un de ses côtés par un champ labouré, odieux indice de la présence de l'homme.

Je demandai au petit domestique si nous approchions du village.

« Oui, » me répondit-il en clignant de l'œil.

Singulier enfant ! Quelque question qu'on lui adressât, ce jeune oracle ne répondait que par les deux ou trois mots monosyllabiques qui semblaient former le fonds de son vocabulaire.

Nous descendîmes dans le vallon.

Arrivée là, je découvris une route grossière creusée dans un banc de craie.

Deux marmots surgirent tout à coup d'un fossé, où ils avaient été posés en sentinelles perdues pour annoncer notre arrivée, et s'enfuirent à toutes jambes par un chemin de traverse, connu d'eux seuls sans doute.

Nous contournâmes de nouveau la vallée et nous traversâmes un ruisseau.

Je crus qu'il était de mon devoir d'apprendre les différents noms des localités.

« Comment appelle-t-on, demandai-je au petit domestique, ce ruisseau et cette grande colline à ma droite ?

— L'un s'appelle le Limey et l'autre la Motte, » me répondit-il.

Cinq minutes après, nous vîmes enfin la première maison du village.

Elle était isolée, et mon compagnon me dit qu'elle s'appelait Les Sables.

Je découvrais enfin le but de mon voyage.

« Nous y voilà ! » me dit le domestique.

Voilà donc Dimchurch !

Je secoue la craie qui blanchit les volants de ma robe.

Que ne donnerais-je pour le plus petit miroir qui me permît de réparer le désordre de ma toilette !

J'ai devant moi la population du village, cinq ou six

personnes prévenues de notre arrivée par les deux gamins
posés en vedette, et je sens que ce serait faillir à mes
devoirs de femme que de ne pas produire sur les habitants la meilleure impression possible ; aussi je prodigue
mes plus gracieux sourires à la population, qui répond à
mes avances en me dévisageant sans mot dire.

D'un côté, trois ou quatre chaumières, un espace vide,
l'auberge des *Trois-Croix*, un terrain inoccupé ; puis une
toute petite boucherie, n'exhibant, en fait de provisions,
qu'un plat en faïence bleue contenant les abats sanguino-
lents d'un mouton.

Au delà, la rase campagne et les collines qui bornent le
village.

A l'opposé, un long **mur** servant de clôture aux bâti-
ments d'une ferme.

Au bout de ce mur, un autre petit groupe de chaumières et un produit de la civilisation : un bureau de poste.

On vend dans le susdit bureau un peu de tout, des
chaussures et du lard, des biscuits et de la flanelle, des
crinolines et des brochures religieuses.

Plus loin un autre mur, un jardin, une habitation
bourgeoise, qu'on reconnaît à première vue pour être le
presbytère de l'endroit.

Puis, sur un monticule, une pauvre petite église surmontée d'un clocher rond en pierre blanche et d'une
sorte d'éteignoir en tuiles rouges.

Le tout borné par les montagnes et le ciel bleu.

J'ai décrit Dimchurch.

Mais les habitants ?.... Voici la vérité.

Je ne vis parmi eux qu'un seul être bien élevé.

C'était un chien de berger. Seul il me fit les honneurs
de l'endroit. Il n'avait plus qu'un méchant bout de queue,
qu'il remuait difficilement, et une brave figure noire et
blanche, qu'il vint frotter amicalement contre ma main.

« Bonjour, madame Pratolungo, semblait-il me dire, sois
la bienvenue à Dimchurch, et excuse la grossièreté de
ces rustres qui te regardent bouche béante. Le bon Dieu,
qui a tout créé, leur a donné la vie, mais il n'a pu réussir
aussi bien qu'en nous créant toi et moi. »

Je me flatte d'être un des rares privilégiés qui savent lire le langage des chiens sur leur physionomie.

Je ne fais que traduire fidèlement le propos que me tint ce gentleman à quatre pattes.

Ayant ouvert une barrière, nous entrâmes dans le presbytère, et c'est ainsi que j'arrivai à bon port après ma traversée dans les dunes.

III.

PAUVRE ENFANT!

Le presbytère ressemblait, s'il m'est permis de faire cette comparaison, à mon récit; il était divisé en deux parties distinctes.

La première ne m'intéressa aucunement.

La seconde, formant angle droit avec la première, portait un certain cachet d'ancienneté; elle avait dans le temps servi de couvent à des religieuses et était percée de petites fenêtres gothiques; ses murs vénérables, noircis par le temps, avaient été réparés jadis avec des briques d'un aspect original.

Je fus déçue dans mon espoir d'entrer par ce côté de la maison. Le petit domestique, qui semblait assez embarrassé de ma personne, me précéda et sonna à une porte qui se trouvait dans la partie moderne de la maison.

Une jeune servante à l'air négligé me fit entrer.

Cette fille ne savait probablement pas recevoir. Peut-être aussi l'irruption subite d'une foule d'enfants assez malproprement vêtus, et courant à ma rencontre dans le corridor, puis disparaissant mystérieusement, lui fit-elle perdre la tête; le fait est qu'ainsi que le petit domestique, elle se montra fort embarrassée en me voyant

Après m'avoir bien dévisagée, — je porte ma nationalité écrite sur ma figure, — elle ouvrit brusquement une porte de côté et m'introduisit dans une petite pièce.

Deux des enfants aux tabliers sales s'enfuirent de l'asile qui m'était ainsi offert, en poussant de grands cris.

Quand le silence se fut rétabli, je donnai mon nom à la bonne. Elle parut effrayée de sa longueur. Je lui tendis alors ma carte. Elle la prit entre un index et un pouce d'une propreté douteuse et l'examina avec curiosité, comme un phénomène surprenant, en y laissant l'empreinte de ses doigts. Elle la retourna en tous sens, et, renonçant à comprendre ce mystère, elle sortit.

Au bruit qu'ils firent, je reconnus que les enfants, revenus à la charge dans le corridor, l'avaient arrêtée en route. Il y eut des chuchotements, des rires étouffés, et de temps en temps un grand coup dans la porte. Inspirée peut-être par les enfants, mais à coup sûr poussée violemment par eux, la bonne reparut subitement.

« Ayez la bonté de venir par ici, » me dit-elle.

L'armée enfantine battit de nouveau en retraite dans les escaliers ; un des enfants portait ma carte et l'agitait triomphalement sur le palier du premier.

Nous nous engageâmes dans le couloir.

Une autre porte s'ouvrit, puis, sans être annoncée, j'entrai dans une pièce plus spacieuse.

Ma bonne étoile m'avait enfin conduite en présence de la maîtresse de la maison.

Je fis ma plus belle révérence et me trouvai devant une grosse dame, à l'air languissant, lymphatique de tempérament, et ornée d'une chevelure d'un blond jaunâtre.

Elle venait évidemment de se promener de long en large dans la chambre quand j'entrai ; et si l'on pouvait appliquer l'expression d'humide à une femme, c'est à celle-là que je l'appliquerais.

Sa figure, d'un blanc fade, semblait recouverte d'un vernis d'humidité ; ses yeux, d'un bleu clair, semblaient noyés par une surabondance de fluide lacrymal.

Elle n'était pas encore coiffée, et son bonnet de dentelle pendait de côté ; elle était enveloppée d'une robe du

matin en mérinos bleu ; un peignoir en basin d'un blanc
douteux complétait son costume.

D'une main, elle tenait un roman emprunté à un cabinet de lecture, tout écorné et crasseux.

De l'autre, elle portait, enveloppé de flanelle, un enfant
qu'elle était en train d'allaiter au moment où j'entrai.

Ma première impression, impression qui ne changea
pas dans la suite, fut que l'épouse de M. Finch était toujours habillée à demi, jamais bien sèche, et qu'elle tenait
invariablement un enfant d'une main et un roman de
l'autre.

« C'est à Mme Pratolungo que j'ai l'honneur de parler ?
me dit-elle.

— Oui, madame.

— J'espère que l'on aura prévenu Mlle Finch de votre
arrivée. Elle occupe un appartement séparé et dirige
elle-même son intérieur. Avez-vous fait un voyage
agréable? » ajouta-t-elle, en semblant penser à toute autre
chose.

Elle devait sortir d'une des classes inférieures de la
société, et me sembla d'une nature faible, mais bonne.

« Je vous remercie, madame Finch, lui répondis-je.
J'ai fait un voyage des plus agréables à travers vos belles
vallées.

— Ah ! vous aimez les montagnes. Pardon, vous aurez
la bonté d'excuser mon négligé. J'ai perdu une demi-
heure ce matin. C'est étonnant, lorsqu'on perd une demi-
heure dans notre maison, il est impossible de la rattraper. »

Je découvris bientôt que Mme Finch perdait régulièrement sa demi-heure tous les jours, et qu'elle ne réussissait jamais à regagner le temps perdu.

« Je comprends, madame, les soucis d'une nombreuse
famille...

— Ah ! nous y voilà... C'était l'expression favorite de
Mme Finch. Mon mari se lève et descend jardiner. Il faut
débarbouiller les enfants, et si vous saviez comme on
gaspille dans la cuisine, mon Dieu ! Finch rentre sans
prévenir personne et demande à déjeuner. Je ne puis

abandonner le baby... Bon, encore une demi-heure de perdue. Comment la rattraper ?... »

A cette partie de notre conversation, le baby montra par des signes évidents que son petit estomac avait absorbé plus de lait qu'il n'en pouvait supporter. Je pris le roman, tandis que Mme Finch cherchait son mouchoir dans la poche de son peignoir et dans tout l'appartement

A ce moment critique, on frappa.

Une femme âgée, et qui contrastait favorablement avec tout ce que j'avais vu de la famille, entra. Elle était simplement, mais proprement mise, et me salua.

« Pardon, madame, me dit-elle, ma jeune maîtresse n'apprend votre arrivée qu'à l'instant. Veuillez me suivre. »

Je regardai Mme Finch. Son mouchoir enfin retrouvé avait servi à faire disparaître toute trace de la gloutonnerie du baby. Je lui tendis respectueusement le roman.

« Merci, me dit-elle, je trouve que les romans me calment l'esprit. En lisez-vous ? Faites-moi souvenir de vous prêter celui-ci demain. »

Je la saluai, et j'aperçus en sortant qu'elle avait repris sa promenade dans l'appartement, tenant toujours son baby d'une main et son roman de l'autre, tandis que son peignoir de basin balayait le plancher derrière elle.

Au haut de l'escalier, nous entrâmes dans un couloir blanchi à la chaux et percé de portes peintes en gris.

Ces portes, qui étaient évidemment celles des chambres à coucher, s'entr'ouvrirent successivement sur notre passage, et j'aperçus des marmots qui nous regardaient furtivement, puis disparaissaient en jetant de grands cris.

Je demandai à mon guide quel était le nombre des enfants de Mme Finch.

La bonne vieille s'arrêta et réfléchit un instant.

« En comptant le baby, deux couples de jumeaux et un enfant de sept ans, né faible d'esprit, elle en a quatorze. »

Je considère les prêtres, les rois et les capitalistes comme les ennemis de l'humanité ; mais je ne pus me défendre d'un certain intérêt pour le Révérend Finch, et me demandai s'il n'enviait pas parfois la condition des

prêtres catholiques, auxquels l'Eglise a fort sagement
défendu le mariage.

Je faisais cette réflexion, lorsque mon guide prit une
clef et ouvrit une lourde porte en chêne, qui fermait l'extrémité du couloir.

Elle m'expliqua que l'on tenait la porte constamment
fermée, à cause des enfants, qui, sans cette précaution,
envahiraient à toute heure cette partie réservée de la
maison.

Ce que j'avais vu de toute cette marmaille me fit regarder la susdite porte avec un profond sentiment de
respect et de vénération.

Après avoir fait un détour, nous entrâmes dans le corridor voûté de la portion antique de la maison.

Les croisées à baies profondes et garnies de pots de
fleurs donnaient sur le jardin ; le mur était tendu de
perse couleur claire, les portes peintes en blanc et rehaus-
sées de moulures dorées ; un tapis aux couleurs brillantes et de fabrication américaine recouvrait le par-
quet ; le plafond était d'un bleu clair bordé de fleurs
peintes. Il n'y avait pas une seule couleur foncée dans
tout l'appartement.

En face de la porte, une jeune fille, vêtue d'une robe
d'une blancheur immaculée, se penchait au-dessus des
fleurs de la fenêtre.

C'était la jeune aveugle que je devais consoler dans sa
nuit éternelle.

Les braves gens du pays compatissaient à son malheur
et avaient ajouté un qualificatif à son nom : ils ne l'appelaient que LA PAUVRE MADEMOISELLE FINCH.

Quant à moi, elle restera dans mon souvenir avec le
nom gracieux qu'elle portait, et je ne la nommerai plus
désormais que Lucile.

Elle était occupée, quand j'entrai, à enlever les feuilles
mortes de ses fleurs.

Son oreille délicate distingua le bruit insolite de mes
pas avant même que je me fusse approchée d'elle ; elle
leva la tête et s'élança à ma rencontre, tandis qu'une légère et fugitive rougeur se montrait sur son visage.

J'ai visité jadis le musée de Dresde ; cette jeune fille me rappela d'une manière frappante le joyau le plus précieux de cette magnifique collection : la *Madone de San-Sisto*.

Le front large et modelé, la partie qui se trouve entre le sourcil et la paupière bien accusée, le galbe délicat du bas de la figure, la lèvre pleine de tendresse et de sensibilité, ses traits, ses cheveux, et jusqu'à son teint, tout rappelait exactement la madone du tableau de Dresde.

Ce n'était qu'aux yeux, point fatal, que s'arrêtait la ressemblance. On ne reconnaissait plus dans cette copie vivante de la Vierge de Raphaël les yeux divins de l'original.

Lucile, ma pauvre chère aveugle, n'avait aucun défaut dans les traits, rien qui pût inspirer un sentiment de répulsion, mais ses pauvres yeux éteints restaient fixes et sans expression. Au-dessus et autour, jusqu'au bord même des paupières, on voyait la beauté, le mouvement, la vie ; mais dans l'œil même on ne trouvait que la mort.

A part cette navrante cécité, je n'ai jamais vu de plus charmante créature.

Toute sa personne était à l'avenant : elle avait cette taille et ces proportions, cette longueur raisonnable des membres inférieurs qui suffisent à rendre gracieux jusqu'aux moindres mouvements d'une femme ; elle possédait un timbre de voix délicieux, clair, gai, sympathique ; une bouche charmante, à laquelle le sourire donnait un charme de plus.

Je l'aimais avant même de lui avoir serré la main.

« Ah ! ma chère demoiselle, m'écriai-je étourdiment, que je suis donc contente de vous voir ! »

A peine eus-je prononcé ces paroles que j'aurais voulu me couper la langue pour lui avoir rappelé d'une manière si brutale qu'elle était aveugle.

A mon grand soulagement, elle n'eut pas l'air de s'apercevoir de ma bévue.

« Me permettez-vous, dit-elle avec douceur, d'examiner vos traits à ma façon ?... Et elle levait vers moi sa jolie main blanche. Voulez-vous me permettre de vous passer les mains sur la figure ? »

Je m'assis sur le bord de la fenêtre. Il me sembla que les bouts rosés de ses doigts me couvraient la figure entière.

Par trois fois elle passa rapidement sa main sur moi, tandis que ses traits exprimaient l'émotion de l'attente.

« Parlez encore, me dit-elle tout à coup, en tenant sa main levée au-dessus de moi. »

Je prononçai quelques paroles. Elle m'arrêta en m'embrassant.

« Je sais ce que je voulais savoir, s'écria-t-elle avec joie. Votre voix dit à mon oreille ce que vos traits disent à mes doigts. Je suis sûre que je vous aimerai bien. Venez voir les appartements que nous allons habiter ensemble. »

Comme je me levais, elle me prit par la taille, mais retira subitement son bras en secouant la main avec impatience, comme si quelque chose l'avait blessée.

« Vous seriez-vous piquée à une épingle ?

— Oh ! non, me répondit-elle, ce n'est pas cela. Quelle est la couleur de la robe que vous portez ?

— Violet foncé.

— Oh ! je ne me trompais pas. Je vous en prie, ne portez pas de ces couleurs-là. J'ai une horreur instinctive et irraisonnée pour tout ce qui est sombre. Chère madame Pratolungo, je vous en supplie, portez à l'avenir des couleurs claires, ne fût-ce que pour me faire plaisir. »

Elle me passa son bras d'une manière caressante autour du cou, de sorte que sa main reposait sur mon col de toile blanche.

« Vous changerez de robe avant dîner, n'est-ce pas ? dit-elle tout bas. Permettez-moi de vous aider à déballer vos malles et de choisir moi-même la robe que vous allez porter. »

Je compris alors son antipathie pour les nuances sombres et la raison pour laquelle le corridor était décoré de couleurs claires.

Nous entrâmes dans les appartements.

La chambre à coucher de Lucile et la mienne étaient séparées par le salon. Ces pièces répondaient bien à l'idée

I. — 2

que je m'en étais faite d'avance ; elles étaient d'une propreté scrupuleuse, et il y avait partout des glaces, des dorures, des ornements brillants, et une foule de jolis riens attrayants.

Cet appartement ressemblait bien plus à ceux qu'on trouve dans mon heureux pays natal, si gai et si vivant, qu'aux *rooms* de l'Angleterre, si sombres et si ternes dans l'ornementation et la couleur.

Mais ce qui m'étonnait le plus, c'était de voir que tous ces ornements étaient destinés à une jeune fille qui ne pouvait en jouir par les yeux.

L'expérience devait me démontrer dans la suite que l'imagination des aveugles leur crée une existence en dehors du commun, et qu'ils ont leurs caprices et leurs illusions absolument comme nous, qui avons le privilége d'y voir.

Pour satisfaire le caprice de Lucile et changer de robe, il fallait que je fisse apporter mes malles.

Elles étaient restées dans la voiture, que le petit domestique avait conduite sous la remise.

La personne âgée qui m'avait guidée nous quitta sans bruit, et reparut avant même que Lucile eût eu le temps de sonner. Elle était suivie du petit domestique et d'un groom qui portaient à eux deux mon bagage. Ils avaient en outre divers paquets achetés à la ville pour leur jeune maîtresse et un objet enveloppé de papier blanc, qui me fit l'effet d'une bouteille de pharmacie.

Cette bouteille devait jouer son rôle dans les événements de la journée.

« Je vous présente ma vieille nourrice, me dit Lucile. Zillah sait faire un peu de tout, elle a appris à faire la cuisine dans un club de Londres. Vous me rendrez bien heureuse en l'aimant. Vos malles sont-elles ouvertes, madame ? »

En me faisant cette question, elle se mit à genoux devant une de mes malles.

Je n'ai jamais vu de jeune fille jouissant de l'usage de ses yeux qui prît autant de plaisir à une distraction aussi insignifiante que celle de déplier des effets.

Cette fois cependant, la merveilleuse délicatesse de son toucher lui fit défaut. J'avais deux robes d'un tissu absolument pareil, mais de couleurs différentes. Elle prit la robe foncée pour celle qui était claire.

Je m'aperçus qu'elle éprouva un vif désappointement lorsque je lui fis remarquer sa méprise.

Une autre expérience qu'elle fit vint cependant lui rendre sa confiance dans la délicatesse de son toucher. Elle découvrit les raies de couleur dans une jolie paire de bas que je possédais. Sa gaieté lui revint tout de suite.

« Dépêchez-vous de faire votre toilette, dit-elle en me quittant, nous dînons dans une demi-heure, et, pour fêter votre arrivée, nous aurons des plats français. J'aime les bons petits dîners et je suis ce que vous appelez dans votre pays gourmande. Voyez les tristes résultats de cette vilaine habitude, dit-elle en portant la main à son joli visage. J'engraisse à vingt-deux ans et je suis menacée d'un double menton. Quelle honte ! »

Sur ce, elle me quitta.

Telles sont mes premières impressions sur la pauvre Lucile.

IV.

AU CRÉPUSCULE.

Notre dîner était depuis longtemps terminé. Nous avions ensuite, en vraies femmes que nous étions, bavardé et parlé à cœur joie de nos petites affaires.

Le jour était à son déclin, et le soleil couchant jetait ses derniers rayons dans notre salle à manger.

Lucile tressaillit comme si elle se rappelait soudain qu'elle avait oublié quelque chose. Elle sonna.

« Apporte la fiole, dit-elle à Zillah qui entrait. J'aurais dû m'en souvenir beaucoup plus tôt.

— Vas-tu la porter toi-même à Suzanne, ma chère enfant ? »

La familiarité avec laquelle la vieille nourrice s'adressait à sa jeune maîtresse était tellement en dehors des habitudes anglaises, que j'en éprouvai un vif plaisir.

A bas ces distinctions infâmes qui séparent les classes de la société !

« Oui, reprit Lucile, je veux la porter moi-même à Suzanne.

— Veux-tu que je t'accompagne ?

— Je n'en vois pas la nécessité ; — et se tournant vers moi : — Vous devez être trop fatiguée pour sortir après votre longue marche à travers nos collines ? »

J'avais mangé et je m'étais reposée. Je lui répondis que j'étais prête à l'accompagner.

Les traits de Lucile s'épanouirent; elle avait évidemment un motif pour attacher une aussi grande importance à mon consentement.

« Ce n'est qu'une visite à une pauvre femme du village; elle a des rhumatismes, reprit-elle. J'ai une lotion qu'il faut que je lui porte moi-même. Elle est vieille et entêtée. Si je le lui donne de ma main, elle aura foi dans le remède; autrement elle le jetterait par la fenêtre. Grâce à votre conversation, j'avais complétement oublié la pauvre femme. Allons faire nos préparatifs. »

Je venais à peine de regagner ma chambre, lorsqu'on frappa à la porte.

C'était la vieille nourrice qui entrait sur la pointe du pied d'un air de mystère, le doigt posé sur les lèvres.

« Pardon, madame, me dit-elle tout bas, je crois que ma jeune maîtresse vous a priée de l'accompagner dans un but qu'elle cache. La curiosité agit de la même façon sur elle que sur nous. Elle m'a emmenée hier pour se servir de mes yeux, et elle n'a pas été satisfaite du résultat. C'est donc vous aujourd'hui qu'elle choisit comme intermédiaire.

— Quelle est la cause de cette curiosité? demandai-je à la nourrice.

— C'est bien naturel, la pauvre chère fille, dit Zillah en continuant à raconter sa peine sans répondre à ma question, nous ne pouvons rien découvrir au sujet de ce jeune homme. Il se promène d'ordinaire à la brune. Vous êtes à peu près sûre de le rencontrer ce soir, et vous jugerez de la conduite qu'il faut suivre avec Lucile. »

En entendant ces singulières paroles, ma curiosité s'enflamma.

« Mais vous oubliez, ma bonne dame, qu'étrangère à ce pays, je ne connais rien de ce qui s'y passe. Quel est ce jeune homme mystérieux dont vous parlez, et comment le nommez-vous? »

On frappa à la porte. Zillah me supplia de lui garder le secret.

« Vous verrez vous-même, c'est dans l'intérêt de ma jeune maîtresse que je vous en ai parlé. »

Elle courut clopin-clopant ouvrir la porte à Lucile; celle-ci était coiffée d'un élégant chapeau de paille, et elle m'attendait.

Nous traversâmes le jardin, et nous franchîmes une porte pratiquée dans le mur de clôture pour sortir dans le village.

Après la recommandation de la vieille nourrice, je jugeai qu'interroger Lucile serait compromettre la tranquillité du milieu dans lequel je venais d'être admise. Je résolus d'attendre les événements. En partant, je commis une autre bévue en offrant à Lucile de la conduire par la main. Elle éclata de rire.

« Ah! ma chère madame Pratolungo, je connais mon chemin bien mieux que vous. Je parcours le voisinage dans tous les sens avec ce seul guide. »

Elle me montra une élégante canne d'ivoire ornée d'un gland de soie de couleurs vives. Avec son petit chapeau coquettement posé sur sa tête, tenant d'une main sa canne, de l'autre sa petite bouteille, c'était bien le tableau le plus charmant et le plus original que j'aie jamais vu de ma vie.

« Alors, lui dis-je en lui prenant le bras, c'est vous qui me conduirez. »

Nous traversâmes le village; mais, au lieu du personnage mystérieux se promenant dans le crépuscule, nous ne rencontrâmes que les paysans que j'avais déjà vus.

Lucile gardait un silence qui me semblait suspect quand je me rappelais les paroles de Zillah. Elle me parut prêter attentivement l'oreille. Elle entra seule dans la chaumière de la malade, qui accepta sans peine le remède qu'elle lui apportait. Elle reparut et me demanda, en me prenant le bras à son tour, si nous irions un peu plus loin.

« Il fait si bon respirer l'air du soir... »

Le but de sa promenade, si but il y avait, se trouvait décidément au delà du village. Nous suivîmes les sentiers solitaires qui serpentaient dans la vallée que j'avais parcourue le matin même, dans le calme profond et solennel du crépuscule.

En arrivant devant la petite maison solitaire dont je connaissais déjà le nom, je sentis sa main me presser le bras.

« Ah! ah! me dis-je à moi-même, se pourrait-il que Les Sables fussent pour quelque chose dans l'affaire dont m'a parlé Zillah?

— La campagne est-elle bien déserte ce soir? » me demanda-t-elle en indiquant de sa canne le paysage qui s'étendait devant nous.

C'était, selon moi, une manière indirecte de savoir si j'apercevais quelqu'un. Ne voulant pas me prêter à un désir dont elle n'avait pas encore jugé à propos de me dire la raison, je répondis simplement que je trouvais la vue magnifique.

Elle retomba dans sa méditation.

Un nouveau détour du sentier nous montra enfin un homme qui s'avançait vers nous. Il était seul.

Je vis, lorsqu'il fut plus rapproché de nous, que nous avions affaire à un homme du monde.

Il était vêtu d'une jaquette du matin en étoffe claire et d'un feutre à la mode italienne.

Il était jeune, beau, mais d'une beauté un peu efféminée.

Le bruit de ses pas parvint à l'oreille de Lucile, qui rougit et me serra de nouveau le bras involontairement.

« Bon, bon, me dis-je, nous voilà donc en face de ce personnage mystérieux contre lequel Zillah m'a mis en garde. »

Sachant apprécier, je ne crains pas de reconnaître la beauté chez un homme. Je lui jetai, au moment où il se croisait avec nous, un regard scrutateur. Ses traits se contractèrent, me montrant clairement que j'avais produit sur lui une impression désagréable ; et cependant je puis vous affirmer, la main sur la conscience, que je suis loin d'être laide.

J'eus quelque difficulté à entraîner ma compagne, qui semblait vouloir s'arrêter, et je hâtai le pas, afin de faire comprendre à l'inconnu que je considérais comme une impertinence l'expression de son visage.

Au moment où nos regards s'étaient rencontrés, j'avais entendu des pas derrière nous. Il s'était retourné et nous suivait. Il vint à moi et me salua. Je me trouvai entre lui et Lucile.

« Pardon, madame, me dit-il, mais je crois que vous avez regardé de mon côté?... »

Je sentis Lucile tressaillir à la voix de l'inconnu. La main avec laquelle elle me tenait le bras se prit à trembler d'une façon inexplicable.

Dans la surprise que me causèrent ce tremblement et l'accusation d'avoir regardé un inconnu, je perdis, chose rare chez la femme, l'usage de ma langue.

L'inconnu ne me donna pas le temps de revenir de ma surprise. Du ton d'un homme parfaitement bien élevé, et n'ayant rien dans ses manières de bizarre ou d'extravagant, il reprit la parole.

« Pardonnez-moi, dit-il, si je vous fais une question aussi singulière. Vous êtes-vous trouvée par hasard à Exeter, le 3 du mois dernier? »

Je n'aurais pas été femme si à ce moment je n'avais pas recouvré l'usage de ma langue.

« Je n'ai jamais visité Exeter, monsieur, lui répondis-je. Puis-je, à mon tour, vous demander le but de cette question ? »

Au lieu de me répondre, il se mit à examiner Lucile.

« Je vous prie de m'excuser encore une fois; mais peut-être que mademoiselle... »

L'inconnu allait évidemment demander si Lucile avait été à Exeter.

Elle prenait un intérêt palpitant à la conversation et elle avait tourné sa figure vers la sienne; il faisait encore assez clair pour qu'on pût lire dans ses yeux éteints le malheur qui l'avait frappée.

La curiosité du jeune homme fit place, lorsqu'il s'en aperçut, à la compassion, je dirais presque à la douleur. Il me salua avec le plus profond respect.

« Je vous demande pardon, dit-il vivement, et j'espère que mademoiselle voudra bien m'excuser. Si je vous expliquais les raisons qui m'ont poussé à vous faire cette question, ma conduite vous semblerait moins étrange. Je ne puis vous dire pourquoi, mais vous m'avez péniblement impressionné tout à l'heure en me regardant. J'ai l'honneur de vous saluer, mesdames. »

Il s'éloigna tout confus.

Je répète que ses manières ne me parurent présenter rien d'excentrique ou d'extravagant. C'étaient, au contraire, celles d'un homme bien élevé et jouissant de la plénitude de sa raison.

J'examinai Lucile; elle tenait ses yeux éteints tournés vers le ciel et restait comme perdue dans l'extase.

« Quel est cet homme? » lui demandai-je.

Ma question la ramena subitement aux choses de ce monde.

« Oh! s'écria-t-elle d'une voix pleine de reproche, sa voix raisonnait à mon oreille, vous en avez rompu le charme. Qui il est? dit-elle, en se répétant à elle-même ma question. Personne ne le sait donc? Décrivez-le-moi. Comment pourrait-on ne pas être beau avec une voix pareille?

— Est-ce la première fois que vous entendez le son de sa voix? lui demandai-je.

— Oui, répondit-elle, il a passé près de moi lorsque je me promenais avec Zillah; mais il ne m'a pas adressé la parole. A qui ressemble-t-il?... décrivez-le-moi, je vous en supplie. »

La voix de Lucile exprimait une impatience telle, que je compris qu'il ne fallait pas plus longtemps différer de satisfaire son désir.

La nuit tombait rapidement. Je crus devoir lui proposer de retourner à la maison. Elle consentit, mais à la condition que je l'entretiendrais de l'inconnu.

Sur le chemin du presbytère, elle me pressa de tant de questions que je me sentis comme un témoin dont un habile avocat éplucherait la déposition.

Lucile me parut, pour le moment du moins, contente du résultat de son enquête.

« Ah! s'écria-t-elle en laissant échapper le secret que m'avait confié la nourrice, vous au moins vous savez vous servir de vos yeux; ce n'est pas comme Zillah, qui n'a rien pu m'appprendre. »

Quand nous fûmes à la maison, sa curiosité prit une autre direction.

« Exeter... dit-elle en réfléchissant. Il a parlé d'Exeter. Je suis comme vous, je n'y suis jamais allée. Que dit-on d'Exeter dans les livres? »

Elle envoya Zillah prendre, dans l'autre aile de la maison, un Dictionnaire de Géographie. Je suivis la bonne femme dans le corridor, et je la rassurai à voix basse.

« J'ai gardé le secret sur ce que vous m'aviez raconté, lui dis-je. Comme vous l'aviez prévu, nous avons rencontré l'inconnu. Je lui ai adressé la parole, et je ressens une curiosité aussi vive que la vôtre. Allez me chercher le Dictionnaire. »

Il faut le dire, Lucile m'avait communiqué l'espérance que le Dictionnaire de Géographie pourrait nous mettre sur la voie pour élucider la singulière allusion de l'inconnu touchant le 3 du mois dernier et l'explication du sentiment pénible que j'avais causé chez lui en le regardant.

Tandis que Lucile et la nourrice attendaient, hale-

tantes d'émotion, je tournai le feuillet à la lettre E. Je
m'arrêtai au nom de la ville et je lus la description sui-
vante :

« Exeter, ville et port de mer, située dans le comté
de Devon. Les anciens rois saxons en avaient fait leur
résidence. Grand commerce avec l'intérieur et l'étranger. La population est de 33,738 habitants. Les assises
du comté siégent à Exeter au printemps et à l'automne.

— Est-ce là tout ? » demanda Lucile.

Je fermai le livre et je lui répondis, à la manière du
petit domestique, par ces mots monosyllabiques : « C'est
tout. »

V.

AUX LUMIÈRES

Il faisait encore à peine assez jour pour lire. Un silence qui indiquait un profond désappointement régnait
dans la chambre. Zillah alluma les bougies et tira les ri-
deaux.

« Qui peut-il être ? répéta Lucile pour la centième fois,
et pourquoi votre regard l'a-t-il si péniblement impressionné ?... Expliquez-nous donc cela, madame Pratolungo !.... »

A la dernière ligne du paragraphe du Dictionnaire, ce
mot *assises*, dont je ne comprenais pas bien la signification, m'était resté à l'esprit. Comme je l'ai déjà démontré,
je pouvais me flatter de connaître suffisamment la langue
anglaise ; mais mon savoir pêche un peu sous le rapport
des expressions usitées en justice. Je demandai la signification de ce mot *assises*. On me dit qu'il servait à dé-

signer un tribunal qui se transportait successivement
dans diverses parties de l'Angleterre pour juger les
accusés.

A peine eus-je appris cela qu'il me vint une inspiration
subite. L'inconnu qui nous intéressait tant n'était autre
qu'un criminel échappé de la cour d'assises.

La bonne vieille Zillah se redressa subitement, et déclara que j'avais mis le doigt sur la chose, comme disent
les Anglais.

« Dieu nous préserve ! s'écria-t-elle, j'ai oublié de ver-
rouiller la porte du jardin ! »

Elle sortit précipitamment, craignant qu'il ne fût trop
tard pour nous préserver du vol et de l'assassinat.

Je jetai un coup d'œil sur Lucile.

Renversée sur sa chaise, elle souriait d'un air calme et
dédaigneux.

« Madame Pratolungo, fit-elle, voilà la première fois,
depuis votre arrivée, que vous dites une chose absurde.

— Un instant, ma chère, m'écriai-je, vous avez déclaré
qu'on ne savait rien sur cet homme. Vous voulez dire
par là qu'on ne connaît aucun détail de nature à vous
satisfaire. Il n'est pas tombé du ciel assurément. On doit
se rappeler à quelle époque il est arrivé dans le pays, et
s'il est venu seul. On doit savoir aussi comment il s'est
procuré un logement dans le village. Avant d'admettre
que ma supposition soit complétement erronée, je voudrais savoir ce que la curiosité publique a pu découvrir
au sujet de cet inconnu. Combien de temps y a-t-il qu'il
est ici ? »

Lucile ne parut pas d'abord goûter cette façon pro-
saïque d'envisager la question.

« Il est arrivé depuis une semaine, répondit-elle avec
indifférence.

— Est-il venu comme moi en suivant les montagnes ?

— Oui.

— Accompagné d'un guide, n'est-ce pas ? »

Lucile se redressa subitement.

« Avec son frère, dit-elle, avec son frère jumeau,
madame. »

Le frère jumeau venait compliquer singulièrement les choses. Au lieu d'avoir affaire à un seul criminel échappé de la cour d'assises, nous avions affaire à deux.

« Comment ont-ils su se diriger dans ces parages ? continuai-je.

— Personne ne le sait.

— Où se sont-ils arrêtés ?

— Aux *Trois-Croix*, le petit cabaret du village, dont l'aubergiste a fait part à Zillah de l'étonnement qu'il éprouvait en voyant la ressemblance des deux frères ; ressemblance si merveilleuse, même chez des jumeaux, qu'il est impossible de les distinguer l'un de l'autre. Arrivés de grand matin à l'auberge, ils étaient entrés dans la salle, vide de buveurs en ce moment, et avaient eu à voix basse un entretien, à la suite duquel ils avaient appelé l'aubergiste pour lui demander s'il pouvait mettre une chambre à leur disposition. Vous avez dû vous apercevoir que les *Trois-Croix* ne sont qu'un simple cabaret. Le patron ne put leur offrir qu'un misérable trou, indigne de servir de chambre à coucher à un homme comme il faut. Cependant un des deux frères retint la chambre.

— Que devint l'autre ?

— Il partit le jour même, bien à contre-cœur. Leurs adieux furent des plus touchants. Celui des deux frères qui nous a parlé ce soir dut insister pour que l'autre le quittât. Ils pleurèrent tous deux.

— Ils ont fait encore bien pis, dit la vieille Zillah qui rentrait. J'ai été fermer en bas toutes les portes et les fenêtres. Il lui sera impossible d'entrer s'il lui en prend la fantaisie.

— Qu'ont-ils donc pu faire de plus répréhensible que de pleurer ? demandai-je à la nourrice.

— Ils se sont embrassés ! répondit-elle avec un air de profond dégoût. Des hommes s'embrasser !... On voit bien qu'ils ne sont pas Anglais !

— Notre homme n'est cependant pas étranger, lui dis-je. A-t-il donné son nom ?

— Celui qui est resté a dit à l'aubergiste qu'il se nommait Dubourg. »

Ce nom me confirma dans l'idée que j'avais deviné juste. Dubourg est un nom aussi commun dans mon pays natal que Jones ou Thompson en Angleterre. C'était bien là un nom d'emprunt, que prend un homme qui se trouve dans l'embarras. Avions-nous affaire à un criminel français?... Non, puisque son accent n'avait rien d'étranger. Il m'avait parlé dans l'anglais le plus pur. Mais, en se donnant un nom français, avait-il voulu insulter mon pays? Je n'en doutai pas. Non content de s'être souillé d'innombrables crimes, il avait ajouté une nouvelle infamie au bilan de ses atrocités. Il avait insulté la France!

« Eh bien, repris-je, le criminel qui se cache est-il toujours au cabaret des *Trois-Croix?*

— Dieu nous garde! s'écria la vieille nourrice, il s'est fixé dans le voisinage. Il a loué Les Sables. »

Je me retournai vers Lucile, et, hasardant une nouvelle conjecture, je lui dis : « Les Sables appartiennent à un propriétaire quelconque. Aurait-il loué la maison sans prendre de renseignements?

— Les Sables appartiennent à un gentleman de Brighton, me répondit Lucile. On lui a donné comme référence le nom d'un des grands négociants de la Cité. Et ce qu'il y a de plus irritant pour notre curiosité, c'est que ce négociant a répondu : « *Je connais M. Dubourg depuis sa jeunesse. Il a des raisons pour vouloir vivre tout à fait retiré. Je réponds de lui comme d'un homme honorable, auquel vous pouvez louer en toute confiance. Je ne puis vous en dire plus long.* » Mon père connaît le propriétaire des Sables, et voilà mot pour mot le renseignement qu'on lui a donné. N'est-ce pas bien fait pour exciter la curiosité? Le lendemain, la maison a été louée pour six mois. Elle était misérablement meublée; aussi M. Dubourg a-t-il fait venir de Brighton plusieurs objets dont il avait besoin, et en outre des meubles, une grande caisse expédiée de Londres est arrivée chez lui aujourd'hui. Elle était si solidement clouée que l'on a fait venir le charpentier pour l'ouvrir. Cet homme a rapporté que la caisse était pleine de plaques d'or et d'argent, et qu'elle

était accompagnée d'une boîte d'outils extraordinaires,
dont l'usage lui était parfaitement inconnu. M. Dubourg
a tout serré dans une chambre de derrière et a mis la
clef dans sa poche. Il semblait satisfait ; il a sifflé un
petit air et a dit : « Enfin, j'ai mon affaire ! » C'est l'hôtesse des *Trois-Croix* qui nous a raconté tous ces détails.
Elle fait la cuisine et sa fille se charge des autres soins
du ménage du locataire des Sables. Elles vont chez lui le
matin et reviennent à l'auberge vers le soir. Il n'a pas de
domestique et reste seul dans la maison la nuit. N'est-ce
pas singulier ? Tout le monde y perd son latin.

— Je vous trouve tous bien singuliers de faire un mystère d'une chose aussi simple ! m'écriai-je.

— Comment, simple ?... dit Lucile étonnée.

— Assurément ! ces plaques d'or et d'argent, cette vie
solitaire, ces domestiques que l'on renvoie le soir, tout
cela tend à démontrer la même chose. J'ai deviné : cet
homme est un criminel en rupture de ban, il fait de la
fausse monnaie. On l'a surpris à Exeter, il s'est échappé
et il est venu ici pour recommencer. Faites comme vous
l'entendrez ; si j'ai besoin de monnaie, ce n'est pas dans
le voisinage que j'en irai chercher. »

Lucile se laissa aller en arrière sur sa chaise. Je vis
qu'elle m'abandonnait, quant à ce qui regardait Dubourg,
comme sciemment et incorrigiblement entichée d'une
idée fausse.

« Un faux-monnayeur, recommandé par un des premiers négociants de Londres !.... Fi donc !.... Nous faisons parfois des choses bien excentriques en Angleterre,
mais laissez-moi vous dire, madame Pratolungo, qu'il y
a une limite à notre folie nationale, et que cette limite, vous l'avez franchie. Ferons-nous un peu de musique ? »

Elle me dit ces mots d'un ton un peu vif. J'avais essayé de dénigrer le héros de son roman, et elle m'en
voulait.

Néanmoins je persistai dans la mauvaise opinion que
je m'étais faite de ce personnage.

Comme j'aurais pu le lui dire, la question qui nous

divisait était celle de croire ou de ne pas croire à la lettre du négociant dont la richesse était pour Lucile une garantie suffisante d'honorabilité.

Mais, hélas! il était facile de voir que la pauvre enfant était imbue des étroits préjugés des gens qui l'entouraient.

Pouvais-je, de gaieté de cœur, courir le risque d'un désaccord le premier jour de mon arrivée?

J'embrassai la jolie aveugle, et nous allâmes au piano, tandis que je remettais à une occasion plus favorable la tâche de convertir Lucile au socialisme.

Mieux aurait valu ne pas ouvrir le piano. Nous fîmes un fiasco complet. Je faisais cependant de mon mieux, mais sans succès. J'attaquai successivement Beethoven, Schubert, Chopin. Lucile s'efforçait en vain de prêter une oreille attentive.

Elle me remercia à plusieurs reprises de ma complaisance. Je la priai de se mettre à son tour au piano, en choisissant des morceaux qui lui étaient familiers et qu'elle savait par cœur. Mais ce fut en pure perte. Rien ne pouvait chasser de son esprit le souvenir de cet affreux Dubourg. Ce fut en vain qu'elle essaya à plusieurs reprises de jouer. La plus douce musique était évidemment pour elle la voix de ce jeune homme, qui résonnait encore à son oreille. Je pris sa place. Elle repoussa mes mains au moment où elles s'étendaient sur le clavier.

« Zillah est-elle ici? » dit-elle à voix basse.

Je lui répondis qu'elle venait de sortir. Elle inclina sa charmante tête sur mon épaule et poussa un grand soupir.

« Je ne puis m'empêcher de songer à lui, s'écria-t-elle tout à coup. C'est la première fois de ma vie que je me sens malheureuse.... c'est heureuse que je veux dire. Qu'allez-vous penser de moi, madame? je ne sais ce que je dis. Pourquoi aussi l'avoir encouragé à nous adresser la parole? Sans vous, je n'aurais jamais entendu le son de sa voix. »

Elle eut un léger frisson, releva la tête, et se calma. Sa main se promena légèrement çà et là sur le clavier.

« Cette voix charmante, cette voix séduisante... » murmurait-elle d'un air rêveur et en touchant les notes d'un
air distrait.

Elle s'arrêta de nouveau et me prit la main. Puis elle
dit, comme se parlant à elle-même : « Serait-ce là ce
qu'on appelle l'amour ? »

Mon devoir d'honnête femme était tout tracé ; il fallait
lui répondre par un mensonge.

« Ce n'est rien, ma chère, qu'un peu trop d'agitation et
de fatigue. Demain il n'y paraîtra plus. Pour ce soir,
vous serez ma petite fille. Allons, je vais vous coucher. »

Elle céda avec un soupir de fatigue. Ah ! qu'elle était
ravissante vêtue seulement de son peignoir blanc et disant
sa prière à genoux près de son lit, la pauvre innocente !

Je suis, je l'avouerai, aussi prompte à l'amitié qu'à la
haine. Quand je la quittai, ce soir-là, je la considérais
presque comme mon enfant.

A moins que vous ne soyez d'un aspect qui attire peu
la confiance, vous avez dû rencontrer des gens qui,
comme moi, vous mettent au courant de toutes leurs affaires, soit en wagon, soit à table d'hôte.

Quant à moi, je crois que je continuerai, toute ma vie,
à me prendre d'affection subite pour certaines gens. Infâme Dubourg! si j'avais pu, cette nuit-là, pénétrer aux
Sables, j'aurais pris plaisir à lui faire ce qu'une certaine
Mexicaine fit à son ivrogne de mari, pendant mon séjour
dans l'Amérique Centrale.

C'était une sorte de marchand forain, qui vendait des
fouets et des cannes. Elle le cousit solidement dans ses
draps, tandis qu'il cuvait son vin ; puis elle prit toute sa
pacotille, posée dans un coin de la salle, et la brisa jusqu'au dernier morceau sur son dos et jusqu'à ce qu'il
n'eût plus forme humaine.

Ne pouvant en faire autant, je m'assis dans ma chambre
pour réfléchir à la ligne de conduite à suivre dans le cas
où l'affaire de ce Dubourg irait plus loin.

Comme je l'ai déjà dit, Lucile et moi avions perdu
toute l'après-midi à jacasser, comme des femmes que
nous étions, de nos petites affaires.

Vous serez plus à même de comprendre la nature de mes réflexions, si je vous raconte les principaux détails que me donna Lucile sur la position singulière qu'elle occupait dans la maison paternelle.

VI.

UNE NICHÉE.

On peut classer les familles nombreuses en deux catégories : 1° celles dont les membres s'admirent mutuellement; 2° celles dont les membres se détestent mutuellement.

Je préfère la seconde catégorie; les querelles s'y passent en famille, et elle a un mérite que n'a pas la première, elle sait reconnaitre parfois les qualités des autres.

Les familles vouées à l'admiration mutuelle de leurs membres jouissent sans exception d'un orgueil insupportable.

Qu'il vous arrive de dire que Shakespeare est le type du génie... une des filles ne manquera pas de vous faire comprendre que vous auriez mieux choisi en prenant pour exemple son cher papa.

Promenez-vous en compagnie d'un membre masculin de cette même famille et dites d'une femme qui passe : « Elle est charmante, » votre naïveté fait sourire votre compagnon, qui se demande si vous avez jamais vu sa sœur en toilette de bal.

Dans cette deuxième catégorie, on ne peut se séparer sans s'écrire tous les jours. On vous lit des passages de lettres en vous disant : « Trouvez-nous donc un écrivain de cette force! »

On y parle d'affaires personnelles, comme si cela vous intéressait.

On s'y lance des plaisanteries familières par-dessus votre tête, et on s'étonne si vous ne riez pas.

Dans l'intimité, les sœurs s'asseyent sur les genoux des frères, les maris demandent devant vous des détails sur les indispositions ou les maladies de leurs chères moitiés, aussi tranquillement que s'ils étaient chez eux.

Quand nous serons arrivés à un degré de civilisation plus élevé, l'Etat devrait fournir des cages pour ces êtres insupportables et faire apposer aux coins des rues un écriteau ainsi conçu :

SE MÉFIER DU N° 12.

Une famille atteinte d'admiration mutuelle y perche !

J'appris de Lucile que le nombreux clan des Finch appartenait à la deuxième catégorie.

A quelques exceptions près, les membres de cette famille ne se parlaient même pas, et il y en avait qui vivaient séparés depuis des années sans avoir une seule fois confié à la poste de Sa Majesté Britannique le plus léger témoignage d'affection.

M. Finch avait épousé en premières noces une Mlle Batchford.

Cette jeune personne n'avait plus qu'un frère et une sœur, qui se montrèrent fort hostiles au choix qu'elle avait fait. Ils déclarèrent en cette circonstance que les Finch étaient d'un rang inférieur à celui des Batchford.

L'union projetée eut lieu nonobstant, mais le frère et la sœur refusèrent d'assister à la cérémonie du mariage.

Première brouille.

Lucile fut le fruit de cette union.

Le frère aîné de Finch, fâché avec sa famille et qui ne voyait plus que son frère cadet, proposa, avec une charité toute chrétienne, que l'on se réconciliât devant le berceau de l'enfant.

Les Batchford acceptèrent avec grandeur d'âme.

Première réconciliation.

Le temps s'écoula. Finch, desservant d'une pauvre cure, située près d'une grande ville manufacturière, se

trouva un jour pressé d'argent et prit la liberté de prier
son beau-frère de lui en prêter.

Batchford, qui était riche, trouva naturellement qu'une
pareille demande était une insulte; Mlle Batchford prit
fait et cause pour son frère.

Seconde brouille.

Après un nouvel intervalle, Mme Finch mourut.

Le frère aîné de Finch, toujours à couteau tiré avec le
reste de sa famille, fit une seconde proposition toujours
pleine de charité chrétienne, celle de se serrer la main et
de tout oublier sur la tombe de l'épouse défunte.

Les Batchford, plongés dans l'affliction, acceptèrent
encore.

Seconde réconciliation !

Dans la suite, Finch, veuf et n'ayant qu'une fille, fit la
connaissance d'un habitant de la ville voisine de sa cure.

Cet homme appartenait à la secte des Baptistes, et faisait de la cordonnerie et du radicalisme. Il avait, de même
que Finch, perdu sa femme, et n'avait qu'une fille
unique.

Finch, toujours dans la gêne, passa de bonne grâce sur
ce que les opinions, la religion, la profession de son futur
beau-père avaient de désagréable, et épousa la fille avec
une dot de trois mille livres.

Ce mariage lui aliéna à tout jamais les Batchford et son
propre frère, celui qui aimait tant à jouer le rôle de con-
ciliateur.

Cet excellent homme, qui avait rompu avec le reste de
sa famille, refusa, à partir de ce moment même, de parler
à son frère le recteur.

Finch se trouva donc abandonné par tout le monde.

C'est en vain que sa féconde épouse donna au pacifica-
teur l'occasion d'effectuer des réconciliations, non plus
devant un seul berceau, mais à côté de deux à la fois.

Tout ce qu'on put obtenir du frère aîné, ce fut que Lucile, tout à fait perdue parmi la nombreuse progéniture
du recteur, pourrait aller visiter à certaines époques de
l'année son oncle et sa tante.

Cette pauvre enfant, douée d'une bonne vue à sa nais-

sance, fut atteinte vers un an d'une cécité incurable : autrement, c'était l'image de sa mère.

Le vieil oncle, qui était resté garçon, et sa vieille sœur,
qui était restée fille, conçurent une grande affection pour
l'enfant.

« Notre nièce comble nos plus chères espérances. C'est
une vraie Batchford, elle n'a rien des Finch, » disaient-ils.

Le père de Lucile, promu au rang de recteur de Dimchurch, les laissait faire.

« Attendez un peu, disait-il, et tout cela nous amènera
de l'argent. »

Et vraiment Finch avait besoin d'argent... Songez à la
manière dont Mme Finch s'entendait à garnir le berceau
d'un enfant une fois par an !

Le recteur s'en était même fatigué et s'était écrié : « On
se trompe en prétendant que tout en ce monde a une fin ;
la fécondité de Mme Finch n'a pas de limite. »

Lucile avait grandi : ce n'était plus une enfant. Elle
avait vingt ans lorsqu'elle hérita de l'argent que son père
attendait depuis longtemps.

L'oncle mourut garçon. Il partagea sa fortune entre sa
sœur et sa nièce.

Lucile devait avoir, en atteignant sa majorité, quinze
cents livres de revenu annuel, à certaines conditions énu-
mérées dans le testament.

La première supprimait pour Finch toute prétention,
légale ou non, de toucher à un liard de cet argent ; la seconde portait que Lucile devait, tant qu'elle resterait demoiselle, quitter chaque année la maison de son père pour
passer trois mois dans la maison de sa vieille tante.

Le testament donnait du reste, en termes clairs et nets,
les raisons de cette condition.

« Je meurs comme j'ai vécu, — écrivait l'oncle, tory et
membre de la Haute Église. — Le legs que je fais à ma
« nièce ne sera valable qu'à la condition qu'à certaines
« époques de l'année on la soustraira aux tendances radi-
« cales et dissidentes de sa famille, pour la confier à une
« Anglaise bien née, ayant éducation et naissance, profes-
« sant les bons principes, etc., etc. »

Vous imaginez-vous ce que dut ressentir Finch à la lecture de ce paragraphe. Il se leva, et en vrai Anglais qu'il était, il prononça un discours.

« Mesdames et messieurs, dit-il, j'avoue que j'appartiens au parti libéral et que les parents de ma femme sont des dissidents. Eh bien! pour vous montrer quels sont les principes que j'enseigne à ma famille, permettez-moi de vous informer que j'octroie à ma fille permission pleine et entière d'accepter le legs et que je pardonne à son oncle. »

Sur ce, il sortit donnant le bras à sa fille.

Il en avait entendu assez pour s'assurer que Lucile aurait, tant qu'elle resterait demoiselle, la jouissance pleine et entière de ce revenu de quinze cents livres.

Avant même d'être de retour à Dimchurch, Finch avait manigancé un petit arrangement par lequel, tout en faisant à sa fille une position indépendante dans le presbytère, il empochait tous les ans cinq cents livres à titre de contribution aux frais généraux de la maison.

Je regrettai vivement, en apprenant ces détails, que Finch ne fût pas venu s'adjoindre à mon pauvre Pratolungo et à moi dans l'Amérique du Sud. Avec un libéral de cette trempe pour nous conseiller, nous aurions pu faire triompher la cause sacrée de la liberté sans qu'il nous en coûtât un liard.

L'aile antique de la maison, depuis longtemps inhabitée, fut réparée et meublée, aux frais de Lucile, bien entendu.

Les travaux se trouvèrent terminés un peu avant le jour où la jeune fille, ayant vingt et un ans, atteignait sa majorité.

Elle paya un premier à-compte sur les frais généraux et se trouva admise, ni plus ni moins qu'une simple locataire, dans la maison paternelle.

Pour vous faire comprendre toute l'habileté de Finch, j'ajouterai que Lucile avait montré en grandissant une répugnance de plus en plus marquée pour la vie de famille.

Le bruit et le tumulte des enfants était, dans l'état où elle se trouvait, un tourment continuel.

Sa belle-mère n'avait pour elle rien de sympathique.

Il en était à peu près de même de l'auteur de ses jours.

Lucile savait compatir, il est vrai, à l'état habituel de gêne où il se trouvait, et montrer les ménagements et le respect qu'une fille doit à son père ; mais quant à ressentir pour lui une vénération et une affection sincères, inutile d'en parler.

Ses plus heureux moments étaient ceux qu'elle passait auprès de sa tante et de son oncle, et elle avait chaque année prolongé de plus en plus son séjour chez les Batchford. Si le révérend Finch, faisant appel aux bons sentiments de sa fille, n'avait eu l'habileté de lui assurer une position indépendante, tout en la gardant sous son toit, elle serait allée, en atteignant sa majorité, demeurer tout à fait chez son oncle, ou bien elle se fût créé un nouvel intérieur.

Le plus clair de tout ceci, c'était que le recteur, tout en recevant annuellement ses cinq cents livres, continuait à surveiller sa fille : détail important, lorsqu'on considère combien un mariage eût contrecarré les intérêts de Finch.

Telle était la singulière position qu'occupait cette intéressante jeune fille dans la maison paternelle lorsque j'arrivai à Dimchurch.

Jugez quelle fut ma perplexité quand je me demandai quelle était la ligne de conduite à suivre à l'égard de notre inconnu.

Je ne voyais dans Lucile qu'une pauvre jeune fille ayant besoin, dans l'isolement où la tenait son triste état, de l'appui de tout le monde, et n'ayant cependant ni une mère ni une sœur, auprès desquelles elle eût pu trouver protection et conseils.

J'avais, il est vrai, produit sur elle à première vue une impression favorable, et nous nous étions senties prises tout d'abord d'amitié l'une pour l'autre.

Je l'avais accompagnée dans sa promenade du soir, ignorant ce qui se passait dans son esprit, et c'était par accident, en poussant notre inconnu à me parler en sa présence, que j'avais décuplé l'intérêt qu'elle ressentait pour lui.

Puis, dans un moment de surexcitation nerveuse et faute de savoir à qui faire ses confidences, la pauvre aveugle m'avait révélé le secret de son cœur.

Que me restait-il à faire ?

Si Lucile avait été dans les mêmes conditions que la plupart des jeunes filles, l'aventure eût été tout simplement ridicule.

Une impitoyable fatalité force l'esprit de l'aveugle à se replier en lui-même ; il vit dans un monde ténébreux, dont nous n'avons pas d'idée, et séparé sans retour, de celui où nous nous agitons, par un espace, hélas ! infranchissable !

Quelle consolation pouvait donner à Lucile ce monde inconnu pour elle ? Aucune !

Elle avait le triste privilège de pouvoir concentrer incessamment sa pensée sur l'être idéal de ses rêves.

La seule impression produite sur elle par le timbre sympathique de la voix de l'inconnu devenait le thème sur lequel s'exerçait librement toute la force de son imagination.

Quelle situation !... Je frémis quand j'y pense.

Je sais bien qu'il ne serait pas difficile de l'envisager sous un tout autre jour et de rire de la folie d'une jeune fille dont l'imagination travaille au sujet d'un inconnu dont elle s'est éprise, rien qu'en l'entendant parler.

Mais prenez en considération que cette jeune fille est aveugle, qu'elle vit dans un monde imaginaire, qu'elle n'a, de plus, personne qui puisse exercer sur son esprit une saine influence, et je vous défie de ne point vous sentir saisi de pitié.

Moi-même, qui appartiens à cette nation française si insouciante, si gouailleuse, je vous avouerai qu'en me peignant le soir devant mon miroir je me trouvai bien attristée et très-vieillie !

Je jetai un coup d'œil sur mon lit.

« Bah ! me dis-je, à quoi bon me coucher ? »

Lucile, étant parfaitement maîtresse de ses actions, pouvait fort bien aller faire une autre promenade, et cette fois toute seule, du côté des Sables, et se mettre

ainsi à la merci d'un inconnu qui pouvait, pour tout ce
que j'en savais, n'être qu'un malhonnête homme ou un
intrigant.

Mais quelle était ma position auprès de Lucile ?

Je n'étais, après tout, que sa dame de compagnie, et je
n'avais, en cette qualité, aucun droit à me mêler de ses
affaires.

Cependant, si quelque chose de fâcheux arrivait, on ne
manquerait pas de m'en rendre responsable.

Il est si facile de dire à son semblable qu'il aurait dû
empêcher telle ou telle chose. En pareille circonstance, à
qui devais-je m'adresser ?

La bonne vieille nourrice Zillah n'étant après tout
qu'une domestique, je n'avais pour toute ressource que la
belle-mère, cette dame lymphatique avec son baby et son
roman ; la fallait-il consulter ?

Non. C'eût été le comble de l'absurdité.

Le père me restait ; mais, d'après ce que j'avais entendu raconter, je n'avais guère confiance dans une intervention efficace de la part du révérend Finch dans une
affaire de cette nature.

Mais comme après tout c'était le père de Lucile, je
crus bon de sonder le terrain.

J'allai donc à la rencontre de Zillah, dont j'avais entendu le pas dans le corridor, afin de lui demander pourquoi je n'avais pas encore vu le maître de la maison.

« Pour une bonne raison, me répondit-elle ; il est allé
voir un ami à Brighton. »

C'était un jeudi, on attendait son retour pour le jour
où il préparait son sermon, c'est-à-dire le samedi.

Je m'en retournai à ma chambre d'assez mauvaise
humeur. C'est en pareil moment que mon esprit se réveille avec une étonnante facilité. J'eus une nouvelle inspiration.

« Puisque Dubourg s'est permis de m'adresser la parole, j'irai aux Sables et j'userai du même procédé. »

Je ne sais si cette résolution me fut uniquement inspirée par l'intérêt que je ressentais pour Lucile ou si la
curiosité s'y mêla à mon insu.

Le fait est que j'allai me coucher sans faire de plus longues réflexions.

VII.

AU GRAND JOUR.

J'aurais dû avant de souffler ma bougie prier Zillah de me réveiller de bonne heure : je crus cependant pouvoir me passer de cette précaution.

Je me remuai longtemps dans mon lit sans pouvoir fermer l'œil, et vers le matin je m'endormis d'un sommeil agité.

Quand je m'éveillai, je fus bien étonnée de voir qu'il était dix heures.

Je sautai à bas du lit et je sonnai la vieille nourrice, pour lui demander si Lucile était chez elle.

« Non, me répondit-elle, elle vient de partir pour faire une petite promenade. Elle est sortie seule et s'est dirigée du côté des Sables. »

J'en conclus tout de suite que Lucile avait profité des heures précieuses de la matinée que je perdais en dormant pour s'en aller sans moi. Il ne me restait qu'à la rattraper.

Une demi-heure après, je me mis en route, en prenant, comme vous pouvez bien le penser, le même chemin que Lucile.

Un calme absolu régnait autour de la petite habitation.

Je la dépassai pour m'engager un peu plus loin dans le sentier qui contournait la colline ; mais ne voyant personne devant moi, je rétrogradai pour pousser une reconnaissance du côté des Sables et, rencontrant le petit renflement de terrain sur lequel elle était assise, j'arrivai par derrière.

Les fenêtres étaient grandes ouvertes. Je me mis aux écoutes, et sans aucun scrupule, sachez-le bien. Bien sot celui qui n'aurait pas fait comme moi.

J'écoutai des deux oreilles, et j'entendis un bruit de voix qui provenait de la fenêtre percée sur un des côtés de la maison.

Je m'approchai sans faire aucun bruit sur le gazon et j'entendis distinctement la voix de Dubourg. Une voix de femme lui répondit.

C'était bien Lucile, je la prenais sur le fait.

« C'est merveilleux, dit-il, et l'on dirait que vous avez des yeux au bout des doigts. Pourrez-vous me décrire cet objet ?

— C'est un vase de petite dimension, répondit-elle avec autant de tranquillité que si elle avait connu Dubourg de longue date.

— Un instant... Dites-moi de quel métal il est fait ? Est-il en argent ?

— Non, il est en or. Est-ce vous qui l'avez ciselé, ainsi que le coffret ?

— C'est bien moi. N'est-ce pas un singulier goût que celui que j'ai pour la ciselure. C'est un artiste que j'ai connu en Italie qui m'a donné des leçons. J'y ai pris goût. J'ai façonné du métal brut le vase que vous tenez avec tous ses ornements, le printemps dernier, pendant ma convalescence.

— Encore un mystère qui se découvre ! s'écria Lucile. Je vois parfaitement à présent pourquoi vous faites venir de Londres des plaques d'or et d'argent. Mais savez-vous la réputation qu'on vous a faite ? On vous soupçonne de faire de la fausse monnaie ! »

Ils se mirent à rire aux éclats, comme deux vrais enfants.

J'aurais bien voulu faire chorus. Mais n'avais-je pas, en femme honnête, à me glisser un peu plus près pour voir si les rieurs ne se permettaient pas quelques familiarités ?

La croisée était à moitié masquée par un volet qui s'ouvrait du dehors.

Je me plaçai derrière ce volet et je me hasardai à jeter un coup d'œil furtif dans la chambre.

Tout pénible que soit ce devoir, je dois vous raconter ce que je vis.

Lucile était assise en face de Dubourg qui tournait le dos à la fenêtre ; la jeune aveugle, toute rougissante de plaisir, tenait sur ses genoux un petit vase en or, sur la surface duquel elle passait rapidement les doigts, comme elle l'avait fait sur ma figure la veille.

« Faut-il vous décrire les détails du vase ? dit-elle.

— Vraiment ! vous le pourriez ?...

— Vous allez en juger. Il est couvert de feuilles avec des oiseaux nichés çà et là. Attendez un peu,.. je crois avoir touché des feuilles de la même espèce contre le vieux mur du presbytère. C'est du lierre ?

— C'est vraiment à ne pas y croire ! C'est du lierre.

— Quant aux oiseaux, reprit-elle, je ne serai contente que lorsque j'aurai découvert à quelle espèce ils appartiennent. Voyons, je crois avoir chez moi des oiseaux sculptés en argent qui leur ressemblent et servent de réceptacle pour contenir le sucre, le sel, etc., etc. J'y suis !... s'écria-t-elle, d'une voix triomphante, ce sont de petits hiboux perchés dans des nids de lierre. Quel charmant travail ! Je n'ai jamais touché rien de semblable.

— Vous me ferez un grand plaisir et un grand honneur en l'acceptant, » répondit Dubourg.

Elle se leva et secoua la tête en signe de refus. Elle garda néanmoins le vase dans sa main.

« Je pourrais l'accepter, si j'avais l'honneur de vous connaître, lui répondit-elle. Pourquoi cacher qui vous êtes et vivre seul dans une pareille solitude ? »

Le jeune homme se tenait devant elle la tête baissée et laissa échapper un soupir amer.

« Je sais bien que je devrais m'expliquer, et je ne suis nullement surpris de paraître suspect au voisinage. »

Il s'arrêta un instant et ajouta avec vivacité : « Je ne saurais vous expliquer cela, à vous surtout.

— Et pourquoi donc ?...

— Ne cherchez pas à le savoir, je vous en prie ! »

Lucile chercha du bout de sa canne le bord de la table, et y posa le vase lentement et comme à regret.

« Adieu, monsieur Dubourg, » dit-elle.

Celui-ci lui ouvrit la porte sans mot dire.

De ma cachette, je les vis tous deux passer dans le vestibule et traverser le petit enclos qui se trouvait sur le devant. En arrivant sur le gazon, Lucile se retourna et s'adressa de nouveau au jeune homme.

« Vous ouvririez-vous à une de mes amies, si je vous l'envoyais ? demanda-t-elle.

— De quelle amie voulez-vous parler ?

— De la dame que vous avez vue avec moi hier soir. »

Il hésita un instant, puis il répondit qu'il craignait bien d'avoir blessé cette dame.

« Raison de plus pour vous expliquer avec elle, reprit Lucile. Dites-lui tout, et, si elle est satisfaite, je pourrai sans crainte vous inviter à venir nous rendre visite. Je pourrais même accepter le vase. »

Après cette invitation fort claire, elle lui serra la main.

Son sang-froid et sa familiarité auprès d'un inconnu, cette innocence mêlée de hardiesse m'étonnèrent tellement que j'en restai comme pétrifiée.

« Je vous enverrai mon amie aujourd'hui même, reprit-elle d'un ton assez impérieux et en frappant le gazon de sa canne, j'exige que vous lui disiez toute la vérité. »

Et faisant signe au jeune homme de ne pas la suivre, elle reprit seule le chemin du village.

N'êtes-vous pas aussi surpris que moi de voir que l'infirmité de Lucile avait eu un effet diamétralement opposé à ce qu'on pouvait en attendre, et qu'au lieu de se sentir intimidée en présence d'un inconnu, elle se montrait on ne peut plus hardie.

Dubourg resta immobile et la regarda s'éloigner.

Je dois, en toute justice, reconnaître qu'il s'était montré, pendant toute l'entrevue, d'une déférence des plus respectueuses envers Lucile, et que toute la timidité était de son côté.

Je pus, grâce à une robe assez courte qui ne frôlait

point l'herbe, et en longeant le mur, arriver derrière le jeune homme sans qu'il s'en aperçût.

« Quelle charmante jeune fille ! » disait-il en suivant des yeux Lucile, qui s'éloignait.

Je l'interrompis par un petit coup sec de mon ombrelle sur l'épaule.

« Monsieur Dubourg, lui dis-je, me voilà prête à entendre votre confession. »

Il tressaillit en me regardant, muet, consterné, rougissant et pâlissant tour à tour comme une jeune fille.

Tous ceux qui ont étudié le caractère féminin comprendront que le trouble manifeste de ce jeune homme, au lieu de me radoucir, eut un effet tout contraire.

« Croyez-vous, monsieur, lui dis-je, que dans la position où vous vous trouvez il soit honnête d'attirer chez vous une jeune fille qui ne vous connaît pas, et qui, vu son infirmité, a droit à plus de respects et d'égards qu'un gentleman n'en doit au beau sexe. »

Il rougit de nouveau, mais cette fois ce fut de colère.

« Vous êtes bien injuste envers moi, madame, de m'accuser d'avoir manqué de respect à cette demoiselle que j'estime et que je plains sincèrement. Si elle est entrée chez moi, c'est l'effet du hasard. Elle pourra vous le dire elle-même. »

Je vis au ton qu'il prenait que je l'avais blessé. Voulant détourner sa colère, et changeant de tactique, j'essayai sans vergogne ce que pourrait faire un peu de politesse.

« Si j'ai été injuste envers vous, lui dis-je, je vous en demande pardon, tout en vous déclarant que je serais bien aise de connaître votre secret. »

Ces paroles le calmèrent. Il se radoucit.

« A vous dire la vérité, me répondit-il, je dois la connaissance de cette jeune fille au méchant roquet de l'auberge, qui a suivi un jour la femme qui fait mon ménage. Il se mit à courir après elle en aboyant. Elle eut peur, et après que j'eus chassé le chien, je l'invitai à entrer chez moi, à s'asseoir, et à se remettre de son émotion. Que trouvez-vous de blâmable dans tout cela ? Je ne nierai pas que je me sois senti pris d'un grand intérêt pour cette

demoiselle et que j'aie fait tout mon possible pour lui être
agréable tant qu'elle m'a fait l'honneur de rester chez
moi. Êtes-vous satisfaite de mon explication ? »

Je fus bien forcée de reconnaitre que je m'étais trompée
dans l'opinion défavorable que je m'étais faite de ce jeune
homme. Il s'exprimait en parfait homme du monde.

Et puis, faut-il l'avouer, je le trouvai d'une beauté
rare, quoique un peu efféminée.

Ses cheveux châtains frisaient naturellement et ses
yeux, brun clair, avaient une expression de douceur et de
modestie ; il avait le teint d'une blancheur si pure qu'on
eût dit celui d'une femme ou d'un jeune garçon. Du reste,
sa figure imberbe lui donnait plutôt l'air d'un enfant que
d'un homme. Enfin, si l'on m'eût demandé son âge,
j'aurais répondu qu'il avait au moins trois ans de moins
que Lucile, bien qu'il en eût en réalité trois de plus.

« Votre connaissance avec Mlle Lucile a commencé
d'une manière assez bizarre, en effet, et vous m'avez
abordée hier d'un air si étrange, que vous me pardonnerez si je vous ai parlé en termes un peu vifs. Veuillez
agréer mes excuses, et tâchons à l'avenir de nous montrer un peu plus justes l'un envers l'autre. J'avais encore
quelque chose à vous demander avant de nous quitter.
Pourrai-je, sans vous sembler indiscrète, vous suggérer
l'idée de m'inviter à entrer chez vous pour m'asseoir un
instant ? »

Toute sa bonne humeur était revenue. Il se mit à rire
et me précéda.

Nous entrâmes tous deux dans la pièce que venait de
quitter Lucile, et nous nous mîmes près de la fenêtre ;
mais je m'arrangeai pour qu'il eût le jour dans la figure,
en prenant le siége qu'il occupait quelques instants auparavant.

« Vous savez sans doute, monsieur Dubourg, que j'ai
parfaitement entendu ce que vous a dit Mlle Lucile en
vous quittant ? »

Il inclina la tête en signe d'assentiment. Ses doigts se
promenèrent avec agitation sur le vase d'or que Lucile
avait laissé sur la table.

« Je voudrais savoir, puisque vous avez parlé de l'intérêt que vous ressentiez pour ma jeune amie, quelles sont
vos intentions. Si l'intérêt que vous prenez à elle est d'une
nature honorable, vous tâcherez de mériter mon estime
en satisfaisant à ma demande. Dites-moi en termes clairs
et nets si vous consentez à nous démontrer qu'en vous
recevant, Mlle Lucile et moi, nous recevrons un bon
voisin et ami, et un homme d'honneur, ou dois-je, dans
le cas contraire, prévenir le recteur de Dimchurch du
danger que court sa fille en permettant à un homme
dont les antécédents ne sont pas connus de s'insinuer
dans ses bonnes grâces. »

Il posa le vase sur la table et devint pâle comme la
mort.

« Si vous saviez toutes les souffrances que j'ai eu à endurer.., »

Sa voix se troubla, tandis que ses yeux se remplirent
de larmes. Il baissa la tête et se tut.

J'aime, comme la plupart des femmes mes sœurs,
qu'un homme soit un homme. Je trouvai quelque chose
d'efféminé dans la manière dont ce Dubourg accueillait
ma mise en demeure.

Bien loin d'exciter ma compassion, il fut à deux doigts
d'encourir mon mépris.

« Et moi aussi j'ai souffert, lui répondis-je, et j'ai
enduré bien des misères ; mais mon courage ne m'abandonne pas comme il vous abandonne. Si j'étais à votre
place, et n'ayant rien à me reprocher, je ne voudrais pas
laisser peser sur moi le plus léger soupçon, et je reven-
diquerais mon honneur à n'importe quel prix. J'aurais
honte de pleurer et je m'expliquerais bien haut. »

Il fut blessé au vif et se redressa de toute sa hauteur.

« Oui ! s'écria-t-il avec violence. Mais avez-vous eu,
comme moi, des centaines d'yeux cruels et impitoyables
braqués sur vous ? Vous a-t-on partout montré au doigt
sans trêve ni merci ? Avez-vous souffert le pilori des
feuilles publiques ? La photographie elle-même vous a-
t-elle fait, en exposant vos traits dans tous les magasins,
une célébrité infâme ?

Il se rejeta sur sa chaise en se tordant les mains.

« Oh ! la foule !... l'horrible foule !... Je ne puis échapper à ses regards, pas même ici. Vous-même, vous m'avez sans doute regardé avec le même sentiment d'horreur que les autres !... dit-il en se tournant avec une sorte de rage vers moi. Je m'en suis bien aperçu lorsque vous avez passé près de moi hier soir !

— Je vous vois, lui répondis-je, pour la première fois de ma vie, et je ne connais pas même les portraits dont vous parlez. J'ai eu récemment trop de peine et d'anxiétés pour m'amuser à regarder des photographies ; je ne vous connais pas même de nom. Si vous avez un peu d'amour-propre, vous me direz qui vous êtes. Allons, n'hésitez plus à me dire la vérité... vous en avez déjà trop dit pour reculer, et vous le savez bien. »

En lui parlant ainsi, je lui saisis la main.

J'avoue que le singulier accès de colère qu'il venait d'avoir avait porté le comble à ma surexcitation, au point même que j'avais à peine conscience de mes actes et de mes paroles. Nous ressentions en ce moment critique une méfiance mutuelle.

Sa main étreignit convulsivement la mienne, tandis qu'il me regardait d'un œil égaré.

« Lisez-vous les journaux ? me dit-il.

— Oui, répondis-je.

— N'auriez-vous pas vu, par hasard...

— Le nom de Dubourg ?... Jamais.

— Ce n'est pas là mon véritable nom...

— Quel est-il alors ? »

Il se pencha et me le dit tout bas à l'oreille.

Je tressaillis comme si la foudre m'avait frappée.

« Grand Dieu! m'écriai-je, vous seriez celui qu'on a jugé pour assassinat le mois dernier, et qui a été à deux doigts de la potence, grâce à une pendule dans laquelle la justice trouvait une preuve de son crime ? »

VIII.

LE FAUX TÉMOIGNAGE DE LA PENDULE.

Nous nous regardâmes un instant sans parler ; nous avions besoin tous deux de nous remettre de notre émotion.

On se demandera probablement quelle était l'accusation à laquelle avait eu à répondre Dubourg, et ce qu'avait à faire une pendule dans tout ceci.

Voici les détails de ce procès, que je trouve dans un compte-rendu qui est en ma possession. Je continuerai par la suite, et en résumant ce compte-rendu aussi briè-vement que possible, à me servir pour ma nouvelle con-naissance du nom de Dubourg : c'était le nom de famille de sa mère.

Notre petit drame se passe à Dimchurch, vers l'année 1858 ou 1859.

Peu importent les véritables noms des personnes qui y ont joué un rôle.

Un soir d'été, il y a de cela quelques années, on trouva dans un champ situé près d'une ville de l'ouest de l'An-gleterre un homme assassiné.

Ce champ s'appelait le Champ du Pardon.

L'homme était entrepreneur de charpente dans la ville et il y jouissait d'une assez médiocre réputation.

Le soir du crime, un de ses parents éloignés, employé en qualité de régisseur dans une ferme du voisinage, vint à passer près de là. Il vit Dubourg franchir rapidement une petite barrière que les piétons enjambaient pour passer du champ dans la route. Ils se croisèrent allant en sens opposé.

Environ une demi-heure après, le régisseur revint sur

ses pas. En atteignant la barrière, il entendit des clameurs ; il entra dans le champ pour en savoir le motif.
Il vit au bout opposé du champ des gens accourus vers
un jeune garçon qui, debout derrière une étable, poussait
des cris de terreur.

En arrivant, on trouva à ses pieds un homme couché
à plat ventre et le crâne défoncé. La montre de la victime, qui pendait à terre soutenue par la chaîne, s'était
arrêtée évidemment par suite du choc et marquait huit
heures et demie. Les quelques objets de valeur que portait cet homme étaient intacts.

Le régisseur reconnut dans ce cadavre encore chaud
celui de son parent le charpentier.

A l'enquête préliminaire, on trouva par induction que
le coup mortel avait dû être donné à huit heures et demie,
heure à laquelle s'était arrêtée la montre trouvée sur le
cadavre.

Il s'agissait ensuite de savoir si l'on avait vu quelqu'un
passer à cette heure ou vers cette heure, près du Champ
du Pardon.

C'est alors que le régisseur vint déclarer qu'il avait vu
Dubourg franchir la barrière qui séparait le champ de
la route. Il était alors huit heures et demie.

On lui demanda s'il avait regardé sa montre.

Il répondit qu'il ne l'avait pas fait, mais que, grâce a
certains détails qui s'étaient fixés dans sa mémoire, il
était convaincu qu'il ne se trompait pas sur la question
de l'heure.

On le pressa sur ce point capital, mais il continua d'affirmer qu'il avait vu Dubourg s'éloigner rapidement du
Champ du Pardon à l'heure que marquait la montre, c'est-
à-dire à huit heures et demie.

A une autre question qu'on lui posa, il répondit qu'il
n'avait vu que Dubourg dans le voisinage du champ, à
l'heure où l'assassinat avait été commis.

L'instrument qui avait servi à perpétrer le crime n'a-
vait pas été découvert.

Comme il était évident que le vol n'avait pas été le
mobile du crime, il fallait rechercher si on ne trouverait

pas, parmi les gens équivoques que fréquentait la victime, quelque rancune personnelle. Mais les soupçons ne purent se fixer d'une manière précise sur ces hommes et ces femmes de mauvaise vie qu'il fréquentait au vu et au su de tout le monde.

Les choses en vinrent à ce point que la justice n'eut d'autre alternative que d'exiger que Dubourg, qui vivait de ses rentes et jouissait dans la ville et dans le voisinage d'une excellente réputation, vînt lui rendre compte de ses faits et gestes.

Tout en reconnaissant avoir franchi la barrière qui séparait le sentier de la route après avoir traversé le champ, il se mit en contradiction avec le régisseur en déclarant avoir regardé sa montre et avoir vu qu'il était huit heures et quart précises au moment où il passait sur la route.

Cinq minutes après, c'est-à-dire dix minutes avant l'assassinat, il était allé rendre visite à une dame qui demeurait tout près de là, et, au moment de la quitter, il avait de nouveau consulté sa montre.

Il était alors neuf heures moins un quart.

C'était se disculper en invoquant ce qu'on appelle un alibi. Mais la justice, plus difficile que les amis de Dubourg, voulut entendre la déposition de la dame en question, et, en attendant sa comparution, on demanda simplement pour la forme à Dubourg s'il connaissait personnellement la victime.

Il avoua, en se troublant quelque peu, qu'un de ses amis lui avait recommandé cet homme pour lui confier de l'ouvrage.

Voici, en substance, les faits qui ressortirent de l'interrogatoire qu'on lui fit subir à la suite de cette réponse :

Les travaux avaient été fort mal exécutés, et le charpentier avait présenté un mémoire exorbitant. Dubourg s'était récrié, et, à la suite d'une vive altercation, où cet homme s'était montré d'une rare grossièreté, il l'avait saisi au collet et jeté à la porte en l'appelant affreux coquin et en lui faisant la menace, ou une menace équivalente, de l'assommer s'il avait le malheur de se montrer près de sa maison. Il ajouta qu'en se calmant il avait regretté sa violence, et il jura qu'à partir de ce moment, c'est-à-dire six semaines auparavant, il n'avait pas revu cet homme.

A ce point de l'enquête, les choses avaient pris une tournure malencontreuse pour Dubourg, mais c'était tout.

N'avait-il pas, en effet, la ressource d'invoquer son alibi et la bonne réputation dont il jouissait?

Le résultat favorable de l'enquête ne faisait pour personne l'ombre d'un doute.

C'est alors que la dame à laquelle Dubourg avait rendu visite vint faire sa déposition.

Confrontée avec l'accusé et sommée de préciser l'heure à laquelle il l'avait quittée, cette dame réfuta ce qu'il avançait, en se basant sur l'heure que marquait une pendule placée sur la cheminée de son salon.

Elle avait, au moment où Dubourg entrait, jeté l'œil sur le cadran en faisant la réflexion qu'il était bien tard pour faire une visite.

La pendule, réglée et mise à l'heure la veille par l'horloger même qui la lui avait vendue, marquait neuf heures moins vingt-cinq. On avait trouvé, expérience faite, qu'il fallait, en marchant d'un pas rapide, cinq minutes tout juste pour aller de la barrière à la maison de la dame.

Deux témoins honorables étaient donc d'accord sur ce point important.

On constata que la pendule marchait bien, et l'horloger qui l'avait fabriquée déclara qu'il en gardait la clef et qu'il n'avait aucune raison pour remonter ou régler la pendule de nouveau, puisqu'il l'avait fait de sa propre main la veille de la visite de Dubourg, et qu'elle marchait parfaitement.

En face de tels faits, il fallait bien se rendre à l'évidence.

On en vint à conclure que l'accusé s'était trouvé dans le champ au moment où l'assassinat avait été commis; qu'il avait eu antérieurement une dispute suivie de voies de fait et de menaces avec le charpentier, et qu'enfin il

avait, quant à la visite à la dame, fait une déclaration
fausse, dans le but de tromper la justice et d'établir un
alibi.

Le devoir des magistrats était de l'appeler à compa-
raitre aux assises pour répondre à l'accusation d'assassinat commis sur la personne du charpentier dans le
Champ du Pardon.

Les débats durèrent deux jours.

On ne découvrit aucun fait nouveau important en dehors de ce qui était déjà connu.

L'interrogatoire des témoins suivit le même cours que
pendant l'examen préliminaire, si ce n'est le soin plus
minutieux que l'on mit à éplucher les dépositions.

Dubourg avait deux avantages pour lui : d'abord d'a-
voir pour défenseur l'avocat le plus renommé pour les
causes capitales, et la profonde sympathie des jurés qui
n'avaient qu'un désir, celui de voir son innocence mise
au jour.

A la fin du premier jour des débats les dépositions ac-
cablèrent l'accusé avec une force tellement irrésistible
que son défenseur perdit tout espoir de le sauver.

Lorsque le prévenu revint le second jour s'asseoir au
banc des accusés, l'opinion était unanime. Tout le monde
disait : « Cette pendule le fera pendre. »

Il était à peu près deux heures, et la cour allait suspendre les débats pour une demi-heure, lorsque l'avoué
de l'accusé tendit un papier à son défenseur.

Celui-ci se leva en proie à une émotion qui excita la curiosité de tout l'auditoire. Il demanda qu'on entendit un
témoin dont la déposition était d'une telle importance
pour l'accusé qu'on ne devait pas remettre d'un instant
sa comparution devant la cour.

Après une courte discussion entre les avocats pour
l'accusation et pour la défense, il fut décidé que l'on con-
tinuerait l'audience sans interruption.

Le témoin qui se présenta était une jeune femme, qui
paraissait relever de maladie. Elle était, à l'époque où le
meurtre avait été commis, domestique chez la dame à
laquelle l'accusé était allé rendre visite dans la soirée. Le

lendemain, sa maîtresse lui avait permis de s'absenter pendant une semaine pour aller voir sa famille, qui demourait dans l'ouest des Cornouailles. Arrivée là, elle était tombée malade et n'avait pu recouvrer ses forces à temps pour reprendre son service.

Après cette première déclaration, cette fille donna sur la pendule de sa maîtresse les singuliers détails qui suivent :

Le matin du jour de la visite de Dubourg, elle avait, en époussetant le dessous de la cheminée, heurté accidentellement le balancier, qui s'était arrêté. Ce n'était pas la première fois que cela lui arrivait et sa maîtresse l'en avait déjà vertement réprimandée. Craignant que celle-ci ne lui retirât, pour la punir, la permission d'aller chez ses parents, et cela d'autant plus que la pendule venait d'être remontée la veille, elle résolut de remédier, si c'était possible, à sa maladresse. Après avoir vainement cherché à tâtons le balancier pour le remettre en marche, elle essaya de soulever et de secouer la pendule, qui était en marbre et ornée d'un sujet en bronze ; mais elle la trouva si lourde qu'elle chercha, pour y parvenir, un instrument quelconque qui pût lui servir de lévier. Ayant trouvé, non sans difficulté, ce qu'elle cherchait, elle souleva la pendule à quelques pouces de la cheminée et la laissa retomber, dans l'espoir de remettre le balancier en mouvement. Ceci fait, il fallait remettre la pendule à l'heure, et le verre qui protégeait le cadran n'était rien moins que facile à ouvrir. Après avoir cherché en vain un outil, elle emprunta au valet de chambre, sans lui dire ce qu'elle en voulait faire, un petit ciseau dont elle se servit pour forcer le couvercle, sur le bord en cuivre duquel elle laissa des traces de l'opération. Puis elle remit l'aiguille au jugé. Mais quelques instants après, elle s'aperçut que, dans le trouble que lui causait la crainte que sa maîtresse ne la surprît, elle s'était trompée en estimant le temps qu'elle avait mis à réparer sa maladresse et qu'elle avait remis l'aiguille en avance d'un quart d'heure. L'occasion de réparer sa méprise sans être vue de personne ne se présenta que tard dans la soirée. Cette fois, elle remit la pendule à l'heure exacte.

Elle jura qu'au moment de la visite de Dubourg la
pendule avançait d'un quart d'heure et qu'elle marquait
alors, comme l'avait du reste déclaré sa maîtresse, neuf
heures moins vingt, tandis qu'il n'était en réalité, et
comme l'affirmait Dubourg, que huit heures vingt.

Quand on demanda à cette femme pourquoi elle ne
s'était pas présentée à la première enquête pour faire devant les magistrats cette déposition inattendue, elle répondit que, partie le lendemain matin pour un village
lointain des Cornouailles, elle y était tombée malade et
n'avait pas plus entendu parler de l'enquête et du procès
que ceux qui l'entouraient, et que si elle venait maintenant déposer sous serment de ces faits d'une importance
capitale pour l'accusé, c'était grâce au frère jumeau de
Dubourg, qui était venu la trouver la veille. Il l'avait
alors interrogée au sujet de la pendule et avait exigé
qu'elle partît le lendemain même pour venir faire sa déposition devant la cour.

Ce témoignage eut un résultat décisif sur l'issue du
procès. La foule poussa un long soupir de soulagement
lorsque la servante eut fini de parler.

Selon l'usage, on l'interrogea contradictoirement, et
avec le soin le plus minutieux. On examina ses antécédents. On retrouva les marques qu'elle déclarait avoir
faites avec le ciseau sur le couvercle du cadran.

Bref, à une heure avancée de la nuit, le jury prononça,
sans se retirer, un verdict d'acquittement.

On peut dire, sans exagération, que le frère de Dubourg l'avait arraché à une mort certaine.

Il avait été le seul à ne pas vouloir croire un instant
aux faits qui se rattachaient à la pendule, et cela simplement parce que ces faits accablaient son frère.

A force de questionner les gens, il avait fini par découvrir, au moment où s'entamait le procès, le départ de
la servante.

Il était parti tout de suite n'ayant qu'un but, celui de
retrouver cette fille et de lui poser l'éternelle question
dont il poursuivait tous les gens de la maison de sa
maîtresse : « Pouvez-vous me donner quelques détails

touchant cette pendule qui conduira mon frère à l'échafaud ? »

Quatre mois après l'acquittement, on découvrit le véritable criminel.

Un des individus de mauvaises mœurs que fréquentait la victime avoua, à son lit de mort, qu'il était l'auteur de l'assassinat.

Il n'y avait rien d'extraordinaire ni d'intéressant dans les circonstances du crime.

Le hasard qui avait mis l'innocent en danger avait assuré l'impunité au coupable.

Une misérable, une querelle de jalousie, l'absence de tout témoin au moment du crime, tels étaient, en réalité, les éléments vulgaires qui avaient composé le drame du Champ du Pardon.

IX.

LE HÉROS DU PROCÈS.

« Maintenant que vous m'avez forcé à vous donner ces détails, vous pouvez me laisser... Que vous importe ce que je souffre ? »

C'est ainsi que m'apostropha le héros du procès que je viens de raconter. Il se retira d'un air étrange et plein de résignation à l'extrémité de la salle, et se mit à me regarder comme un homme qui, se sentant atteint d'un mal contagieux, veut préserver ses semblables de tout contact avec lui.

« Pourquoi m'en irais-je ? lui dis-je.

— Je vous trouve bien hardie, me répondit-il, de rester auprès d'un homme accusé d'assassinat et traduit, comme tel, en cour d'assises ! »

L'état d'esprit qui l'avait déterminé à venir habiter Dimchurch et à me parler la veille l'irritait contre moi. Il m'en voulait d'avoir profité de son irascibilité pour lui faire dire la vérité.

Que faire dans une pareille disposition d'esprit ? Prendre le taureau par les cornes, comme on dit en Angleterre. C'est ce que je fis.

« Je ne vois dans tout ceci, lui dis-je, qu'un honnête homme acquitté pour un crime qu'il était incapable de commettre, et qui mérite toute ma sympathie et toute mon estime. Allons, serrons-nous la main, monsieur Dubourg, et soyons bons amis. »

En lui disant ces paroles, empreintes d'une cordiale sincérité, je lui donnai une solide poignée de main.

Ce pauvre garçon, accablé sous les coups du destin, et qui vivait sans soutien pour l'aider dans sa faiblesse, laissa tomber sa tête sur mon épaule et se mit à sangloter.

« Je vous en prie, madame, ne me méprisez pas, me dit-il, lorsqu'il fut un peu calmé. Avoir été sur la sellette le point de mire de milliers d'yeux impitoyables, et me sentir innocent ! Cela brise un homme ; et puis, je souffre tellement de mon isolement depuis que mon frère m'a quitté !... »

Nous nous assîmes côte à côte. J'avais bien devant moi le plus singulier mélange de contradictions que j'aie jamais vu chez un homme.

Lorsqu'il avait un de ces accès de colère auxquels il était si prompt, vous eussiez cru avoir affaire à un tigre. Puis lorsque, se radoucissant, il retombait dans son calme ordinaire, calme des plus inoffensifs, vous l'eussiez trouvé doux comme un agneau.

« Il y a une chose qui me surprend, monsieur Dubourg, et que je ne puis entièrement comprendre...

— Pardon, madame, ne m'appelez pas Dubourg; vous me rappelleriez les circonstances qui m'ont forcé à changer de nom. Ma mère étant née à Jersey, on me baptisa du nom de son frère, Oscar. C'est un nom qui n'est pas anglais, et comme je vois que vous êtes Française, je

l'ai reconnu à votre accent, vous ne l'en aimerez que
mieux. Appelez-moi Oscar, à l'avenir... Vous disiez que
vous ne compreniez pas ?...

— Je ne comprends pas que votre frère vous abandonne dans la position où vous êtes. »

Il fut sur le point de se fâcher.

« Pas un mot de plus contre mon frère, madame! s'é-
cria-t-il avec violence; c'est l'homme le plus noble que
Dieu ait envoyé sur terre. Puisque vous savez l'histoire
du procès, avouez que sans lui je mourais sur l'échafaud.
Ce n'est pas un mortel, c'est un ange! »

Je me plus à reconnaître que son frère était un ange.

Cette concession de ma part parut le calmer.

« On dit que nous nous ressemblons tous deux, dit-il
en approchant sa chaise. Ah! que les gens qui disent
cela jugent superficiellement. Je vous accorde qu'au physique nous nous ressemblon   'onnamment, mais là s'arrête, malheureusement pour   i, la ressemblance. Nugent, il porte le nom de notre père, Nugent est un vrai
héros! un vrai génie! Sans les soins qu'il m'a prodigués,
je serais mort à la suite du procès. Je n'ai que lui, puisque nous sommes orphelins, et que nous n'avo s ni
frères, ni sœurs. Nugent a souffert du mal qui nous
accablait encore plus vivement que moi, mais il a su se
contenir et le cacher. Les conséquences en ont été encore
plus funestes pour lui que pour moi. Il était en bonne
voie pour rendre notre nom de famille célèbre lorsqu'il a
été, à la suite du procès, forcé de l'abandonner pour
prendre un nom d'emprunt. Il peint le paysage, et si
vous ne le connaissez pas déjà de réputation, vous entendrez bientôt parler de lui. Croiriez-vous qu'il est parti
pour les régions inexplorées de l'Amérique pour chercher
de nouveaux sujets d'étude. Il veut fonder une nouvelle
école sur une échelle immense, quelque chose de tout à
fait nouveau. Ce bon frère, savez-vous quelles nobles
paroles il a prononcées en me quittant : « Je m'en vais,
Oscar, pour illustrer notre nouveau nom, et pour peu
qu'on l'honore, la célébrité de ton frère Nugent rejaillira
sur toi. » Croyez-vous que j'aurais eu l'audace d'entraver

un pareil avenir?... Croyez-vous que j'aurais eu le courage de laisser croupir ici, dans le seul but de me tenir compagnie, et après qu'il s'était sacrifié pour moi, un pareil génie?... Peu importe si mon isolement me pèse. Que suis-je, après tout? Oh! si vous aviez vu avec quelle patience il a supporté l'affreuse notoriété qui s'est attachée à notre nom, à la suite du procès! On le prenait sans cesse pour moi et on le montrait au doigt. Il ne s'est pas plaint une seule fois. « Voici le cas que je fais de l'opinion publique, » disait-il en faisant claquer ses doigts d'un air moqueur. Quelle force de caractère, hein! Nous avions beau aller d'un endroit à un autre, les photographies, les journaux, enfin tous ces affreux détails qu'on appelle un roman de la vie réelle, nous suivaient partout, et nous étions déjà connus dans une localité avant d'y arriver. Eh bien, malgré cela, Nugent n'a pas perdu un instant courage, et il disait gaiement que nous finirions bien par trouver un refuge contre la curiosité publique. « Ne t'occupe de rien, Oscar, me disait-il souvent, tu es entre mes mains et je me charge de trouver ce qu'il te faut. » C'est lui qui, à force de chercher, a fini par trouver ce petit coin ignoré de l'Angleterre. Je l'ai trouvé joli lorsque nous l'avons découvert accidentellement, en errant à l'aventure sur les collines. Quant à Nugent, il ne trouva pas le paysage assez grandiose. Nous perdîmes notre chemin. Je commençais à m'inquiéter, mais Nugent, qui n'avait peur de rien, me dit : « Je suis avec toi et je suis habitué à te servir de soutien. Tiens, je te parie que nous allons tomber sur un village quelconque. » C'est à peine croyable; dix minutes après, sa prédiction se réalisait, et nous entrions dans Dimchurch. Quand j'obtins de lui qu'il ne différât pas plus longtemps son voyage en Amérique, il ne voulut pas partir sans me recommander à quelqu'un et il alla trouver l'aubergiste. « Mon frère, lui dit-il, ne jouit pas d'une forte santé ; il a besoin de calme et de repos. Vous me rendrez service en prenant soin de lui. » L'aubergiste lui-même fut touché de ces paroles; c'était si bon de la part de Nugent! Il a pleuré en me quittant. Ah ! que ne donnerais-je pour lui ressembler de

cœur et d'esprit ! C'est cependant déjà quelque chose de
lui ressembler de visage. C'est la réflexion que je fais
souvent en me voyant dans la glace. Mais, pardonnez-
moi mon bavardage, madame ; lorsque je commence à
parler de Nugent, je ne sais jamais m'arrêter. »

Il y avait quelque chose de certain chez ce jeune
homme, impénétrable sous tous les autres rapports : c'est
qu'il aimait son frère à l'adoration.

J'aurais été persuadée que Nugent Dubourg était digne
de cet amour fraternel, si j'avais su comprendre comment
il avait pu abandonner son frère à ses propres ressources
dans un endroit tel que Dimchurch.

J'eus à me rappeler le grand service qu'il lui avait
rendu lors du procès pour suspendre mon jugement jusqu'à nouvel ordre.

Ayant accompli cet acte de justice, je profitai de la
première occasion pour changer le sujet de la conversation. Je ne sais rien au monde de plus fatigant que l'énu-
mération des qualités d'un absent qui nous est parfaitement inconnu.

« Est-il vrai, lui demandai-je, que vous ayez loué Les
Sables pour six mois, et que vous ayez l'intention de vous
fixer à Dimchurch ?

— Oui, me répondit-il, mais cela dépend de la manière
dont vous garderez mon secret. Puisqu'on ne me connait
pas ici, veuillez ne dire à personne qui je suis. Vous me
forceriez à quitter le pays.

— Il faudra bien cependant que j'en parle à Mlle Finch.

— Non!... non!... s'écria-t-il vivement. Je ne saurais
supporter l'idée qu'elle le sût. Quand je songe à la manière dont mon nom a été sali par ce procès... Que pen-
serait-elle de moi ? »

Il se livra à une autre digression sur Lucile, et finit
par me supplier de ne révéler son histoire à personne.

Son manque de courage et de sens commun lassa ma
patience.

« Monsieur Oscar, lui dis-je, poussée à bout, j'ai fu-
rieusement envie de vous caresser les oreilles. Vous êtes
dans un état d'esprit fort malsain au sujet de Mlle Finch.

Ne pourriez-vous pas la bannir pour un instant de vos pensées? Vous n'exercez donc aucune profession? Vous ne faites donc rien pour gagner votre vie? »

Je parlais, comme vous le voyez, avec une certaine irritation et avec une rudesse analogue dans les gestes et dans la voix.

Dubourg me regarda tout interloqué, et de l'air d'un homme qui ne se rend pas compte tout d'abord d'une chose à laquelle il n'a jamais songé. Il eut même la modestie d'admettre une vérité aussi dégradante. Il n'avait eu, dès son enfance, que la peine de mettre la main à son gousset pour y trouver de l'argent, sans avoir à le gagner. Son père, portraitiste distingué, avait épousé une riche héritière dont il avait fait le portrait.

Oscar et Nugent faisaient donc partie de la catégorie des gens vivant de leurs rentes. La dignité du travail n'avait jamais ennobli ces jeunes oisifs.

« Il n'y a rien, dis-je à Oscar avec une rudesse toute républicaine, que je déteste plus qu'un riche désœuvré. Il faudrait pour refaire de vous un homme la noble influence du travail. Tout le monde doit travailler. Vous jugeriez de votre position bien plus sciemment, mon jeune gentilhomme, si avant même de manger un morceau de pain et de fromage vous aviez à le gagner par votre travail. »

Les sentiments magnanimes dont j'avais hérité du docteur Pratolungo confondaient totalement ce jeune homme.

Il me jeta un regard suppliant.

« Il ne faut pas m'en vouloir, me dit-il avec sa naïveté habituelle. Comment ferais-je pour manger le fromage dont vous parlez après l'avoir gagné, puisque je ne puis le digérer. J'emploie, du reste, mon temps aussi utilement que possible. »

Il prit, en disant ces mots, le petit vase d'or qu'il avait montré à Lucile, et me répéta ce qu'il lui avait dit.

« Tenez, vous m'eussiez trouvé à l'ouvrage ce matin, si les maladroits qui me fournissent mes plaques n'avaient pas commis une bévue. L'alliage de cet or et de

cet argent ne répond pas du tout à mes besoins. Il me
faudra renvoyer ces plaques au fondeur avant de pouvoir m'en servir. Je les ai là toutes prêtes pour la voiture
qui viendra les chercher. S'il y a par ici des ouvriers ou
des cultivateurs qui aient besoin d'argent, je leur en prê-
terai avec le plus grand plaisir. Voyez-vous, madame, ce
n'est pas ma faute si mon père a fait un riche mariage et
s'il a laissé, en mourant, deux mille livres sterling de
rente à chacun de nous. »

Deux mille livres de rente à chacun d'eux! Et dire
qu'avant de m'épouser, l'illustre Pratolungo n'avait jamais su ce que c'était que d'avoir cent francs dans sa
poche!

Dans mon indignation, je levai les yeux au plafond, et
j'oubliai et la curiosité de Lucile et la peur horrible
qu'avait Oscar que cette curiosité ne fût satisfaite.

J'ouvrais déjà la bouche pour foudroyer la société ac-
tuelle, lorsque je fus arrêtée par l'apparition la plus
extraordinaire qui ait jamais fermé la bouche à une
femme.

X.

APPARITION.

C'était une petite fille joufflue, de trois ans tout au
plus; elle entra par la porte restée ouverte, sans le moindre bruit.

Elle était nu-tête, un long tablier malpropre lui tombait du menton jusqu'aux pieds, et elle portait dans ses
bras une affreuse poupée toute déchiquetée.

Elle regarda fixement Oscar d'abord, moi ensuite, et
s'avançant près de ma chaise, elle posa sa poupée sur

mes genoux, et montrant du doigt une chaise à mes
côtés, elle réclama mes soins en ces termes : « Jicks voudrait s'asseoir. »

Pouvais-je continuer mon attaque contre la société? Il
n'y avait, tout bien considéré, qu'à embrasser Jicks.

« Quelle est cette enfant? » demandai-je à Oscar en
asseyant notre petite visiteuse sur une chaise.

Oscar se mit à rire aux éclats. C'était la première fois,
lui aussi, qu'il voyait cette mystérieuse enfant, et il se
demandait quelle pouvait être la signification de ce sobriquet de Jicks que s'était donné la petite fille.

L'enfant nous regardait de ses grands yeux ombragés
par une masse inculte de boucles blondes, tandis que ses
petites jambes, étendues horizontalement sur la chaise,
nous montraient une petite paire de bottines toutes dé-
chirées et couvertes de poussière.

Elle fit un nouvel appel à notre hospitalité.

« Jicks voudrait boire. »

Pendant qu'Oscar courait chercher du lait, j'essayai
d'établir l'identité de Jicks.

Quelque chose, dans les allures de l'enfant lorsqu'elle
était entrée, tenant sa poupée sous son bras, me rappela
la lymphatique maîtresse de la maison se promenant
avec son baby sur un bras et son roman sous l'autre.

Je me permis d'examiner le tablier de Jicks et je découvris dans un coin le nom de Selina Finch.

Nous avions devant nous un des nombreux membres
de la famille Finch, membre un peu jeune, à ce qu'il me
semblait, pour qu'on le laissât errer seul et nu-tête.

Oscar revint avec un bol de lait que l'enfant lui prit
des mains et vida lentement jusqu'à la dernière goutte;
puis elle respira bruyamment, me regarda, la lèvre
ornée d'une moustache de crème, et m'annonça qu'elle
abrégerait sa visite.

« Jicks voudrait descendre de sa chaise. »

J'obtempérai au désir de ma jeune amie.

Elle reprit sa poupée et hésita un instant en réfléchissant
profondément; puis elle mit tout à coup sa petite main
brûlante dans la mienne et essaya de m'entraîner dehors.

« Qu'est-ce que tu veux? » lui dis-je.

Jicks me répondit par un mot intraduisible.

« L'homme-dada! » dit-elle.

Je me laissai entraîner, bien embarrassée de me prononcer sur la nature de l'homme-dada, et de dire si c'était un jouet ou une friandise.

L'enfant me conduisit jusqu'à la porte d'entrée, où j'aperçus le cheval et la voiture du charretier qui était venu chercher la caisse de plaques d'or et d'argent pour les ramener à Londres. Il s'était avancé sans que nous eussions rien entendu.

J'échangeai un regard avec Oscar, qui m'avait suivie, et nous eûmes la clef de cet excellent mot composé, inventé par Jicks, et qui voulait dire un charretier et son cheval, tout en omettant la voiture comme un accessoire de peu d'importance.

Je compris aussi la politesse qu'avait montrée Jicks en venant nous informer, après s'être reposée et rafraîchie, d'un fait qui n'avait pas attiré notre attention.

Le charretier nous raconta qu'il avait été questionné et examiné par l'enfant, qui l'avait suivi jusqu'à la porte des Sables pour l'épier.

Jicks était, à ce qu'il paraît, connue de tout Dimchurch, et le charretier la connaissait fort bien.

On l'avait surnommée Gipsy, à cause de ses habitudes vagabondes, et elle avait raccourci ce sobriquet en celui de Jicks.

On ne pouvait la retenir au presbytère. Il y avait même longtemps qu'on y avait renoncé. Elle finissait toujours par revenir tôt ou tard; quelquefois on la ramassait endormie, ou un chien de berger la trouvait perdue sous quelque buisson et donnait l'éveil.

« Dieu seul sait ce qui se passe dans la tête de cette enfant, nous dit le charretier avec une admiration superstitieuse, elle a une volonté et une résolution incroyables. C'est et ce n'est pas une enfant. Elle n'a que trois ans, et c'est une énigme que nous ne pouvons deviner. Voilà tout ce que je sais sur son compte. »

Tandis que le charretier parlait, le charpentier et son

fils, qui avaient recloué la caisse, vinrent nous rejoindre
sur le devant de la maison. Ils suivirent Oscar, rapportè-
rent bientôt à eux deux la caisse de métaux, qu'un seul
homme n'aurait pu porter.

Après l'avoir chargée sur la voiture, les deux charpen-
tiers y montèrent, voulant profiter de l'occasion pour
aller à Brighton.

Le père, fort et robuste gaillard, dit à Oscar en plaisantant que la route était bien déserte, et qu'ils ne
seraient pas trop de trois pour conduire un colis d'une
aussi grande valeur jusqu'à la gare de Brighton.

Oscar prit cette plaisanterie au sérieux.

« Croyez-vous, s'écria-t-il, qu'il y ait des voleurs par
ici?

— Bonté divine! lui répondit le charretier, les voleurs
courraient le risque de mourir de faim dans ces parages.
Il n'y a rien qui vaille la peine d'être volé. »

Jicks, qui surveillait tous nos mouvements et qui ne
laissait passer rien inaperçu, se chargea de donner le
signal du départ.

Cette singulière enfant fit de sa petite main un geste
impérieux à son ami le charretier, en lui criant de toutes
ses forces : « Hue!... dada!... »

Le charretier la salua avec déférence et un sérieux
des plus comiques, et s'écria : « Très-bien, mademoiselle;
vous avez raison : le temps vaut de l'argent. »

Il fit claquer son fouet et la voiture partit.

Il était temps de revenir au presbytère et de rendre la
petite vagabonde à ses parents. Je me tournai vers Oscar
pour lui dire adieu.

« Je voudrais bien aller avec vous au presbytère, me
dit-il.

— Sitôt que j'aurai appris là-bas le résultat de notre
entrevue de ce matin, vous pourrez y venir. J'ai résolu,
dans votre propre intérêt, de tout dire aux Finch. Vous
n'avez rien à craindre et tout à gagner à me laisser parler
librement. Éloignez de votre esprit tous ces soupçons et
ces idées, qui sont indignes de vous. Demain, nous
serons bons voisins. Au bout de la semaine, nous serons

bons amis. Pour l'instant, à l'avantage de vous revoir, comme nous disons en France. »

Je me retournai pour prendre la main de Jicks.

L'enfant avait profité de notre conversation pour s'échapper, et je ne l'aperçus nulle part.

A peine nous étions-nous mis à sa recherche que nous entendîmes sa petite voix derrière la maison.

« Allez-vous-en, vilaines gens! criait l'enfant avec impatience. Allez-vous-en ! »

En tournant le coin de la maison, nous vîmes deux hommes de mauvaise mine, qui se reposaient.

A leurs figures cadavéreuses et grossières et à leurs vêtements sordides, nous reconnûmes le produit le plus bestial du monde civilisé, le *voyou* de Londres.

Ils avaient les mains dans les poches et étaient adossés au mur, comme s'ils eussent été à la porte d'un cabaret.

Quant à Jicks, elle leur faisait face, campée résolûment sur ses deux petites jambes, et s'instituait, à un âge aussi tendre, protectrice de la propriété; elle ordonnait à ces deux coquins de s'en aller.

« Que faites-vous là ? » leur demanda Oscar d'une voix rude.

Un des hommes allait lui répondre avec insolence, lorsque le plus jeune et le plus hideux des deux lui coupa la parole.

« Nous avons fait une longue marche, monsieur, dit-il avec une fausse humilité mêlée d'effronterie, et nous avons pris la liberté de nous appuyer contre votre mur, en admirant la beauté de votre petite fille. »

Il montrait Jicks qui, tout en le menaçant du poing, lui ordonnait de s'en aller avec une violence croissante.

« Si vous voulez vous reposer, il y a une auberge dans le village, reprit Oscar. Ma maison n'est pas un cabaret. »

Le plus âgé ébaucha un juron. Le second l'arrêta de nouveau.

« Tais-toi, dit-il. Ne vois-tu pas que monsieur nous

recommande la buvette de l'auberge. Allons boire à sa santé. »

Il se tourna vers Jicks et lui fit un grand salut.

« Au revoir, mademoiselle, dit-il, vous avez justement la beauté que j'admire. Je vous prie d'être assez bonne pour ne promettre votre main à personne jusqu'à mon retour. »

Cette plaisanterie fut goûtée par son grossier compagnon, qui se mit à rire aux éclats; puis les deux bandits partirent bras dessus bras dessous dans la direction du village.

La petite Jicks, si comique jusque-là, prit, en les voyant s'en aller, une mine terriblement tragique.

L'enfant fut blessée au vif, comme si elle avait compris l'insulte que venaient de lui faire ces deux hommes.

Je n'ai jamais vu de petite fille de cet âge se mettre dans une aussi grande colère.

Elle saisit une pierre et la leur lança avant que j'eusse pu l'en empêcher; puis elle se mit à pousser des cris et à piétiner le gazon jusqu'à ce que sa figure devint noire. Elle se jeta ensuite par terre et se roula sur l'herbe dans un accès de rage.

Oscar ne parvint à la calmer qu'en lui promettant, un peu à la légère, d'envoyer chercher la police et de faire fouetter d'importance ces deux hommes pour avoir osé lui rire au nez.

Elle rappela souvent dans la suite cette promesse à Oscar.

Enfin elle se releva et sécha ses larmes en se fourrant les deux poings dans les yeux.

« Prenez garde, dit-elle d'un air méfiant à Oscar, tandis que l'émotion soulevait sa poitrine sous son tablier sale, vous avez promis de les faire fouetter, et Jicks sera là. »

Je ne voulus pas faire part de mes soupçons à Oscar, mais en m'en allant je me sentis une secrète inquiétude causée par la présence de ces deux individus dans le voisinage des Sables.

Ils avaient peut-être bien pu rôder longtemps autour

de la maison avant que l'enfant les découvrit; ils avaient peut-être entendu par la fenêtre ce que je disais à Oscar au sujet des plaques d'or et d'argent, et ils avaient été à même de voir hisser sur la voiture la lourde caisse qui les contenait.

Ce n'était pas pour la susdite caisse que je craignais. Les trois hommes qui l'accompagnaient étaient de taille à la défendre. C'était pour l'avenir. Oscar demeurant seul dans un endroit isolé et à plus d'un demi-mille du village, son goût pour la ciselure pouvait, s'il avait ses avantages, avoir aussi ses inconvénients, s'il venait à être connu au-delà de Dimchurch.

Puis, passant d'un soupçon à un autre, je me demandai si ces hommes s'étaient égarés dans cette localité ignorée, ou s'ils étaient venus aux Sables de propos délibéré.

En proie à ces soupçons, je rentrai au presbytère avec ma petite protégée. Lorsque je rencontrai la vieille Zillah dans le jardin, je lui demandai : « Voit-on souvent des étrangers à Dimchurch?

— Des étrangers?..... répéta la vieille femme. Excepté vous, madame, d'un bout de l'année à l'autre nous ne voyons pas d'étrangers ici. »

Je résolus de faire part de mes inquiétudes à Oscar, avant que ses métaux précieux lui fussent réexpédiés.

XI.

AMOUR AVEUGLE.

Lucile était au piano lorsque j'entrai.

« Je voulais justement vous parler, me dit-elle. On vous a cherchée dans toute la maison; où étiez-vous donc?

— J'étais aux Sables. »

Elle se leva en poussant un cri de joie.

« Il vous a tout révélé... Vous savez qui il est... Je l'ai compris à votre ton, lorsque vous avez dit : J'étais aux Sables. Racontez... racontez... »

Elle resta immobile et respirant à peine tandis que je lui rapportais tout ce qui s'était passé.

A peine avais-je terminé qu'elle se leva toute rouge, tout émue, et courut vers sa chambre à coucher.

« Qu'allez-vous faire ? lui dis-je.

— Je vais chercher ma canne et mettre mon chapeau.

— Vous allez donc sortir?

— Oui.

— Où allez-vous?

— Pouvez-vous le demander? »

Je la priai de m'attendre un instant.

Je voulais naturellement lui montrer l'inconvenance qu'il y avait à aller faire une seconde visite dans la même journée à un homme qu'elle ne connaissait pas.

Je lui fis observer qu'une pareille démarche pourrait mettre aux yeux de tout le monde sa réputation en danger.

Mes observations eurent sur Lucile un effet des plus intéressants, en me prouvant que ce que l'on est convenu d'appeler la Modestie, — je ne veux pas ici parler de la Pudeur, — n'est qu'une vertu toute superficielle et acquise, non pas par ce que l'on entend, mais par ce que l'on voit.

Qu'eût fait toute jeune fille ressentant pour la première fois les atteintes de l'amour, en entendant mes observations ?

Elle eût assurément montré une vraie confusion ; elle eût rougi et pâli tour à tour. C'est ce qu'il y a de plus probable.

Il en fut tout autrement de Lucile.

Son charmant visage n'exprima que le désappointement, mélangé d'une certaine dose de surprise.

J'avais devant moi, la suite me l'a bien prouvé, la plus pure de toutes les femmes, et je ne voyais nul vestige de cette confusion naturelle et charmante que j'avais le droit d'attendre!

Et cependant j'avais affaire à une jeune fille sensible, primesautière, n'ayant pas pour habitude, même dans les occasions les plus ordinaires, de cacher ses sentiments.

Je me dis que je venais de découvrir un des côtés étranges de la terrible infirmité qui jetait son ombre sur la vie de cette jeune fille, et qui me démontrait que la modestie n'est que le produit de la conscience que nous avons des regards scrutateurs fixés sur nous.

Ma pauvre Lucile en était là : elle avait toujours un bandeau sur les yeux, et ce bandeau devait dérober sans cesse à sa vue celui qu'elle aimait.

Chez elle, les passions de la femme s'étaient développées en grandissant; mais elle avait gardé la hardiesse innocente de l'enfance.

On m'avait confié un dépôt sacré en me donnant Lucile. Ses beaux traits et ses pauvres yeux éteints, qui n'exprimaient aucune émotion après ce que je venais de lui dire, me faisaient mal à voir. Comme elle était tout près de moi, je la pris par le bras et la fis asseoir sur mes genoux.

« Ma chère enfant, lui dis-je avec instance, il ne faut pas songer à revoir M. Dubourg aujourd'hui.

— J'aurais cependant tant de choses à lui dire, me répondit-elle avec impatience. Je voudrais lui exprimer toute la sympathie que je ressens pour lui, et combien j'aimerais à contribuer à lui rendre la vie plus heureuse.

— Ma chère Lucile, une demoiselle ne peut dire de ces choses-là à un jeune homme. Autant vaudrait lui dire en propres termes que vous l'aimez.

— Mais oui, je l'aime.

— Chut!... chut!... Taisez-vous. Il ne faut rien dire avant d'être sûre qu'il vous aime de son côté. En pareil cas, ma chère, c'est à l'homme et non à la femme à déclarer le premier son amour.

— C'est bien injuste pour la femme! me répondit Lucile, et si c'est elle qui est la première atteinte, elle devrait le dire. »

Elle réfléchit un moment, puis quitta subitement mes genoux.

« Il faut absolument que je lui parle, madame, et que je lui dise que ce qu'on m'a raconté, bien loin de lui faire du tort, n'a fait qu'augmenter l'estime que j'ai pour lui, » reprit vivement Lucile.

Elle courut chercher de nouveau son chapeau. Il ne me restait qu'à trouver un arrangement pour tout concilier.

« Je vous en prie, Lucile, lui dis-je, contentez-vous, pour aujourd'hui, de lui écrire sous ma dictée. »

Elle consentit, pauvre fille, bien à contre-cœur; mais elle ne voulut pas me confier la plume.

« Ma première lettre à Oscar, dit-elle, sera écrite d'un bout à l'autre de ma main. C'est bien long et bien fatigant, mais je m'arrange pour former les caractères. Vous allez voir. »

Elle me mena jusqu'à son bureau, dans un des coins de la chambre.

Arrivée là, elle s'assit et réfléchit un instant, la plume à la main; puis un sourire charmant illumina ses traits.

« Ah! s'écria-t-elle, je sais bien ce que je vais lui dire pour traduire ma pensée. »

Et guidant de sa main gauche sur le papier la plume qu'elle tenait de la droite, elle écrivit avec lenteur, et d'une grosse écriture d'enfant, les lignes suivantes :

« Cher monsieur Oscar,

« On m'a **tout** raconté. Veuillez m'envoyer le petit vase « d'or.

« Votre amie,
« LUCILE. »

Elle cacheta la lettre et écrivit elle-même l'adresse; puis, dans sa joie, elle battit des mains et s'écria gaiement : « Oscar devinera bien ce que je veux dire. »

Inutile de lui faire de nouvelles remontrances. Tout en me récriant sur l'inconvenance qu'il y avait à accepter ainsi un cadeau d'un homme auquel elle n'avait parlé

qu'une fois, je sonnai pour que le petit domestique allât
porter la lettre aux Sables.

Je me consolai d'avoir cédé si vite à Lucile en me disant
que je tiendrais Oscar, le plus facile à mener des deux,
d'une main ferme.

Détourner notre attention pour occuper le temps n'était
guère facile.

Je proposai à Lucile de se mettre au piano, mais elle
était trop absorbée dans ses pensées pour donner l'attention nécessaire à quoi que ce fût.

Se rappelant tout à coup qu'il serait bon d'annoncer à
son père et à sa belle-mère qu'ils pouvaient recevoir en
toute confiance M. Dubourg, elle résolut d'écrire au
recteur.

Elle ne s'opposa pas cette fois à ce que j'écrivisse sous
sa dictée. Nous rédigeâmes à nous deux une épître, conçue en termes qui peignaient dans un style exagéré l'enthousiasme que nous inspirait notre nouvelle connaissance.

Je n'étais cependant pas bien sûre de produire dans
l'esprit de M. Finch une impression favorable pour notre
voisin. Cela, du reste, ne m'inquiétait guère, et je me
contentais de remplir en cette circonstance le rôle de
l'étrangère qui montre sa prudence en allant tout de suite
aux renseignements.

Je me faisais un point d'honneur, écrivant sous la dictée
d'une aveugle, de ne point changer un mot aux phrases
de Lucile.

J'adressai ensuite la lettre à l'ami chez lequel demeurait pour le moment M. Finch, à Brighton. J'allais la ca-
cheter lorsque Lucile entra.

« Un instant, dit-elle, ne la cachetez pas encore. »

Je me demandai pourquoi Lucile me faisait cette recommandation et pourquoi elle se montrait troublée.
J'avais à faire une nouvelle découverte au sujet de l'effet
de leur infirmité sur le caractère des aveugles.

Il avait été décidé entre nous, et à la demande expresse
de Lucile, que je ferais savoir à Mme Finch que le mystère qui enveloppait Les Sables s'était dissipé.

Lucile ne cachait pas le peu de goût qu'elle avait pour la société de sa belle-mère, et pour la tâche désagréable que cette féconde épouse imposait à tous ceux qui restaient quelque temps avec elle, en les priant de lui chercher son mouchoir ou de lui tenir son baby.

On me donna une clef semblable à celle qui ouvrait la porte de communication entre les deux côtés de la maison, et je me retirai.

J'allai dans ma chambre déposer mon chapeau et mon ombrelle.

En repassant par le corridor, je vis que la porte de notre salle à manger avait été laissée entr'ouverte par quelqu'un qui était entré après moi, et j'entendis Lucile qui disait : « Retire cette lettre de l'enveloppe et lis-la-moi tout haut. »

Tout en ralentissant mon pas, j'entendis la vieille bonne qui lisait les premières phrases de la lettre que j'avais écrite sous la dictée de Lucile.

La méfiance incurable des aveugles, chose bien triste à dire, les pousse à soupçonner tous ceux qui les entourent et à s'imaginer que les mortels qui jouissent de leurs yeux veulent toujours les tromper.

C'était cet esprit de méfiance qui avait poussé Lucile à me mettre à l'épreuve dans une chose aussi futile que cette lettre à M. Finch.

Elle se servait de Zillah pour s'assurer de ma bonne foi, comme elle se servit de moi dans la suite pour savoir si Zillah exécutait fidèlement les ordres qu'elle lui donnait pour le ménage.

Le parfait dévouement de ceux qui les entourent de soins ne suffit même pas pour inspirer aux aveugles une parfaite confiance. Ah! pauvres malheureux! Que je les plains sincèrement dans les ténèbres éternelles où se passe leur existence!

On aurait dit qu'en ouvrant la grande porte de communication j'avais ouvert simultanément toutes les portes des chambres qui donnaient dans le corridor, car une foule d'enfants sortirent, sitôt que j'eus mis le pied dans le couloir, comme des lapins de leurs terriers.

« Où est votre maman? » leur demandai-je.

Les lapins me répondirent en poussant tous un grand cri et se replongèrent dans leurs terriers.

Je descendis voir si je n'aurais pas meilleure chance au rez-de-chaussée. Je regardai par la fenêtre du parloir, et je vis dans le jardin la bohémienne de la famille, la petite Jicks, qui errait deci, delà, guettant l'occasion de s'échapper du presbytère.

Cette singulière enfant ne prenait aucun plaisir à la société des autres enfants.

Dans l'intérieur de la maison, à l'heure des repas, elle mangeait, lorsqu'on ne l'empêchait pas, assise par terre dans un coin.

Dehors, elle errait à l'aventure tant que ses jambes pouvaient la porter, puis elle se couchait, comme un petit chien ou tout autre animal, dans le premier endroit venu et s'endormait.

Elle me vit à la fenêtre et me montra du doigt la grille du jardin, en me disant : « Jicks voudrait bien sortir. »

A ce moment même, les cris d'un baby, provenant du rez-de-chaussée, m'indiquèrent que je devais me trouver dans le voisinage immédiat de Mme Finch.

Je marchai dans la direction d'où provenaient ces cris, et je me trouvai devant la porte tout ouverte d'un grand office situé à l'extrémité du corridor.

J'y aperçus Mme Finch qui, assise au milieu de la pièce, faisait à sa cuisinière une distribution de provisions de ménage.

Elle était affublée cette fois d'un jupon et d'un châle, et tenait sur ses genoux un roman et le baby, tous deux couchés sur le dos.

« Huit livres de savon!... Qu'en pouvez-vous faire, mon Dieu?... s'écria Mme Finch en se lamentant, tandis que le baby l'accompagnait en pleurant. Cinq livres de potasse pour la buanderie!... Ne croirait-on pas que nous lavons tout le linge du village?... Et ces six livres de chandelles!... Ce n'est pas possible, on doit les dévorer comme les Cosaques... A-t-on jamais vu brûler six livres de chandelles en une semaine?... Et quant au sucre, je

me demande comment on peut en consommer dix livres?...
Je n'en use pas moi-même. Quel gaspillage!... »

A ce moment, Mme Finch m'aperçut à la porte.

« Ah! bonjour, madame Pratolungo, comment allez-
vous? Attendez un petit instant, je finis. Une bouteille de
cirage... Et mes bottines qu'on néglige toujours de cirer.
Que vois-je? Cinq livres de riz!... Mais avec cinq livres
de riz on nourrirait aux Indes plusieurs domestiques in-
digènes pendant un an au moins. Allons, c'est fini; em-
portez-moi tout cela à la cuisine. Excusez mon peu de
toilette, madame Pratolungo. Comment pourrais-je en
faire avec tous mes tracas? Je n'ai pas une minute de mon
temps libre, et si l'on perd ici une seule demi-heure de
la matinée, on ne peut jamais la rattraper; sans parler
du tourment que me donnent l'office et le dîner des
enfants, qui n'est jamais prêt, et le baby qui crie toujours.
Que peut-on faire comme toilette, sinon mettre à la hâte
un jupon et un châle et se résigner à laisser les choses
aller leur train? Tiens! qu'ai-je fait de mon mouchoir?
Auriez-vous la bonté de jeter un coup d'œil parmi ces
bouteilles, derrière nous? Ne vous donnez pas la peine...
le voilà... il était sous le baby. Auriez-vous la bonté de me
tenir mon livre un instant? Je crois qu'en retournant le
baby, il criera moins. »

Mme Finch coucha l'enfant à plat ventre, en lui admi-
nistrant de vigoureuses tapes dans le dos. Ce changement
de position, loin de calmer l'enfant, ne réussit qu'à le faire
hurler de plus belle, mais sans que sa mère parût s'é-
mouvoir de ses cris. Cette martyre des tracas de famille
me jeta un regard résigné, tandis que je tenais toujours le roman, tout étourdie par les cris perçants du
baby.

« Ah! me dit Mme Finch, c'est un roman bien intéressant que celui que vous tenez là; l'auteur y parle
beaucoup d'amour. Mais vous veniez peut-être le chercher?.... En effet, je me rappelle que je vous avais promis de vous le prêter. »

Je me disposais à répondre, lorsque la cuisinière revint
chercher de nouvelles provisions. Mme Finch se remit à

commenter chaque nouvelle demande d'un ton déses-
péré.

« Encore une bouteille de vinaigre ! Mais vraiment,
c'est à croire que vous vous en servez pour arroser le
jardin ! Et de l'empois !... Je parierais que le blanchissage
de la Reine elle-même coûte moins cher que le nôtre.
Qu'avons-nous ici ? du papier de verre.... Papier de verre
et papier de rebut, c'est tout un dans cette maison où
l'on gaspille tout. Je m'en vais en parler au maître de la
maison. Avec un pareil train, la somme qu'il m'alloue
régulièrement pour les frais de ménage ne peut plus suf-
fire.... Un instant, madame Pratolungo, ne partez pas
encore, je suis à vous.... Vous voulez absolument partir ?.... Alors, veuillez remettre mon livre sur mes genoux et chercher derrière ce sac de farine le premier volume du roman. Il y est tombé ce matin et je n'ai pas encore eu le temps de le ramasser. Papier de verre ! Vous
croyez donc que j'en fabrique du papier de verre ?....
Trouvez-vous ce premier volume, madame ? Ah bon ,
vous l'avez. Il est tout couvert de farine. Il doit y avoir
un trou dans le sac.... Douze feuilles de papier de verre
en une semaine, et pourquoi ? Quel coupable gaspillage !
c'est vraiment honteux. »

A cette partie des jérémiades de Mme Finch, je m'esquivai, mon volume sous le bras, et remettant ce que
j'avais à lui dire à une occasion plus propice.

Ses dernières paroles qui me parvinrent, mêlées aux
cris du baby, avaient encore rapport à la prodigalité avec
laquelle on employait la provision hebdomadaire de papier de verre.

Versons un pleur, s'il vous plaît, sur les tribulations
de Mme Finch, et laissons cette matrone britannique déclamer en paix, dans son office odoriférant de chandelle
et de savon, sur l'économie domestique.

Je venais de raconter à Lucile l'insuccès de ma démarche
auprès de Mme Finch, lorsque le petit domestique rentra
porteur d'une réponse et du petit vase d'or.

Le billet d'Oscar était aussi laconique que celui que lui
avait écrit Lucile.

« Vous m'avez rendu le bonheur. Quand me permettrez-vous de suivre le même chemin que ce vase que je vous envoie et de venir vous rendre visite? »

La lettre ne contenait que ces deux phrases.

J'eus une nouvelle discussion avec Lucile, qui me soutenait qu'il n'y aurait aucune inconvenance à recevoir, en l'absence de M. Finch, la visite d'Oscar. Ce ne fut que sur la promesse que je lui fis de l'accompagner le lendemain matin dans une promenade du côté des Sables qu'elle consentit à attendre la réponse de son père.

Cette nouvelle concession de ma part la calma. Elle avait reçu le même jour le cadeau d'Oscar et sa réponse à sa lettre.

Il y avait, je crois, de quoi la contenter pour le moment.

« Croyez-vous qu'il commence à m'aimer un peu? me dit-elle en allant se coucher avec le vase entre ses bras, absolument comme, étant enfant, elle eût emporté dans son lit quelque nouveau jouet.

— Il faut lui donner le temps, ma toute chère. Tout le monde ne va pas si vite que vous en besogne dans une affaire aussi sérieuse. »

Ma raillerie n'eut aucun effet sur elle.

« Emportez votre bougie, dit-elle. Je n'en ai pas besoin pour le voir en imagination. »

Elle s'enfonça la tête avec une certaine volupté dans ses oreillers, tandis qu'elle m'administrait avec malice une petite tape sur la joue.

« Allons, me dit-elle, avouez que j'ai sur vous l'avantage de pouvoir me passer de lumière la nuit, et d'être à même d'aller et venir dans la maison sans faire un seul faux pas. »

On eût pu chercher dans toute l'Angleterre; mais je ne crois pas qu'on eût trouvé une femme plus heureuse que la pauvre Mlle Finch, lorsque je la quittai pour m'aller coucher.

XII.

ARGENT.

Un accident retarda de quelques heures notre promenade du lendemain.

Au milieu de la nuit, la vieille Zillah se trouva subitement indisposée.

Les quelques remèdes que nous apportâmes à son mal eurent si peu d'effet qu'on fut forcé, vers le matin, d'aller chercher le médecin, qui demeurait à quelque distance de Dimchurch.

A son arrivée, il envoya prendre chez lui les drogues nécessaires. Il était plus d'une heure de l'après-midi lorsque, les remèdes ayant soulagé la vieille Zillah, nous pûmes enfin la confier aux soins des autres domestiques.

Lucile acheva sa toilette avant moi. Nous partîmes; mais à peine dépassions-nous la grille du jardin que nous entendîmes, de l'autre côté du mur, une superbe voix de basse-taille qui disait : « Croyez-moi, cher monsieur, il n'y a pas la moindre difficulté. Je n'ai qu'à envoyer le chèque chez mon banquier, à Brighton. »

Lucile tressaillit et me saisit le bras.

« Mon père, dit-elle, à qui peut-il parler ?

— Votre père a une bien belle voix, » lui répondis-je en tirant de ma poche la clef de la grille.

J'ouvris et j'aperçus le père de Lucile et Dubourg qui se promenaient bras dessus bras dessous, comme de vieux amis.

M. Finch commença par presser sa fille dans ses bras.

« Je n'ai reçu, ma chère enfant, ta lettre que ce matin, et je me suis empressé de venir offrir mes conso-

lations à M. Dubourg. Il m'incombait clairement, en ma
qualité de recteur de la paroisse, de venir réconforter
mon frère dans son affliction. Je me suis senti un vrai
besoin de tendre une main amie à ce jeune homme accablé par le sort. J'ai emprunté la voiture et le cheval d'un
ami, et je suis parti tout droit pour Les Sables. Nous
avons eu tous deux une longue et amicale conversation,
et j'ai amené M. Dubourg ici. Il faut que M. Dubourg se
regarde et que nous le regardions comme un des nôtres
à partir d'à présent. Permettez-moi de vous présenter
l'un à l'autre. Ma fille aînée,.... monsieur Dubourg. »

Il remplit cette cérémonie avec le plus grand sérieux,
et comme s'il était persuadé qu'Oscar et sa fille se
voyaient pour la première fois.

Je n'ai jamais vu d'homme aussi chétif que le pasteur
de Dimchurch. Sa tête me venait à peine à l'épaule, et
son corps était d'une maigreur telle, qu'on l'eût pris pour
la famine en personne. Il aurait fait fortune à Londres
en se montrant couvert de guenilles. Sa figure, fortement grêlée, était surmontée d'une tignasse de cheveux
courts et drus qui se redressaient sur sa tête comme les
crins d'un balai. Son petit œil gris pâle avait une expression inquiète, furtive, et avide à la fois, qui produisait
une impression irritante et désagréable.

Le seul avantage qu'il possédât consistait en une magnifique voix de basse-taille. On se demandait en l'entendant ce qu'avait à faire une pareille voix dans un corps
aussi chétif. Et ces sons pleins et superbes qui sortaient
de ce petit corps avaient quelque chose d'insupppportable.
Je ne puis vous donner de meilleure description de
M. Finch qu'en lui appliquant la citation latine : *C'était
une voix et rien de plus.*

« Madame Pratolungo, sans doute?.... continua-t-il en
se tournant vers moi. Charmé de faire la connaissance de
la sage compagne et amie de ma fille. Vous serez des nôtres,
comme M. Dubourg, madame. Permettez-moi de vous
présenter. Mme Pratolungo,.... monsieur Dubourg. C'est
la partie ancienne du presbytère que vous voyez là, mon
cher monsieur... Nous l'avons fait restaurer.... Voyons,

combien de temps y a-t-il que nous l'avons fait restaurer?
Ah! J'y suis, après les dernières couches de ma femme. »

Je découvris bientôt que M. Finch calculait le temps
d'après les couches successives de Mme Finch.

« Vous en trouverez l'intérieur fort intéressant... Lucile... mon enfant... Il a plu à la Providence de frapper
ma fille de cécité, monsieur Dubourg. O Providence! que
tes desseins sont impénétrables!... Lucile, nous voilà
arrivés à l'aile affectée à ton usage. Prends le bras de
M. Dubourg et précède-nous. Fais les honneurs de la
maison, ma chère enfant. Permettez-moi, madame Pratolungo, de vous offrir mon bras. Je regrette de ne pas
m'être trouvé au presbytère pour vous recevoir. Regardez-vous, je vous en prie, comme de la famille. »

Il s'arrêta et abaissa sa prodigieuse main en émettant
un grognement confidentiel.

« Un homme charmant que M. Dubourg. Je ne saurais
vous exprimer combien il me plaît. Quelle triste histoire
que la sienne! Vous me ferez plaisir, un vrai plaisir, madame, en cultivant sa connaissance. »

Il prononça ces paroles avec une sollicitude pleine
d'affection. Il me prit même la main, comme pour donner
plus de poids à ce qu'il disait, et me la serra affectueusement.

J'ai rencontré dans ma vie nombre de gens audacieux;
mais l'audace de M. Finch, qui semblait vouloir s'attribuer tout le mérite d'avoir découvert notre nouvelle connaissance, et qui agissait comme si Lucile et moi étions
parfaitement incapables d'apprécier sans son concours les
qualités de Dubourg, cette audace, dis-je, dépassait tout
ce que j'avais vu...

Je me demandais avec Lucile quel pouvait être le motif
secret de ce langage; mais ce que j'avais ouï dire de
l'homme par sa propre fille et les paroles que j'avais en-
tendues de l'autre côté du mur me firent soupçonner que
la conduite de M. Finch avait l'argent pour mobile.

Nous entrâmes tous dans le salon.

M. Finch était le seul parmi nous qui n'éprouvât aucun
embarras. Il ne quitta pas un instant sa fille et Oscar.

« Ma chère enfant, montre donc ceci,... montre donc
cela à M. Dubourg. Ma fille possède telle ou telle
chose,... etc., etc. »

Il les poursuivait ainsi par tout le salon, et Oscar me
parut embarrassé par les attentions accablantes qu'avait
pour lui son nouvel ami.

Lucile était, je pouvais le voir, secrètement irritée de
se voir autorisée à chaque instant par son père à prodi-
guer à Dubourg ces petites attentions qu'elle eût préféré
lui montrer sans qu'on les lui suggérât.

Quant à moi, je commençais à me fatiguer de la politesse et des airs protecteurs du petit recteur à la grosse
voix.

Nous éprouvâmes tous un certain soulagement lorsqu'on vint dire à M. Finch que sa femme désirait lui parler
dans l'autre partie de la maison.

Forcé de nous quitter et prenant d'un air paternel la
main d'Oscar dans les siennes, il nous fit un petit discours d'une voix qui fit trembler les tasses et les objets qui
se trouvaient sur l'étagère de Lucile, en les faisant vibrer
à l'unisson avec le tonnerre qui sortait de son gosier

« Venez prendre le thé chez nous, ce soir à six heures,
sans cérémonie, mon cher monsieur. Il faut vous relever
le moral, monsieur Dubourg, en fréquentant une société
agréable et en entendant un peu de musique. Lucile, ma
chère, tu nous joueras un peu de piano ce soir, pour faire
plaisir à M. Dubourg, et Mme Pratolungo t'imitera, j'en
suis sûr. Nous allons rompre pour notre voisin la monotonie de Dimchurch. Nous finirons même par lui en
rendre le séjour agréable. Comme dit le poète : Le vrai
bonheur ne se fixe jamais, il n'est nulle part et il est
partout. Quelle admirable vérité, et quelle source de con-
solations! Au revoir, mes amis, au revoir! »

La vaisselle cessa de vibrer ; M. Finch disparut, emporté par ses petites jambes fluettes.

A peine avait-il tourné le dos que nous posâmes toutes
deux à Oscar la même question.

« Quel est le sujet de l'entretien que vous avez eu avec
M. Finch? »

L'homme ne saurait satisfaire la curiosité féminine dans sa soif de détails. Une femme nous eût, à la place d'Oscar, rapporté non-seulement la conversation elle-même, mais les plus menus détails de l'entrevue. Nous ne réussîmes à tirer d'Oscar qu'un simple croquis, pour ainsi dire, que notre imagination dut compléter

Oscar avait voulu récompenser la bonté du recteur en s'ouvrant à lui, et en mettant ce ministre si cauteleux et si rusé en affaires dans ses secrets les plus intimes.

Pour ne pas rester en arrière, M. Finch lui avait aussi ouvert son cœur en toute confiance. Il lui avait éloquemment dépeint la pénurie lamentable de l'église de Dimchurch, et en termes si touchants l'état délabré dans lequel se trouvait cette antique construction, qu'Oscar, touché de compassion, avait tiré son livre de chèques et avait payé tout de suite sa cotisation pour restaurer l'ancienne tour ronde.

Ils s'entretenaient encore de la susdite tour et de la souscription lorsque je leur avais ouvert la porte du jardin.

En apprenant ces détails, je compris la raison de la conduite du recteur aussi bien que si j'avais été dans sa peau.

Il était clair pour moi qu'il avait, financièrement parlant, jaugé Oscar, et qu'il avait jugé qu'en encourageant les relations des deux jeunes gens il pourrait, selon son expression, lui en revenir de l'argent.

Il avait sans doute lancé un ballon d'essai en parlant de la tour, ballon qu'il ferait suivre en temps et lieu par un appel plus direct à la bourse d'Oscar.

Bref, le recteur en savait assez, après avoir bien sondé son jeune ami, pour flairer une augmentation de revenu dans le cas où les relations d'Oscar et de sa fille aboutiraient au mariage.

Je n'affirmerai pas que Lucile en tirât la même conclusion; mais ce que je sais, c'est qu'elle montra un certain malaise et qu'elle saisit la première occasion pour détourner de la conversation le nom de son père.

Quant à Oscar, il était tout joyeux de s'être ainsi assuré ses entrées dans la maison.

J'avais l'œil sur les deux jeunes gens lorsqu'ils se dirent adieu. Lucile serra avec force la main d'Oscar, et je commençai à me demander sérieusement si je n'allais pas voir, au pas dont marchaient les choses, M. Finch paraître, à l'heure du thé, revêtu de ses habits sacerdotaux, pour célébrer, entre la première et la seconde tasse, le mariage de son jeune ami avec sa fille.

Rien ne se passa à notre petite réunion du soir qui fût bien digne d'intérêt.

Je ne puis cependant passer sous silence la brillante toilette de Lucile et la mienne, toilettes d'autant plus brillantes que nous avions Mme Finch pour nous servir de repoussoir.

Elle était parvenue, grâce à un effort suprême, à s'habiller à peu près à moitié. Sa toilette se composait d'une antique robe de soie verte à volants, flanquée de l'éternelle jaquette en mérinos bleu et portant, pour un œil exercé, les traces de toute une lignée de babies.

« J'égare tous mes effets, me dit Mme Finch à l'oreille. J'ai le corsage de cette robe et je ne puis le retrouver. »

Le recteur ne cessait de faire entendre sa grosse voix. Ce petit homme, aux manières pompeuses et à l'air paterne, parlait sans cesse en augmentant le diapason de sa voix.

Les aînés des enfants, admis par faveur spéciale à cette petite fête de famille, mangèrent, nous dévisagèrent, et bâillèrent à satiété. Puis ils finirent par aller se coucher.

Tout le monde apprécia Oscar. Il conquit les bonnes grâces de Mme Finch uniquement parce qu'il était frère jumeau. Il est vrai qu'elle fut ensuite un peu désappointée en apprenant que la mère d'Oscar n'avait eu pour tous enfants que lui et son frère.

Lucile, absorbée et muette de bonheur, savourait le plaisir, toujours nouveau pour elle, d'entendre la voix du jeune homme. Son imagination lui faisait trouver dans ces accents chéris la même variété que nous trouvons dans la physionomie d'une personne aimée.

Dans la soirée, nous fîmes un peu de musique, et je fus surprise d'entendre avec quel sentiment Lucile jouait du piano. C'était une vraie musicienne. Elle avait une finesse de doigté rare même chez les virtuoses.

Oscar était ravi. Enfin notre petite soirée fut un vrai succès.

Je m'arrangeai, au moment du départ d'Oscar, pour lui toucher un mot sur l'imprudence qu'il y avait à rester seul dans un endroit aussi isolé que sa maison.

Je ne pouvais réussir à chasser de mon esprit les appréhensions qui s'y étaient glissées lors de la découverte des deux c.. .uins derrière le mur de la maison, et qui me poussaie. à lui conseiller de prendre quelques précautions avan.. .ue les métaux qu'il avait envoyés à Londres lui fussen.. ..expédiés par le fondeur. Il se chargea de me fournir lui .. même un prétexte pour lui parler à ce sujet en tirant sa montre, qui marquait minuit, et en nous priant d'agréer ses excuses pour nous avoir retenus jusqu'à une heure aussi avancée, surtout pour la campagne.

« Votre domestique vous attend, monsieur Dubourg? lui dis-je en feignant d'i.. .norer qu'il n'en avait pas.

— Voilà, dit-il en tiran.. une grosse clef, mon unique domestique passé cinq heu.. .s, heure à laquelle les gens de l'auberge quittent la maison. »

Il nous serra la main, le recteur le reconduisit jusqu'à la porte.

Il se remit à me parler de Luci.. .e ; mais je l'étonnai en lui parlant de nouveau, et sans transition aucune, du danger qu'il y avait à rester seul la nuit.

« Croyez-vous, lui dis-je, qu'il soit prudent d'en agir ainsi dans une maison aussi isolée qu.. la vôtre et sans domestique?

— Je n'aime pas les figures étrangères, me répondit-il, et je préfère rester seul.

— Quand vous attendez-vous à recevoir vos plaques et à combien les estimez-vous?

— Elles peuvent valoir entre soixante-dix et quatre-vingts livres, et elles m'arriveront cette semaine, je pense.

— Et vous aurez ainsi chez vous le métal précieux que représente cette somme? Mais un voleur n'a qu'à le jeter au creuset pour détruire toute trace de son crime et échapper à la justice! »

Oscar s'arrêta et me regarda.

« Il ne peut pas y avoir de malfaiteurs dans un endroit aussi retiré que celui que nous habitons.

— Oui, mais il y en a ailleurs et ils peuvent fort bien venir jusqu'ici. Vous avez donc oublié ces deux hommes que nous avons surpris rôdant aux abords de votre maison? »

Oscar sourit; je n'avais réussi qu'à lui rappeler le côté comique de cette rencontre.

« Ce n'est pas nous, c'est cette singulière petite fille qui les a surpris. Si je la faisais coucher chez moi, pour me protéger.... Qu'en dites-vous? »

— Je vous prie de croire, lui répondis-je, que je ne plaisante pas et que je n'ai jamais vu de ma vie deux visages aussi patibulaires que les leurs. Au moment où vous m'expliquiez la nécessité de refondre les plaques, la fenêtre était ouverte. Ils auront fort bien pu vous entendre dire que vous recevriez sous peu le métal précieux.

— Tudieu! quelle imagination! Vous voyez deux passants mal vêtus qui ont poussé de Brighton une pointe jusqu'à Dimchurch, et vous en faites une paire de bandits, nourrissant le dessein de m'assassiner et de me voler. Vous vous entendriez à merveille avec mon frère. Son imagination est comme la vôtre et prend toujours le mors aux dents.

— Ne riez pas, profitez de mes conseils, lui dis-je sérieusement, et ne vous obstinez pas à coucher seul aux Sables. »

Il était d'une gaieté folle et me baisa la main en me remerciant, avec une volubilité exagérée, de l'intérêt que je lui témoignais.

« Bien... bien!... s'écria-t-il en ouvrant la porte, j'aurai un compagnon. Je vais me procurer un chien. »

Il partit.

En lui faisant part de mes craintes, j'avais fait ce que je devais faire.

« Et après tout, pensai-je, Oscar a peut-être raison, et c'est moi qui me serai trompée. »

XIII.

RÉAPPARITION.

Cinq jours se sont écoulés.

Durant cet intervalle, nous vîmes constamment notre nouveau voisin. C'était tantôt lui qui venait nous rendre visite, tantôt nous qui allions aux Sables.

M. Finch attendait en feignant une ignorance complète, et avec un tact consommé, que les relations entre les deux jeunes gens prissent, au vu et au su de tout le monde, une signification évidente. Grâce à Lucile, elles prenaient rapidement un caractère de plus en plus tendre.

Va, pauvre chère aveugle, ce n'est pas moi, femme libre et démocratique, qui te blâmerai d'avoir fait les premiers pas vers l'homme que tu aimais, et qui était bien le soupirant le plus timide que j'aie jamais vu.

Plus la passion de Lucile augmentait, et plus il semblait douter de lui-même.

J'avoue que je n'aime pas la timidité chez un homme, et qu'à mesure que je le connaissais mieux, Dubourg ne faisait guère de progrès dans mon estime. Mais il suffisait qu'il fût compris de Lucile, qui voulait se le représenter, en imagination bien entendu, tel qu'il était réellement.

Tous les habitants du presbytère, et jusqu'aux enfants, eurent à subir sur son extérieur le même interrogatoire que j'avais déjà subi.

Elle se faisait décrire dans leurs moindres détails ses

traits, son teint, sa taille; et jusqu'aux vêtements et aux
bijoux qu'il portait.

Elle sembla singulièrement soulagée et elle éprouva
un grand plaisir en apprenant qu'il avait le teint très-
blanc.

Il n'y avait décidément rien à lui dire sur son horreur
instinctive pour les nuances foncées dans les choses et
dans les personnes. C'était un sentiment qu'elle s'avouait
impuissante à expliquer, tout en reconnaissant qu'il
existait.

« J'ai pour découvrir certaines choses un instinct des
plus singuliers, me dit-elle un jour. Ainsi, j'ai senti par
intuition pour ainsi dire qu'Oscar était blond et avait le
teint blanc, pendant cette soirée délicieuse où j'entendis
pour la première fois le son de sa voix. Cette voix alla
droit de mon oreille à mon cœur et me le fit voir tel
que vous me le décrivez. Trouvez-vous, comme Mme
Finch, qu'il a le teint encore plus blanc que le mien?
Oh! je serais si contente... Vous n'avez jamais connu
quelqu'un qui me ressemblât? Si vous saviez les idées
singulières qui passent dans ma pauvre tête. Ainsi,
je rattache à la beauté et à la vie toutes les couleurs
claires, et tout ce qui est sombre au crime et à la mort.
Je crois que si j'épousais un homme brun et que je vinsse
à recouvrer la vue, je me sauverais.

Je trouvais peu flatteuse cette antipathie pour les
bruns; vous serez de mon avis quand je vous aurai avoué
que le docteur Pratolungo était du plus beau brun.
C'était une critique indirecte de mon goût.

Pendant ces cinq jours, il ne se passa rien de remarquable à Dimchurch. Nous n'eûmes pas de répétition de
la visite des deux coquins, et Oscar ne changea en rien
sa manière de vivre.

Il renvoyait souvent la petite Jicks, et l'enfant ne man-
quait jamais de lui rappeler avec le plus grand sérieux
la promesse qu'il lui avait faite, un peu à la légère, de
faire fouetter par la police les deux vilains hommes qui
s'étaient moqués d'elle. Bien plus, elle exigeait que la
correction fût infligée en sa présence.

Six jours après, Oscar reçut de Londres ses plaques.
Le lendemain, il m'écrivait un billet ainsi conçu :

« Chère madame Pratolungo,

« Je regrette bien d'avoir à vous apprendre qu'il ne
« m'est rien arrivé de fâcheux la nuit dernière. Mes ver-
« rous et mes serrures sont intactes, et mes plaques sont
« en sûreté dans mon atelier. La meilleure preuve qu'on
« ne m'a pas coupé encore la gorge, c'est que je suis en
« train de déjeuner très-tranquillement.
« Tout à vous,

« OSCAR. »

Il n'y avait plus rien à faire qu'à laisser, en personne
sensée, la crainte inspirée par ces deux rôdeurs suspects
à la petite Jicks, qui n'était qu'un enfant.

C'était un samedi, dix jours après l'entrevue mémorable où j'avais forcé Oscar à me faire ses confidences.

Oscar vint dans la matinée nous rendre visite et nous
allâmes à notre tour aux Sables le voir commencer un
coffret à gants en or qu'il destinait à la toilette de Lucile.

Nous le laissâmes à son travail, qu'il avait l'intention
de continuer jusqu'à la tombée de la nuit.

Vers le soir, Lucile se mit au piano et j'allai, de mon
côté, à un rendez-vous que j'avais donné à Mme Finch
dans la partie moderne du presbytère.

Il s'agissait ni plus ni moins d'une réforme complète
dans la garde-robe de l'épouse du recteur, qui, voulant profiter de mon bon goût, m'avait priée avec instance
de venir lui donner en petit comité mes conseils et mes
appréciations.

« Je n'ai pas le moyen de m'acheter de nouvelles robes,
me dit la pauvre dame ; mais si une personne habile s'en
chargeait, on pourrait faire beaucoup en coupant et en
retaillant mes anciennes toilettes. »

Comment résister à un appel aussi touchant ? Me rési-
gnant bravement à supporter le baby, le roman et les
enfants, je profitai de ce que M. Finch était occupé dans

son cabinet à écrire son sermon pour me diriger, papier à
patrons et ciseaux en main, vers le parloir de Mme Finch.

J'avais la tête pleine d'inventions ingénieuses, et nous
ne faisions que nous mettre à l'œuvre, lorsque l'un des
plus grands enfants arriva porteur d'un message venant
de la chambre des enfants.

C'était l'heure du thé, et naturellement on ne retrouvait
Jicks nulle part. On l'avait cherchée en vain au rez-de-
chaussée, dans les cuisines, dans le jardin. Pas de traces
de l'enfant là plus qu'ailleurs. Personne ne s'en inquiéta
sérieusement, et nous nous contentâmes de dire : « Bon !
elle sera encore allée aux Sables. »

Et sans plus y penser, nous nous remîmes à travailler
aux costumes fanés de Mme Finch.

Je venais de décider que la jaquette en mérinos bleu
avait, par ses nombreux services, acquis des droits à la
retraite, quand un cri d'enfant, venu de la porte du jardin, arriva à mon oreille.

Je m'arrêtai pour regarder Mme Finch.

Le cri se répéta, plus accentué et plus proche cette
fois ; c'était bien celui d'un enfant, il n'y avait pas à s'y
tromper.

Le petit garçon, qui était venu de la chambre des
enfants pour nous prévenir, avait laissé la porte entr'ouverte en partant. Je la poussai et me trouvai face à face
avec Jicks.

Tous mes nerfs tressaillirent à l'aspect de l'enfant.

La pauvre petite, toute pâle de frayeur, ne pouvait
articuler un mot.

Quand je m'agenouillai près d'elle, pour essayer de la
calmer par mes caresses, elle prit ma main et voulut me
relever. Elle poussa, quand je fus debout, un nouveau
gémissement sourd, et me tira par la main, comme si elle
eût voulu me faire sortir de la maison ; mais elle était si
faible que l'effort la fit trébucher.

En la prenant dans mes bras pour l'embrasser, je sentis
derrière le cou de l'enfant quelque chose d'humide. Je
regardai ma main.

Grand Dieu ! c'était du sang.

Je retournai Jicks et l'examinai. Mon cœur se glaça.

La mère de la petite fille poussait derrière moi des cris de terreur.

La blouse blanche de la pauvre petite créature était toute maculée de sang encore liquide, qui ne pouvait venir d'elle, puisqu'elle n'avait pas la moindre égratignure.

En regardant de plus près ces horribles stigmates, je vis qu'on les avait tracés du bout du doigt sur la blouse de Jicks.

Je les examinai de plus près et au grand jour. On avait tracé quelques lettres à grand'peine sur la toile blanche.

Je déchiffrai d'abord un A et un U, puis un S suivi d'une lettre illisible, puis d'une autre qu'on aurait pu prendre soit pour un C, soit pour un T, puis un O, un U ; enfin j'arrivai aux deux dernières lettres, dans lesquelles je devinai plutôt que je ne lus les lettres RS.

C'était le mot SECOURS.

AU SECOURS !

On avait tracé d'un doigt trempé dans le sang ces mots sur le dos de la blouse de Jicks!

XIV.

DÉCOUVERTES.

Inutile de vous dire quelle fut ma première pensée lorsque je me remis de mon émotion.

J'avais, grâce à la vie aventureuse que j'avais menée, l'habitude de prendre une décision rapide dans les cas graves ou imprévus.

« Il y a, me dis-je, deux choses à faire : porter tout de suite du secours aux Sables; cacher tout à Lucile, jusqu'à ce que j'aie pu la préparer pour ce que nous allons découvrir. »

Je vis Mme Finch ; elle s'était laissée tomber inerte et sans force sur une chaise.

« Allons, lui dis-je, en la secouant ; levez-vous. »

Elle ne remua pas et me regarda en sanglotant et prise d'un tremblement nerveux.

Ce n'était pas précisément le moment de se trouver mal.

La pauvre petite Jicks cédait rapidement à l'excès de fatigue et de terreur qui l'accablait. Il fallait bien cependant la confier à quelqu'un.

Je mis l'enfant sur les genoux de sa mère.

Jicks résista faiblement ; mais, cédant bientôt à la lassitude, elle laissa tomber sa petite tête sur le sein maternel.

Je demandai à Mme Finch si elle pouvait lui ôter sa blouse.

L'idée de s'occuper d'un pareil détail parut réveiller Mme Finch ; elle jeta un regard sur le baby dans son berceau et sur son roman, et la vue de ces deux objets familiers sembla la réconforter un peu. Puis, frissonnant et respirant longuement après avoir étouffé un sanglot, elle commença à dégrafer le vêtement de l'enfant.

« Cachez tous ces effets, lui dis-je, et ne dites rien de tout ceci avant mon retour. Comme vous le voyez, l'enfant n'a aucun mal. Il suffit de la calmer. M. Finch est-il dans son cabinet ? »

L'épouse du recteur étouffa un nouveau sanglot et me répondit affirmativement.

Je laissai ces trois babies, le petit, le moyen et le grand, et je m'esquivai.

On ne me répondit pas quand je frappai à la porte du cabinet : je l'ouvris donc et j'entrai.

M. Finch, étendu mollement dans son grand fauteuil, les feuilles blanches sur lesquelles il était censé écrire ses sermons gisant éparses à ses côtés, se leva en sursaut et me regarda de l'air d'un juste qu'on vient d'arracher au sommeil. Il recouvra instantanément toute sa dignité.

« Pardon, madame, j'étais plongé dans mes méditations.

Veuillez vous expliquer en termes aussi brefs que possible... »

Il me montrait d'un geste majestueux la feuille de papier blanc, vierge de toute écriture, en ajoutant de sa voix de basse-taille : « C'est le jour, madame, où je compose mon sermon. »

Je lui racontai aussi rapidement que possible ce que j'avais découvert sur la blouse de Jicks, et lui communiquai mes craintes.

Il devint pâle comme un mort. Je n'ai jamais vu d'homme plus facile à la frayeur que M. Finch.

« Croyez-vous qu'il y ait du danger et qu'il puisse y avoir des malfaiteurs dans la maison et dans le voisinage ?

-- Je pense qu'il n'y a pas un moment à perdre, et qu'il faut aller tout de suite aux Sables en emmenant avec nous tous ceux que nous rencontrerons. »

J'ouvris la porte et j'attendis qu'il se décidât.

Dans sa crainte de rencontrer des malfaiteurs, il m'avait l'air de se trouver à cent lieues de son presbytère.

Mais en sa triple qualité de père de famille, de ministre du saint Évangile et de personnage important, il ne put faire autrement que de me suivre.

Nous arrivâmes dans le village. M. Finch garda pour la première fois, depuis que je le connaissais, un silence absolu. Je fis aussitôt demander l'unique policeman chargé de maintenir l'ordre.

Le policeman faisait sa tournée; le médecin n'y était pas non plus : ce n'était pas le jour où il venait.

Comme on m'avait décrit l'aubergiste des Trois-Croix comme un homme honnête et intelligent, j'avais l'idée de le prendre en passant devant sa maison.

Cette proposition rendit à M. Finch un peu de courage, et bientôt le sentiment de sa propre importance se releva avec la rapidité du mercure d'un thermomètre plongé dans un bain chaud.

« C'est précisément, s'écria-t-il, ce que j'allais vous proposer. Gootheridge est, pour la classe à laquelle il appartient, un fort digne homme. Emmenons-le, nous ne pourrions faire mieux. Mais calmez vos craintes, madame

Pratolungo, nous sommes tous dans la main de la Providence. Et il est vraiment heureux que je me sois trouvé au presbytère. Qu'auriez-vous fait sans moi?... Allons, je vous en supplie, madame, n'ayez pas peur. Dans le cas où nous aurions affaire à des malfaiteurs, n'ai-je pas ma canne pour vous défendre; et puis, voyez-vous, si je ne suis pas grand, je suis fort. Je suis tout muscles, pour, ainsi dire. Tâtez plutôt. »

Et en disant ces mots, il me tendait un pauvre petit bras chétif, à peine à moitié aussi gros que le mien.

Si mon anxiété n'avait pas été si grande, j'aurais certes essayé de me moquer de lui, en disant qu'avec un homme d'une force aussi herculéenne à mes côtés je n'avais plus rien à craindre, et qu'il était parfaitement inutile de déranger l'aubergiste.

Je ne sais si le pasteur devina ma pensée, mais à peine étions-nous en face de l'auberge qu'il se mit à appeler Gootheridge avec une rare énergie.

Celui-ci parut à la porte, et, sitôt qu'il sut ce dont il s'agissait, il consentit à nous suivre.

« Prenez votre fusil, » lui dit M. Finch.

Gootheridge obéit, et nous reprimes à la hâte notre chemin.

« Votre femme ou votre fille sont-elles allées aux Sables aujourd'hui? demandai-je à l'aubergiste.

— Toutes les deux, madame, et après avoir terminé leur ouvrage, elles sont revenues, il y a plus d'une demi-heure.

— Ne s'est-il rien passé d'extraordinaire pendant qu'elles y étaient?

— Rien que je sache, madame. »

Après un moment de réflexion, je questionnai de nouveau l'aubergiste.

« Avez-vous vu quelqu'un passer par ici tantôt?

— Oui, madame. Deux étrangers, en voiture; ils ont passé devant ma porte il y a près d'une heure.

— Où allaient-ils?

— Ils semblaient venir de Brighton et se diriger vers les Sables.

— Les avez-vous examinés?

— Non, madame, j'étais occupé à ce moment-là. »

Un soupçon affreux me vint à l'esprit. Ces deux hommes pouvaient bien être ceux que j'avais déjà vus rôder autour des Sables. Je ne pus chasser cette crainte de mon esprit, et je gardai le silence jusqu'à ce que nous fûmes arrivés à notre destination.

Tout était calme, à l'exception des traces des roues d'une voiture sur le gazon devant les Sables.

L'aubergiste en fit le premier la remarque, en ajoutant que la voiture avait dû s'arrêter devant la maison.

M. Finch, auquel il s'adressait, eut une nouvelle extinction de voix. Tout ce qu'il put articuler, et encore avec bien de la peine, en approchant de la maison calme et solitaire, ce fut une recommandation d'être prudents.

L'aubergiste me précédait, il arriva le premier devant la porte.

Le pasteur nous suivait à une certaine distance, et, se réservant toutes les dunes pour fuir en cas de danger, il nous servait d'arrière-garde.

Gootheridge frappa et appela Dubourg par son nom.

Pas de réponse, rien qu'un silence lugubre.

Ne pouvant plus y tenir, j'écartai l'aubergiste et tournai le loquet de la porte, qui n'était pas fermée à clef.

« Permettez, madame, c'est à moi d'entrer le premier, » dit Gootheridge.

Il entra et je le suivis de près. Nous appelâmes de nouveau sans recevoir aucune réponse. Il n'y avait personne dans la petite salle, ni dans la salle à manger, avec laquelle elle communiquait.

Voulant pénétrer dans la pièce qu'Oscar appelait son atelier, nous trouvâmes la porte fermée à clef.

Nous nous mîmes à frapper et à appeler encore, mais rien ne nous répondit. C'était toujours le même silence.

Ayant tâté la serrure, je sentis que la clef n'était pas dedans, et j'en profitai pour me baisser et regarder par le trou; mais à peine l'eus-je fait que je me relevai folle de terreur, en criant de toutes mes forces : « Enfoncez la porte... Il est là... J'aperçois sa main sur le plancher... »

L'aubergiste n'était, comme le pasteur, qu'un homme de petite taille, et la porte était, comme tout ce qui se trouvait aux Sables, massivement construite. Nous ne pouvions, même à nous trois, l'enfoncer sans outils. Devant cet obstacle, M. Finch montra enfin qu'il pouvait être utile à quelque chose.

« Attendez, mes amis, attendez !... Nous pouvons entrer, si la porte du jardin est ouverte, par la fenêtre qui donne sur le derrière de la maison. »

Ni l'aubergiste ni moi n'avions songé à cela. Nous courûmes aussitôt derrière la maison, en suivant les traces des roues, qui allaient aussi dans cette direction

La porte était toute grande ouverte. Traverser le jardin, ouvrir la fenêtre qui donnait à ras de sol, et pénétrer dans l'atelier fut l'affaire d'un instant.

Il était bien là, notre pauvre Oscar, si doux et si inoffensif ; il gisait dans une mare de sang. Un seul coup donné sur la tempe l'avait, selon toute apparence, étendu à terre, la tête ouverte.

Je ne me connaissais pas assez en chirurgie pour dire si le crâne avait été fendu par le même coup, quoique j'eusse, en servant la sainte cause de la liberté avec le docteur Pratolungo, acquis une certaine habileté à panser les blessures.

Il y avait dans la maison abondance d'eau fraîche, de vinaigre et de linge pour faire des compresses. J'envoyai Gootheridge, qui venait de trouver la clef de l'atelier dans un coin, chercher l'eau et le vinaigre, tandis que je courais, de mon côté, prendre quelques mouchoirs dans la chambre à coucher.

J'eus bientôt appliqué une compresse sur la blessure, et je me mis à bassiner le visage d'Oscar, qui restait sans mouvement, mais qui respirait encore.

M. Finch, incapable de nous rendre le moindre service, se mit à tâter le pouls du blessé, comme si, en pareille circonstance, c'était ce qu'il y avait de plus urgent et même de méritoire à accomplir. Il semblait dire : Il n'y a que moi qui puisse remplir dignement ce devoir.

« Quel bonheur, s'écriait-il, que je me sois trouvé au presbytère! Je me demande ce que vous auriez fait sans moi ?... »

Le premier pansement fait, il fallait, en attendant l'arrivée du médecin, transporter Oscar sur son lit.

Gootheridge s'offrit pour trouver un cheval et aller chercher le médecin, en ajoutant qu'il allait nous envoyer sa femme et son beau-frère pour nous aider.

Il nous restait à nous débarrasser de la présence de M. Finch. La crainte de se trouver nez à nez avec des voleurs s'étant dissipée, la grosse voix du petit homme résonnait dans toute la maison, comme s'il y eût eu une machine à vapeur dans les environs.

J'eus une heureuse inspiration, tandis qu'accroupie je tenais la tête d'Oscar sur mes genoux.

« Monsieur Finch, regardez partout et voyez si la caisse aux métaux n'a pas disparu. »

Mais le recteur ne goûtait guère l'idée de recevoir des ordres comme un simple mortel.

« Veuillez vous calmer, madame Pratolungo, me dit-il; pas de nerfs, s'il vous plaît. L'affaire est entre mes mains, et il est parfaitement inutile de me dire de chercher la caisse.

— En effet, c'est inutile, car je sais d'avance qu'elle n'y est plus. »

Cette réponse eut l'effet que je désirais. M. Finch se mit à fureter de droite et de gauche, mais il ne put retrouver aucune trace de la caisse.

Tous mes doutes se dissipèrent. Les deux bandits que j'avais surpris rôdant près des Sables s'étaient chargés de réaliser d'une manière terrible mes sinistres prédictions.

Mme Gootheridge et son frère venaient d'arriver; ils nous aidèrent à transporter Oscar et à le coucher sur son lit, après que nous eûmes pris la précaution de lui enlever sa cravate et de lui dégager le cou, pour bien l'exposer à l'air qui soufflait par la fenêtre ouverte.

Il ne semblait pas prêt à sortir de son évanouissement.

Son pouls battait cependant, quoique faiblement, et aucune aggravation n'était survenue dans son état.

Nous ne pouvions nous attendre à voir le docteur avant
une heure au moins.

Je compris combien il était nécessaire de profiter de
cet intervalle pour retourner au presbytère et, en prena t
toutes mes précautions, annoncer à Lucile la triste nouvelle, qui pouvait s'ébruiter et lui arriver d'une manière
dangereuse par les domestiques.

Lorsque je me levai pour partir, M. Finch s'excusa, à
mon grand soulagement, de ne pouvoir m'accompagner.
Il venait de s'apercevoir à l'instant qu'il incombait à sa
dignité d'aller donner aux autorités les premiers renseignements sur le crime commis aux Sables.

Il alla trouver le magistrat le plus pro , tandis que,
confiant Oscar aux soins de Mme Gooth dge et de son
frère, je reprenais le chemin du presbytère.

M. Finch me rappela en partant que, tout déplorable
que fût l'accident, il y avait quelque chose de bien heureux : c'était qu'il se fût trouvé à la maison.

« Quelle chance vous avez eue, madame Pratolungo,
s'écria-t-il ; qu'auriez-vous fait sans moi ? »

XV.

PRÈS DU MALADE.

Française de tempérament, j'évite autant que possible
toute cause de chagrin ; aussi n'ai-je pas le courage de
décrire ce qui se passa entre la pauvre aveugle et moi
lorsque je rentrai dans notre petit salon. Elle fit couler
mes pleurs, et je craindrais vraiment de me remettre à
pleurer si je vous décrivais toute la douleur qu'éprouva
ma pauvre Lucile, lorsque je lui rapportai la triste vérité.

J'aime mieux n'en pas parler, car je n'aime pas les larmes : elles rendent le nez rouge, et mon nez est ce que j'ai de mieux dans la figure.

Lucile m'accompagna aux Sables.

Pour la première fois, elle semblait envier le don précieux de la vue.

A peine arrivée, elle s'installa près du lit d'Oscar pour mieux nous entendre et nous toucher pendant que nous donnions nos soins au blessé.

Elle voulut remplacer Mme Gootheridge et changer de ses propres mains les compresses appliquées sur le front du blessé. Elle montra même une certaine jalousie lorsque j'humectai d'eau fraîche le bandeau qui recouvrait la blessure et ce sentiment l'aurait peut-être poussée, malgré notre présence, à couvrir de baisers le visage inanimé du pauvre Oscar.

L'hôtesse des Trois-Croix me ressemblait en ce point qu'elle était optimiste.

« Eh ! eh ! me dit-elle à l'oreille, la demoiselle en tient pour ce jeune homme. Vous verrez que nous aurons sous peu un mariage à Dimchurch. »

Le frère de Mme Gootheridge, le seul homme qui se trouvât avec nous, eut l'air tout embarrassé en voyant Lucile soigner si tendrement Oscar et sa sœur me parler bas.

Le brave homme appartenait à cette digne et nombreuse famille de gens fort embarrassés de leurs mains en société, et qui ne savent ni entrer ni sortir. J'eus pitié. C'était un si bel homme !...

« Allez fumer votre pipe dans le jardin, lui dis-je. Nous vous appellerons si nous avons besoin de vous ! »

Il me jeta un regard reconnaissant et s'échappa comme s'il sortait d'une souricière.

Enfin, le médecin arriva.

Ses premières paroles nous soulagèrent.

« Le crâne n'est pas entamé. Il y a seulement congestion et lésion du cuir chevelu produites par un instrument contondant. Vous avez appliqué le traitement usité en pareil cas. Quant à la congestion, le temps et les soins en triompheront. Rassurez-vous, mesdames; il n'y a aucun motif d'inquiétude sérieuse. »

Oscar sortit de son évanouissement et, en ouvrant les yeux, il se mit à regarder autour de lui sans avoir conscience de ce qu'il faisait.

Il y avait cinq ou six heures que nous l'avions trouvé gisant inanimé sur le plancher de l'atelier.

Le pauvre garçon ne reconnaissait personne et battait encore la campagne. Il se croyait toujours couché à terre et criant à Jicks de courir chercher du secours, tout en faisant avec son doigt le geste d'écrire.

« Va-t'en, Jicks! criait-il; cours au presbytère! »

Quelques heures après, il s'endormit.

Le lendemain, il délira toute la journée, et ce ne fut que le troisième jour que la première lueur de raison vint visiter son cerveau.

Ce fut Lucile qu'il reconnut tout d'abord. Elle ressentit une joie immense lorsque, lui prenant la main, il murmura son nom. Elle se pencha vers lui, et nous cachant son visage, elle lui dit à l'oreille quelques mots qui ramenèrent le sang aux joues pâles du blessé; ses yeux brillèrent de joie.

Elle m'avoua quelques jours après qu'elle avait simplement dit à Oscar : « Si vous m'aimez, dépêchez-vous de guérir. »

Elle ne se montra nullement honteuse de lui avoir parlé avec autant de hardiesse. Bien plus, elle s'en félicita.

« Laissez-moi faire, disait-elle d'un ton convaincu, je veux le guérir d'abord, puis devenir sa femme. »

A la fin de la semaine, Oscar avait repris l'usage de ses sens, mais il était encore très-faible et son état ne s'améliorait que lentement.

Il put cependant nous raconter, en s'y reprenant à plusieurs fois, ce qui s'était passé.

Oscar nous raconta donc qu'il était monté à sa chambre après le départ de Mme Gootheridge et de sa fille, et qu'il en était redescendu quelques moments après. C'est alors qu'en approchant de l'atelier il entendit parler à voix basse; il essaya sans bruit d'ouvrir la porte, mais il la trouva fermée, les malfaiteurs ayant voulu se mettre

ainsi en garde contre toute surprise pendant qu'ils déva-
lisaient l'atelier. Il n'y avait qu'un moyen de pénétrer
dans la salle, c'était celui qui nous avait réussi. Il alla
donc dans le jardin, mais il fut fort intrigué en trouvant
un cheval et une voiture vide près de la porte. Si la
porte de l'atelier n'avait pas été fermée à clef en dedans,
il aurait pu croire qu'il avait tout simplement affaire à
des visiteurs qui étaient entrés sans avoir été vus. Voulant élucider ce mystère, il traversa le jardin, s'approcha
de la fenêtre, et aperçut devant lui les deux hommes que
Jicks avait vus rôder près de la clôture, dix jours auparavant. Ils lui tournaient le dos et étaient occupés à lier
avec des cordes la fameuse caisse. Ils se retournèrent en
l'entendant entrer. Ce vol, commis impudemment en
plein jour, excita la colère d'Oscar au point qu'il se précipita sur celui qui se trouvait à sa portée et qui était le
plus jeune des deux hommes. Le misérable, évitant le
choc par un bond de côté, et saisissant un casse-tête
posé tout près sur la table en cas d'attaque, lui en assena
un coup sur la tête avant qu'il eût eu le temps de s'arrêter et de faire volte-face. Il ne se rappelait plus rien
jusqu'au moment où il était sorti de l'évanouissement
causé par le coup de casse-tête. Il se retrouva, en rou-
vrant les yeux, étendu par terre, tout étourdi et per-
dant son sang. C'est alors qu'il avait aperçu Jicks, qui
le regardait immobile de terreur. L'idée lui vint ins-
tinctivement de s'en servir, puisqu'elle était le seul
être vivant à sa portée, pour donner l'alarme. Il parvint, non sans peine, à l'attirer près de lui, et il écrivit, en trempant le doigt dans son propre sang, les mots
terribles que j'avais déchiffrés sur la blouse blanche de
Jicks. Puis, par un dernier effort, il l'avait poussée de
la main vers la porte vitrée restée entr'ouverte, en lui
disant d'aller au presbytère. Au moment où il lui criait
une dernière fois de courir chez sa mère, il retomba
épuisé, mais non sans avoir cru apercevoir, au milieu de
l'atelier, l'enfant affolée par la peur. Il ignorait combien
de temps elle avait pu y rester avant de reprendre courage et de courir au presbytère, et ce qui se passa jus-

qu'au moment où, comme nous l'avons raconté, il eut une perception confuse de la présence de Lucile à son chevet.

On raccorda le récit d'Oscar avec le résultat des recherches de la police. La justice mit tout en action pour retrouver les coupables, et le village fut longtemps en émoi. Jamais recherches aussi minutieuses n'aboutirent à un résultat aussi nul. On ne découvrit absolument rien en dehors de ce que j'avais déjà découvert.

C'était bien comme je l'avais prévu. Le vol avait été prémédité de longue date, et quoique nul des habitants du presbytère ne les eût aperçus, on eut la preuve convaincante que les voleurs avaient traversé Dimchurch le jour même où les malheureuses plaques étaient arrivées aux Sables.

Les deux bandits avaient d'abord étudié à loisir les abords et les habitudes de la maison, puis ils étaient revenus à Dimchurch pour mettre leur projet à exécution.

C'est ce jour-là que nous les avions surpris, et ils avaient été déçus dans leur espérance en voyant Oscar réexpédier la caisse à Londres.

Après avoir attendu quelques jours, ils avaient suivi les plaques renvoyées par le fondeur et ils avaient enfin pu exécuter leur projet, grâce à l'isolement de la maison et au coup porté à Oscar.

De nombreux témoins les avaient aperçus revenant à Brighton avec le produit de leur vol. Mais, en arrivant chez le loueur de voitures, ils n'avaient plus le colis en leur possession, et il est plus que probable que des complices, embusqués aux abords de la gare, l'avaient déchargé pour le mettre parmi les autres colis qui encombraient la gare et dérouter ainsi tout soupçon.

Telle était, à tort ou à raison, l'explication que nous donna la police ; mais ce qui est parfaitement sûr, c'est qu'on ne put mettre la main sur les coupables, et que le vol des plaques et l'assassinat d'Oscar peuvent être ajoutés à la liste déjà longue des crimes conçus et exécutés avec assez d'habileté pour échapper à la rigueur des lois.

Nous résolûmes, Lucile la première, de ne pas nous

lamenter inutilement et de considérer comme un bonheur qu'il ne fût pas arrivé quelque chose de pire à
Oscar. Puisque le mal était fait, il fallait en prendre son
parti.

C'est ainsi que nous prîmes philosophiquement les
choses, tandis que notre malade marchait vers une guérison complète. Nous nous flattions de nous montrer fort
sages.

Pauvres sottes que nous étions toutes les deux et que
nous nous doutions peu de l'issue finale de l'accident!

Le mal, au lieu de finir, ne faisait que commencer, et
nous devions tous, à Dimchurch, assister dans la crainte
et la désolation aux suites de ce crime.

<hr />

XVI.

PREMIER RÉSULTAT DU VOL.

Cinq ou six semaines après, Oscar, rétabli, sortait déjà
de son appartement.

Lucile lui avait fait suivre avec persévérance le traitement qui devait en faire son mari, tout en le guérissant.

Il ne me sera probablement jamais donné de voir soigner un malade avec autant de patience et de dévouement. Elle avait le don d'amuser et d'occuper Oscar du
matin au soir.

Cette charmante fille allait même jusqu'à mettre son
infirmité à contribution pour égayer les longues heures
de souffrance de celui qu'elle aimait.

Elle se plaçait souvent devant la glace, et se mettait à
mimer les artifices et les façons maniérées d'une coquette
qui cherche à conquérir les cœurs. Elle les imitait avec
tant d'esprit et de vraisemblance qu'on eût juré qu'elle
jouissait de l'usage de ses yeux.

Elle montrait aussi une facilité prodigieuse à déterminer par le seul bruit de leurs voix la position respective des personnes qui se trouvaient dans l'appartement.

Me choisissant pour victime, elle me priait d'aller, sans
faire aucun bruit, me placer où je voudrais dans la chambre et de prononcer son nom tout haut.

Puis elle se munissait, de son côté, de l'un des bou-
quets dont elle entourait le lit du convalescent.

A peine avais-je crié : Lucile! que le bouquet, lancé
d'une main sûre, venait m'atteindre en plein visage.

Je ne la vis jamais se tromper une seule fois en faisant
cette expérience, et elle ne pouvait se fatiguer du plaisir
enfantin qu'elle prenait à montrer son adresse.

Elle ne laissait à personne le soin de verser les potions
d'Oscar. Elle savait s'arrêter à temps au bruit que faisait
le liquide en tombant dans la cuiller.

Elle devinait les mouvements que faisait notre malade
en se relevant sur son séant par le déplacement de l'air
qu'elle sentait sur son propre visage.

Elle savait dire aussi si le soleil brillait ou se cachait,
par l'effet de la lumière sur son front et sur ses joues.

Grâce à un système qu'elle avait adopté, elle savait
tenir en bon ordre tous les petits objets et les fioles qui
encombrent d'ordinaire une chambre de malade.

Elle prenait un malin plaisir à tout ranger vers l'heure
où nous autres, pauvres gens doués de la vue, nous songions à allumer les bougies. Elle aimait à ce moment,
où nous la voyions comme un léger fantôme avec sa robe
blanche, paraissant et disparaissant tour à tour, lorsqu'elle passait devant la fenêtre encore éclairée et dans
l'obscurité qui envahissait la chambre, elle aimait, dis-je,
à enlever les tasses et les fioles qui avaient servi ce jour-
là, pour les remplacer par celles dont on avait besoin
pendant la nuit.

Elle ne nous permettait d'allumer les bougies que pour
nous montrer tous les objets rangés soigneusement à
leur place, comme si un génie familier avait passé par là.
Elle se mettait alors à se moquer de nous, en nous plai-

gnant sincèrement de ne pas savoir comme elle nous
passer de nos yeux.

De même, elle prenait plaisir à errer à travers la
maison la nuit et à en visiter les moindres recoins, et
lorsque Oscar devint assez fort pour descendre l'escalier, elle voulut absolument lui servir de guide.

« Tenez-moi bien par le bras, lui disait-elle, car vous
êtes resté si longtemps renfermé dans votre chambre que
vous ne connaissez plus la maison. Tenez, vous voilà
dans le couloir. Attention, voici une marche.... il y en a
une autre là. Bon, encore une, et maintenant que nous
sommes sur le palier, prenez garde au tournant, et méfiez-vous de cette tringle qui dépasse la marche et de ce
pli de tapis qui pourrait vous faire trébucher. »

Elle menait ainsi Oscar jusqu'au salon, si bien qu'on
eût juré que c'était lui et non pas elle qui était aveugle.

Qui aurait pu, du reste, refuser les services d'un guide
aussi charmant ?

L'innocence pleine d'ingénuité de Lucile et l'infirmité
dont la jeune fille était affectée contribuaient à donner à
toutes ses démarches un caractère tout particulier, et la
manière tout à fait libre et démocratique d'après laquelle
j'appréciais les mouvements d'un cœur sur la scène de la
famille, comme les mouvements d'un parti sur la scène
de la politique, me permettait de suivre avec un intérêt
spécial le développement de ce qui se passait entre le
malade et sa garde-malade.

Au bout de deux semaines, Lucile avait achevé la cure
du malade, c'est-à-dire qu'elle avait reçu d'Oscar une
offre de mariage.

Je ne crois pas me tromper en affirmant que ce fut
Lucile qui amena ce dénoûment.

Que je me trompe ou non, ce qui est certain, c'est
qu'elle était comme folle quand elle vint m'annoncer cette
nouvelle dans le jardin, par une belle soirée d'automne.

Elle se mit à sauter de joie, et ce qui est bien pis, elle
me fit commettre, à cet âge que les femmes n'aiment pas
à divulguer, l'inconvenance de l'imiter.

Elle me saisit par la taille, et nous nous mîmes à valser

sur le gazon, ayant pour galerie Mme Finch, vêtue de la
jaquette de mérinos bleu condamnée, et tenant toujours
son roman d'une main et son baby de l'autre ; elle nous
criait bien fort que, dans un endroit comme Dimchurch,
nous ne pourrions jamais rattraper l'heure que nous per-
dions à pirouetter sur l'herbe.

Nous tournions toujours et ne nous arrêtâmes que
lorsque la respiration nous manqua.

Il y eut ce soir-là une entrevue entre Oscar et le père
de Lucile.

Je ne puis vous donner de détails sur l'entretien qu'ils
eurent, mais le recteur revint la tête haute et se dandi-
nant sur ses petites jambes.

Il embrassa sans mot dire sa fille d'un air ému, et
daigna me tendre la main avec un sourire de condescen-
dance digne du plus parfait charlatan qui se soit assis
sur un trône.

Quand il eut réussi à maîtriser son émotion, il prit la
parole d'une voix si forte que je crus qu'il allait se
rompre la poitrine, et le déluge de paroles dont il s'i-
nonda lui-même peut se résumer à ceci sur le papier : Il
voyait dans Oscar un nouvel enfant,... comme s'il n'en
avait pas déjà bien assez comme cela ! il reconnaissait
dans cet événement le doigt de la Providence.

On me blâmera peut-être, mais, en Française impie
que j'étais, je ne voyais que le doigt de M. Finch... entrant dans la poche d'Oscar !

Le jour de la cérémonie n'était pas encore fixé ; on
s'était seulement arrangé pour que le mariage eût lieu
au bout de six semaines environ.

On voulait ainsi donner le temps aux notaires de préparer le contrat et à Oscar de se remettre tout à fait du
choc qu'avait subi sa santé.

Il faut avouer que nous n'étions pas sans inquiétude
sur son compte. Guéri au physique et au moral, il semblait cependant qu'il y eût quelque chose qui n'allait pas.

Les contradictions que j'avais déjà remarquées dans
son caractère revinrent plus fortes que jamais.

Lui qui, n'écoutant que son indignation, avait eu le

courage de se précipiter seul sur deux bandits, ne pouvait plus entrer qu'en tremblant dans la pièce où la lutte avait eu lieu.

Lui, qui s'était moqué de nos conseils quand nous l'avions averti du danger qu'il courait à rester seul chez lui, trouvait maintenant que deux hommes, un jardinier et un domestique, ne suffisaient pas pour le protéger la nuit et pour lui inspirer un sentiment de sécurité parfaite.

Il se voyait constamment en rêve attaqué de nouveau par le misérable, armé de son casse-tête ; il se voyait gisant dans une mare de sang et tâchant d'attirer Jicks. Il se bouchait les oreilles quand on lui conseillait de se remettre à son travail de prédilection, et nous suppliait de ne pas lui rappeler des souvenirs se rattachant à l'affreuse catastrophe. Il ne voulait pas même jeter un regard sur sa boîte à outils.

Le médecin, appelé pour le voir, nous déclara que le système nerveux avait été ébranlé et qu'il n'y avait que le temps qui pût réparer le mal.

Je trouvais que c'était manquer de courage que de ne pas savoir secouer son indolence et sortir de ce mauvais pas par un vigoureux effort.

J'avais avec Lucile des discussions continuelles à cet égard, et un soir même que nous étions occupées à jouer du piano et à causer, elle entra dans une véritable colère parce que je ne voulais pas donner ma sympathie, sans restriction aucune, à son bien-aimé.

« J'ai déjà fait la remarque, madame Pratolungo, me dit-elle avec animation et en élevant la voix, que vous n'êtes jamais juste envers Oscar [1]. »

Les préparatifs du mariage avançaient, et les notaires produisirent une ébauche, pour ainsi dire, du contrat.

Oscar écrivit à son frère, qui était à New-York, pour lui faire part de la détermination qu'il avait prise et des circonstances qui l'avaient amené à offrir sa main à Lucile.

---

[1]. Prendre note de ces paroles insignifiantes en apparence ; — elles acquerreront plus tard une grande importance.

Quoiqu'on ne m'eût pas montré dans quels termes était conçu le contrat, je devinai, à certains petits détails, que le recteur avait profité de l'insouciance de son futur gendre en matière d'argent.

On me raconta que M. Finch avait pleuré à la lecture du contrat, et je vis Lucile sortir d'un entretien qu'elle avait eu avec lui, dans son cabinet, de l'air le plus indigné que je lui aie jamais vu.

« Ne me demandez pas, me dit-elle en serrant les dents, la cause de ma colère. J'aurais honte de vous l'avouer. »

Quand Oscar entra quelques moments après, elle s'agenouilla littéralement devant lui. Une émotion qu'elle ne pouvait maîtriser s'était emparée de tout son être et semblait enlever toute contrainte à ses paroles et à ses actes.

« Oscar, je vous adore, dit-elle avec une ardeur fébrile et en lui baisant la main. Vous êtes le plus noble et le plus généreux des hommes, et je ne serai jamais digne de vous. »

Ces paroles pleines d'enthousiasme pouvaient selon moi se traduire ainsi : « Mon père a votre argent, et il s'est servi de moi, sa fille, pour en venir à ses fins. »

Les six semaines étaient écoulées et tous les préparatifs depuis longtemps terminés. Le mariage cependant ne se célébrait pas.

L'état d'Oscar, au lieu de s'améliorer avec le temps, comme nous l'avait dit le docteur, n'avait fait qu'empirer, et les symptômes nerveux devenaient de plus en plus graves : Oscar pâlissait et maigrissait chaque jour.

Nous fîmes venir le médecin vers les premiers jours de novembre pour savoir ce qu'il pensait sur le changement d'air, comme dernière ressource pour combattre le mal; mais une circonstance fortuite retarda son arrivée, et Oscar renonça à le voir ce jour-là et vint au presbytère. On arrêta le docteur dans le village pour le prévenir de ne pas aller aux Sables. Il vint donc nous retrouver, et nous le laissâmes seul dans le boudoir de Lucile avec son malade,

Ils restèrent si longtemps renfermés que Lucile, qui attendait avec moi dans la chambre à coucher, s'impatienta et me pria de frapper et de demander si elle pouvait assister à la consultation.

J'aperçus, quand j'ouvris la porte, le médecin et son malade qui, debout contre la fenêtre, causaient tranquillement. A en juger par leur maintien, il n'y avait pas matière à s'inquiéter du résultat de la consultation. Oscar, quoique un peu fatigué, me parut partager le calme parfait du docteur.

« Pardon, dis-je à celui-ci, mais il y a dans la pièce voisine une demoiselle qui désirerait vivement connaître le résultat de la consultation. »

Le médecin regarda Oscar en souriant.

« Je n'ai rien de nouveau à apprendre à Mlle Finch. Les symptômes que vient de me détailler M. Dubourg me paraissent les mêmes que j'ai déjà observés. Le système nerveux n'a pas recouvré son équilibre aussi vite que je m'y attendais, et je ne vois aucun motif pour s'inquiéter sérieusement, tout en étant fâché du peu de progrès qu'il y a dans l'état du malade. Mais à son âge on doit forcément guérir. Tout ce que j'exige de M. Dubourg et de Mlle Lucile, c'est de la patience.

— Vous opposez-vous à ce que M. Dubourg change d'air?

— Nullement, il peut aller où bon lui semblera et se distraire comme il l'entendra. Vous me permettrez de vous faire observer que vous prenez tous sa maladie trop au sérieux. A part un fâcheux ébranlement du système nerveux, M. Dubourg n'a rien, absolument rien. Il n'y a aucune trace de lésion dans les organes et le pouls est fort satisfaisant. Je n'en ai jamais vu, continua-t-il en prenant doucement le poignet d'Oscar, de plus régulier que le sien. »

Comme il disait ces mots, une contraction horrible passa sur les traits d'Oscar.

Ses yeux se tournèrent d'une manière effrayante jusqu'à ce qu'on n'en vit plus que le blanc, et son corps se tordit de gauche à droite comme si une main gigantesque l'étreignait.

Avant que nous eussions pu dire un mot, il tombait
en convulsions aux pieds du docteur.

« Grand Dieu ! m'écriai-je, qu'y a-t-il ? »

Le docteur défit, sans répondre à ma question, la
cravate d'Oscar, et repoussa les meubles qui se trouvaient près de là, en regardant toujours Oscar, qui se
tordait à terre.

« Vous ne pouvez donc lui être d'aucun secours ? » lui
répétai-je.

Il secoua la tête d'un air grave.

« Mais qu'est-ce donc ? m'écriai-je.

— C'est, madame, une attaque d'épilepsie. »

XVII.

AVIS DU DOCTEUR.

Nous nous taisions, le docteur et moi, lorsque Lucile
entra ; si nous avions osé parler en un pareil moment,
ç'aurait été pour nous écrier : « Quel bonheur qu'elle
soit aveugle !

— Vous m'avez donc tous oubliée? demanda-t-elle. Où
êtes-vous, Oscar, et que dit le médecin ? »

Elle s'avançait en parlant ainsi. Un moment de plus
elle marchait sur le corps d'Oscar, qui se tordait toujours
dans les convulsions.

Je l'arrêtai en lui posant la main sur le bras.

« Pourquoi tremblez-vous ? » me dit-elle en me prenant
la main.

On ne pouvait tromper ce sens délicat du toucher
qu'elle possédait. Je niai, mais en vain ; ma main m'avait
trahie.

« Oscar ne m'a pas répondu, dit-elle, il lui est arrivé
quelque chose !

Le docteur vint à mon aide.

« Il n'y a pas de quoi vous alarmer, mademoiselle. M. Dubourg est indisposé, voilà tout. »

Elle se tourna aussitôt vers le docteur d'un air irrité.

« Vous me trompez, s'écria-t-elle, et il lui est arrivé quelque chose de sérieux. Allons, dites-moi la vérité. Vous n'auriez pas le courage, ni l'un ni l'autre, de tromper une pauvre aveugle! »

Comme le médecin restait indécis, je répondis pour lui en disant à Lucile la triste vérité.

« Où est-il alors? » s'écria-t-elle, vivement émue en me secouant par les épaules.

Je la suppliai d'attendre un peu et j'essayai de la faire asseoir.

« Je le trouverai bien malgré vous, » s'écria-t-elle en me repoussant et en se jetant à genoux sur le plancher pour chercher Oscar, en se guidant à l'aide de ses mains.

C'était navrant. Je la relevai de force.

« Laissez-la, me dit le médecin. Oscar ne remue plus et elle peut aller à lui. »

Je vis en effet que le plus fort de l'attaque était passé. Le pauvre garçon, complétement épuisé, gisait sans mouvement sur le plancher. Guidée par la voix du docteur, Lucile vint s'accroupir à ses côtés et lui mit la tête sur ses genoux. Le contact d'Oscar fit sur elle le même effet que produirait l'enlèvement subit d'un bandeau de dessus les yeux. Une expression de soulagement se manifesta dans tout son être, et elle reprit son calme et sa douceur habituels.

« Je regrette, nous dit-elle, d'avoir montré de la colère; mais si vous saviez ce qu'on souffre quand on se croit trompé parce qu'on est aveugle! »

Elle passa un mouchoir sur le front d'Oscar, et demanda au docteur s'il croyait que l'attaque pût se reproduire.

« J'espère que non, répondit celui-ci.

— Vous ne pourriez pas m'assurer qu'elle ne recommencera pas... Qu'est-ce qui a causé ces convulsions?

— Non, et je crains bien, mademoiselle, que ce ne soit la blessure qu'il a reçue à la tête. »

Elle n'ajouta rien, et le calme remplaça l'agitation qui se montrait sur sa figure. Une pensée secrète, amenée sans doute par la réponse que venait de lui faire le docteur, l'absorba complétement. Elle me laissa répondre aux questions que me fit Oscar en revenant à lui; mais quand celui-ci s'adressa à elle particulièrement, elle lui répondit d'une manière affectueuse, mais brève. Une sorte de barrière invisible semblait s'être interposée entre elle et lui. Quand le médecin proposa de reconduire Oscar aux Sables, elle n'insista pas pour l'y accompagner. Elle lui fit de tendres adieux, mais elle ne s'opposa en rien à son départ. Tandis que celui-ci restait toujours à la porte, les yeux rivés sur elle, elle se retira à pas lents à l'autre extrémité de la chambre, comme si elle eût voulu trouver un refuge dans ses pensées et dans les ténèbres qui la séparaient du monde.

Le médecin voulut la distraire des pensées qui l'obsédaient.

« Vous ne devez pas vous inquiéter de ceci outre mesure, mademoiselle, dit-il en la menant dans l'embrasure de la fenêtre et en lui parlant de manière qu'Oscar ne l'entendît pas. Il nous a déclaré lui-même que cette attaque l'avait soulagé au lieu d'empirer son état. Je vous donne ma parole d'honneur qu'il ne court aucun danger.

— Pourriez-vous m'affirmer de même, et sans arrière-pensée, que cette attaque n'est pas le prélude d'autres attaques ?

— Il faudrait que je pusse consulter un autre médecin avant de vous répondre. Un de mes confrères de Brighton m'accompagnera à ma prochaine visite. »

Oscar, tout étonné du changement survenu chez Lucile, se tenait à l'écart. Il ouvrit la porte et le docteur le suivit.

Lucile s'assit près de la fenêtre, les coudes appuyés sur les genoux et la tête entre les mains. Elle poussa un long gémissement et murmura avec amertume ce seul mot: « Adieu ! »

Voulant lui faire savoir que j'étais toujours là, je m'approchai d'elle.

« A qui s'adresse cet adieu? lui demandai-je en m'asseyant à côté d'elle.

— A notre bonheur mutuel, répondit-elle sans lever la tête. Des jours sombres se préparent pour Oscar et pour moi.

— Qui peut vous avoir mis une pareille pensée dans la tête? Vous avez cependant entendu ce qu'a dit le docteur.

— Oui, mais il y a une chose que le docteur ne sait pas, et que je sais moi.

— Qu'est-ce, ma chère? »

Elle resta un instant avant de me répondre.

« Croyez-vous à la prédestination? reprit-elle enfin.

— Je ne crois à rien de ce qui peut pousser au désespoir. »

Elle continua, sans faire attention à ma réponse : « Quelle est la cause des convulsions dont Oscar a été saisi? N'est-ce pas le coup qu'il a reçu en défendant mon bien et le sien, puisqu'il travaillait, le jour où les voleurs sont entrés chez lui, au coffret qu'il m'avait promis? Ne voyez-vous pas que ces faits se rattachent les uns aux autres, comme les anneaux d'une chaîne? Je crains bien que ces convulsions ne soient le prélude de malheurs qui vont assombrir son existence et la mienne. Le jour où nous serons mariés n'est plus proche, les événements s'y opposent, et un malheur imminent nous menace. Vous verrez si je n'ai pas raison, » dit-elle en frissonnant et en s'éloignant pour aller s'asseoir dans un coin, près de la fenêtre.

Il eût été inutile de la contredire, mais bien plus mauvais encore de la laisser continuer sur ce ton. Je me levai de mon siége.

« Allons! m'écriai-je gaiement, une bise charmante souffle en ce moment-ci sur les collines. Allons faire une promenade. »

Elle se blottit encore plus dans son coin et secoua la tête en signe de refus.

« Laissez-moi, s'écria-t-elle avec impatience, laissez-moi seule ici. »

A peine eut-elle dit ces mots qu'elle s'en repentit et m'embrassa.

« Pardonnez-moi si je vous ai parlé durement, c'est involontairement. Hélas ! ma sœur, j'ai le cœur si triste ! L'avenir ne m'a jamais paru aussi sombre qu'à présent. »

Une larme roula de ses paupières sur ma joue et elle détourna vivement les yeux.

« Pardonnez-moi, dit-elle, et permettez-moi de me retirer. »

Avant que j'eusse le temps de lui répondre, elle courut se cacher dans ma chambre. Pauvre et charmante enfant ! Auriez-vous pu faire autrement que moi, et ne pas l'aimer et la plaindre sincèrement?

Je partis seule me promener.

Je ne pouvais m'empêcher, sans partager cependant les sentiments superstitieux qui lui faisaient prévoir de nouveaux malheurs, d'être de son avis pour le reste ; je veux parler des craintes qu'elle avait exprimées en quelques paroles brèves, mais remplies de tristesse.

Après ce qui venait de se passer dans le boudoir, le jour de la cérémonie qui devait unir Oscar à Lucile me sembla plus éloigné que jamais.

XVIII.

TROUBLES DOMESTIQUES.

Quatre ou cinq jours après cet événement, les malheureux pressentiments de Lucile se réalisèrent et Oscar eut une nouvelle crise.

Le médecin fit venir, comme il l'avait promis, son collègue de Brighton. Mais celui-ci ne nous donna rien de bon à espérer.

Selon lui, le peu de temps écoulé entre la première attaque et la seconde était d'un fort mauvais présage.

Il nous indiqua les soins généraux à donner au malade,

qu'il laissa libre de décider s'il resterait aux Sables ou s'il irait voyager. Il semblait penser que le déplacement, quel qu'il fût, ne saurait avoir aucune influence sur le retour périodique des crises, mais que la santé du patient, prise au point de vue général, pourrait en profiter. Quant au mariage, nous devions pour le moment ne pas y songer.

Lucile apprit le résultat de la consultation avec une résignation bien pénible à voir.

« Rappelez-vous, me dit-elle, ce que je vous ai dit lors de la première attaque : notre printemps est passé et l'hiver commence. »

Elle avait, en parlant ainsi, l'air de quelqu'un qui s'attend à quelque nouveau malheur.

Elle ne fut tirée de sa tristesse que par l'arrivée d'Oscar, qui était naturellement fort abattu en voyant s'écrouler tous ses projets.

Lucile réussit à lui rendre un peu de courage. Je tâchai en vain de mon côté de lui persuader de voyager et d'aller dans quelque endroit moins triste que Dimchurch pour se distraire, mais il ne parut pas se complaire à l'idée de voir autour de lui des visages étrangers et de nouveaux points de vue.

Je sentis entre ces deux jeunes gens qui se laissaient si facilement abattre par le malheur, ma gaieté me quitter. Nous aurions été au fond d'une citerne desséchée, dans un désert, que nous n'aurions pu envisager l'avenir sous d'aussi sombres couleurs.

Comme Oscar partageait la passion de Lucile pour la musique, nous crûmes un instant avoir le moyen de nous distraire un peu. Nous jouâmes tour à tour, Lucile et moi; mais, après tous nos efforts, nous n'étions pas plus gais.

Quant à M. Finch, il prit sa part de nos chagrins en parlant aussi fort et aussi longtemps qu'il put de sa plus belle voix de basse-taille.

A entendre le petit pasteur, on aurait pensé que personne ne se ressentait du poids de nos malheurs domestiques et ne savait les déplorer mieux que lui.

Il fallait le voir se pavaner sur ses maigres jambes pendant que les médecins étaient en consultation, et l'entendre haranguer son auditoire, composé de sa femme et de moi, dans la salle à manger : Mme Finch assise dans son coin avec son baby et son roman, et affublée de sa jupe et de son châle, tandis que, forcée d'écouter le recteur, je me tenais dans un autre coin.

Il nous avait, pour ainsi dire, citées à comparaître à seule fin de l'entendre déclarer que c'était surtout sur lui que retombait le poids des malheurs qui pesaient sur la famille.

« Je crains, madame Pratolungo..., je crains, disait-il, de ne pouvoir vous donner même une faible idée de ce que je ressens dans ces circonstances déplorables. Je vous considère comme une véritable amie, vous vous êtes toujours montrée pleine de bonté et de sympathie, mais je crains fort que vous ne puissiez apprécier à sa juste valeur le coup qui m'a frappé. Je suis brisé, madame..., oui, madame Finch, je suis brisé. »

En disant ces paroles, il se tournait alternativement vers moi et vers sa femme.

« Oui, ce mot seul peut dépeindre l'état dans lequel je suis. »

Il s'arrêta de nouveau, en ayant l'air de s'attendre, comme à une chose fort naturelle et convenable, à ce que nous nous trouvions mal toutes deux.

J'attendais que la maîtresse de la maison me donnât l'exemple; mais il paraît qu'elle ne goûta point l'idée de s'étaler sur le plancher avec son enfant et son roman, puisqu'elle resta sur sa chaise.

J'eus donc l'audace de l'imiter et de ne pas m'évanouir; mais, pour amortir le désappointement du recteur, qui attendait toujours, je montrai un visage aussi éploré que possible, tandis que Mme Finch le regardait avec déférence et comme s'il était le plus noble et le plus malheureux des hommes.

« Ma santé en est tout ébranlée, reprit-il avec une certaine satisfaction en voyant Mme Finch porter son mouchoir à ses yeux. Oui,... ébranlée. J'éprouve des fai-

blesses d'estomac, et rien ne fonctionne plus régulièrement. En un mot, l'équilibre de ma santé est détruit. Cette
malheureuse affaire m'a donné un appétit intempestif,
qui me fait agir sans rime ni raison. Ainsi, il m'arrive de
vouloir déjeuner au beau milieu de la nuit et dîner à
quatre heures du matin. Tenez! voilà ma faim qui me
reprend. »

M. Finch fronça les sourcils d'un air sombre, tandis
qu'il pressait de sa main les derniers boutons de son gilet
râpé.

A ce spectacle, Mme Finch tourna vers moi ses yeux
bleus que la douleur remplissait de larmes.

Ayant enfin consulté son estomac, le recteur courut
ouvrir la porte qui donnait sur la cuisine, située dans le
bas de la maison, et du haut de l'escalier s'écria d'une
voix de tonnerre : « Qu'on me serve un œuf poché! »

Puis il revint, consulta de nouveau son estomac, tout
en me regardant d'un œil fixe et sévère, et courut avec
une ardeur furibonde donner contre-ordre à la cuisinière.

« Pas d'œuf! s'écria-t-il, un hareng saur. »

Les yeux fermés et se pressant le front d'un air d'angoisse, M. Finch revint s'excuser alternativement auprès
de sa femme et auprès de moi.

« Vous voyez, madame Finch, et vous, madame Pratolungo, ce que je souffre. C'est tout simplement lamentable.
J'hésite sur des bagatelles. Je m'imagine que j'ai envie de
manger un œuf poché, et pas du tout, c'est un hareng
saur qu'il me faut. Il m'arrive souvent de ne pas savoir
ce que je veux. Oui, je vous en donne ma parole de gentleman et de recteur, je ne connais pas ma propre volonté.
J'ai des attaques de fringale pendant le jour et la nuit. Je
suis en proie à une insomnie maladive. Quelle position,
mon Dieu! Non-seulement je ne dors plus, mais je trouble, dans mon agitation, votre sommeil et celui de Mme
Finch..... Ah! madame Pratolungo, jamais, au grand
jamais, je n'ai souffert un pareil bouleversement. Non, pas
même celui dont j'ai souffert il y a quelques années,
alors que... Voyons, madame Finch, était-ce au moment

où vous eûtes votre neuvième ou dixième enfant?... Le
dixième, dites-vous?... Etes-vous bien sûre de ne pas
vous tromper?... Bien, bien, excellente créature. Il s'a-
gissait, madame Pratolungo, d'embarras pécuniaires. Je
m'arrangeai pour m'en tirer ; mais comment ferai-je cette
fois-ci? Quand je songe que tous mes plans à l'égard de
ma fille et d'Oscar étaient déjà faits, et que j'avais si
bien arrangé tout... J'y voyais un avenir pour moi et
pour ma famille. Oh! Providence insondable, que reste-
t-il à présent?... Rien! tout a été annihilé d'un seul
coup. »

Il s'arrêta en levant au plafond les yeux et les mains,
tandis que la cuisinière apparaissait avec le hareng saur.
M. Finch, en l'apercevant, répéta : « Oh! Providence insondable! »

— Mange-le, mon ami, lui dit Mme Finch, mange-le
pendant qu'il est chaud. »

Finch hésita un peu ; ses poumons infatigables lui
disaient de continuer et son estomac rebelle réclamait im-
périeusement le hareng saur. Il prit tout à coup son
parti, et, s'arrêtant à « Providence insondable », il se mit
à poivrer son hareng.

Après l'échantillon que je viens de vous donner, je
compléterai la peinture des faits et gestes du cher homme
en présence du malheur qui venait de nous frapper, en
ajoutant qu'il emprunta deux cents livres à Oscar, et qu'à
partir de ce moment il ne dérangea plus le sommeil de
Mme Finch et cessa subitement de commander des harengs
saurs.

Aux journées monotones de l'automne avaient succédé
les longues soirées d'hiver.

Notre horizon ne s'était pas éclairci, et les médecins
prodiguaient en pure perte leurs soins à Oscar. Ses af-
freuses attaques le reprenaient sans cesse, et les jours
passaient et se ressemblaient dans leur désespérante monotonie.

Je commençai à croire, comme Lucile, qu'une crise
approchait.

« Ceci ne peut durer, me disais-je souvent, et surtout

lorsque mes idées prenaient une teinte noire, avant que l'année soit écoulée, il y aura du nouveau. »

Mes pressentiments ne me trompaient pas, et les malheurs de la famille Finch vinrent se compliquer des miens.

Je reçus dans les premiers jours de décembre une lettre de Paris. Une de mes plus jeunes sœurs me donnait des détails fort inquiétants sur un homme que je chérissais, et dont je vous ai déjà parlé, en un mot, sur mon excellent père.

Le vénérable auteur de mes jours n'était pas attaqué d'une maladie mortelle, mais de quelque chose de bien pis. Il était atteint d'une dangereuse passion pour une jeune femme de mœurs légères; et à quel âge, mon Dieu! à l'âge de soixante-quinze ans.

Comment pourrai-je qualifier une pareille conduite?

Je regrette d'avoir à vous infliger le récit de mes chagrins domestiques; mais vous verrez dans la suite que ce que je vais raconter se rattache intimement à l'histoire d'Oscar et de Lucile.

Du reste, j'aurais été forcée tôt ou tard de vous faire connaître le côté faible, le grave défaut, si vous aimiez mieux, de mon père, l'homme le plus gai, le plus élégant, le mieux conservé de son temps.

Devant un tel malheur, nous ne pouvions que montrer de la résignation. Nous vivions cependant, depuis la mort de ma mère, dans la crainte continuelle de le voir épouser une des nombreuses intrigantes qui le subjuguaient par leurs charmes tour à tour, et qui pis est, de le voir se battre en duel avec des jeunes gens dont il aurait pu être le grand-père. Il était si susceptible et si courageux! Combien de fois ai-je eu à intervenir pour le tirer d'un mauvais pas où l'avait mis quelque folle équipée, il est vrai, mais en ayant invariablement le désagrément de débourser, ce qui du reste était bien fait pour la femme qui n'avait pas honte de demander de l'argent en pareille circonstance.

Ce n'était, cette fois-ci, qu'une répétition de ce qu'il avait déjà fait. Mes sœurs avaient essayé, mais en vain, d'y mettre le holà. Il fallait donc que je parusse sur la scène pour souffleter peut-être l'héroïne de l'intrigue; quitte ensuite à lui donner de l'argent pour en débarrasser mon père.

Ma pauvre aveugle éprouva, quand elle apprit que j'allais partir, plus que de l'ennui. Elle en conçut un chagrin réel et elle s'attachait à mes pas le matin de mon départ comme si elle eût espéré mon retour.

« Que ferai-je sans vous? me dit-elle, et comment pourrai-je me passer de la consolation d'entendre votre voix et de ne plus vous avoir auprès de moi pour me protéger? Combien votre absence va-t-elle durer?

— Un jour pour aller à Paris et un jour pour revenir. Cinq jours pour confondre l'intrigante et tirer mon père de ses griffes. Total, sept jours. Je vais donc faire mon possible pour ne pas rester à Paris plus d'une semaine.

— Soyez de retour, quoi qu'il arrive, avant le jour de l'an.

— Pourquoi, Lucile?

— J'ai à faire à ma tante cette visite annuelle que j'ai déjà remise deux fois. Il faut absolument que je parte la veille du jour de l'an pour aller passer chez ma tante mes trois mois de rigueur. J'avais espéré qu'avant cette époque j'aurais été unie à Oscar par le mariage. C'en est fait, continua-t-elle d'une voix qui tremblait, il faut que nous nous séparions lui et moi ; mais si je n'étais pas sûre que vous reviendrez ici le consoler pendant ces trois mois, je resterais, quoi qu'il pût advenir..... »

Cela signifiait tout simplement, d'après les conditions du testament de son oncle qui réglaient sa conduite tant qu'elle resterait demoiselle, qu'elle sacrifierait sa fortune en restant à Dimchurch.

Si M. Finch l'eût entendue à ce moment, il n'aurait pas même eu la force de s'écrier : « Providence insondable! », et il se serait bel et bien évanoui.

« Ne craignez rien, répondis-je à Lucile, je serai revenu avant votre départ. Quant à Oscar, son état est susceptible d'amélioration. Il se pourrait qu'il fût assez remis pour aller vous voir chez votre tante à Londres. »

Elle secoua la tête en signe d'une incertitude si dou-
loureuse que les larmes m'en vinrent aux yeux. Je lui
donnai un dernier baiser et m'empressai de partir.

Je devais partir par Newhaven et Dieppe. Je ne sus
jusqu'à quel point je m'étais prise d'affection pour Lucile
qu'au moment où, au détour de la route de Brighton, je
perdis le presbytère de vue.

A ce moment, toute ma fermeté habituelle m'abandonna, et je me sentis torturée par le pressentiment que
quelque grand malheur pouvait arriver en mon absence.

Je fus même tout étonnée de me surprendre, moi,
la veuve du Spartiate Pratolungo, versant des larmes
comme une femme ordinaire. La douleur vient assaillir
plus tôt que les autres ceux qui ont le cœur sensible.
Mais baste ! il faut bien, tant qu'on reste dans ce bas
monde, aimer quelqu'un ou quelque chose. Je le sais,
moi qui ai vécu dans le monde un nombre d'années qu'il
est inutile de faire connaître. Pour le moment, j'aime
Lucile. Avant elle, c'était le docteur que j'aimais, et
avant lui... Ah ! cher lecteur, halte-là ! nous n'irons pas
plus loin que le docteur, s'il vous plaît !

XIX.

SECOND RÉSULTAT DU VOL.

L'historique de mes faits et gestes pendant mon séjour
à Paris peut se résumer en quelques mots.

Il n'y a, parmi tous les incidents qui se rattachent
dans mon esprit au sujet qui m'y amenait, qu'un détail
sur lequel je veuille m'appesantir.

L'affaire avait cette fois un aspect des plus graves. La
vénérable victime de notre intrigante avait poussé la

fatuité jusqu'à renouveler ses dents, ses cheveux, son teint, et se redresser la taille au moyen d'un corset.

Il portait un cachet de jeunesse si exagéré que j'eus peine à le reconnaître.

J'eus beau user de toute mon influence sur lui, il m'embrassa avec une affection touchante, exprima les sentiments les plus nobles ; mais rien ne put ébranler sa résolution de se marier.

Le mariage ou la mort : tel était le programme de l'inflammable vieillard.

Ce qu'il y avait de plus décourageant, c'est que le susdit objet avait eu l'adresse de jouer tous ses atouts dès le début.

Cette femme s'était retranchée dans une position inexpugnable. Elle nous laissait parfaitement libres de rompre le mariage si nous le pouvions.

« Faites comprendre à votre père que je ne veux pas l'épouser si ses filles s'y opposent, et qu'il n'a qu'à dire ces deux mots : Quittez-moi, — pour que je lui rende à l'instant sa liberté. »

Comment détruire un pareil système ? Nous savions aussi bien qu'elle que notre père, devenu son esclave, ne dirait jamais les deux mots dont elle parlait.

Il ne nous restait qu'une ressource : celle d'éplucher les antécédents de la dame et de fournir à mon père des preuves si évidentes qu'il avait affaire à une femme de mœurs légères que le vieillard ne pourrait, tout engoué qu'il était, en nier l'authenticité.

Grâce à notre argent et à nos recherches, au bout d'une quinzaine, nous avions en main tout ce qu'il fallait pour ouvrir les yeux de notre excellent père.

Ayant arraché papa du bord de l'abîme, son vingtième abîme, si je puis m'exprimer ainsi, je sentis la nécessité de rester quelques jours de plus à Paris pour le consoler de ce sauvetage opéré malgré lui.

Si vous aviez vu comme il souffrait ! Il grinçait des dents, non, de ce râtelier qui lui avait coûté si cher, veux-je dire ; il s'arrachait cette chevelure confectionnée avec tant d'art. Je crois qu'il aurait fini par faire éclater son

corset tout neuf, si je n'avais pris la précaution de le lui
enlever pour le vendre.

On m'en donna la moitié de ce qu'il avait coûté, et ce
léger bénéfice fut tout ce que nous eûmes pour nous ré-
cupérer des dépenses que nous avions été forcées de faire,
mes sœurs et moi, dans cette malheureuse affaire.

Nous correspondions toujours, Lucile et moi.

Ses lettres, courtes et attristées, me dépeignaient le
malheureux état où en étaient les choses à Dimchurch.

Les attaques d'Oscar étaient devenues plus fréquentes
et avaient augmenté d'intensité.

J'écrivis à Lucile sitôt que j'eus accompli ce qui m'a-
menait, pour lui relever un peu le moral en lui apprenant mon prochain retour.

Deux jours avant mon départ, je reçus d'elle une nouvelle lettre; comme nous devions nous trouver réunies à
très-courte échéance, je tremblai qu'elle n'eût quelque
chose d'extraordinaire à me communiquer; j'appréhendai
même quelque mauvaise nouvelle.

J'eus enfin le courage d'ouvrir cette lettre. Ah! pauvres
sots que nous sommes! pour une fois que nos pressentiments se réalisent, nous nous trompons cent fois. Loin
de m'affliger, cette lettre me causa le plus vif plaisir. Elle
m'annonçait que notre sombre horizon commençait à
s'éclaircir.

Ma chère Lucile m'écrivait d'une grande écriture d'enfant, et en se guidant la main qui tenait la plume de
l'autre :

          « Chère sœur et amie,

« Je ne saurais attendre votre retour pour vous annon-
« cer une bonne nouvelle. Nous avons remplacé le méde-
« cin de Brighton par un de ses collègues de Londres. Il
« n'y a que la capitale pour produire des hommes aussi
« éminents. Notre nouveau docteur examine, réfléchit et
« nous donne séance tenante sa décision. Il a un traite-
« ment particulier et répond de la guérison d'Oscar. J'es-
« père que voilà ce qu'on peut appeler une bonne nou-

« velle! Revenez au plus vite, ne fût-ce que pour en sauter
« de joie avec moi. J'ai eu tort de douter de l'avenir, mais
« cela ne m'arrivera plus. Je m'aperçois que je viens de
« composer la plus longue épître que j'aie jamais écrite.

« Votre Lucile qui vous aime. »

Il y avait, écrit de la main d'Oscar, en post-scriptum :

« Lucile vous annonce que je puis enfin espérer. Je vous
« écris à son insu, et ce que je vais vous dire doit rester
« entre nous. Venez me voir aux Sables à la première
« occasion que vous trouverez, et sans que Lucile en sache
« rien. J'ai à vous demander une grande grâce et mon
« bonheur en dépend. Je vous dirai ce que c'est lorsque
« vous viendrez me voir.

« OSCAR. »

Ce post-scriptum m'intrigua fort.

Il était en contradiction avec la confiance absolue d'Oscar en Lucile, confiance que j'avais déjà remarquée ; les
termes dans lesquels il était conçu juraient, selon moi,
avec le caractère d'Oscar, qui me semblait tout autre que
réservé et méfiant. Il est vrai qu'il nous avait caché son
nom lors de notre première rencontre, mais c'était par
suite de l'horreur qu'il éprouvait d'être reconnu comme
le héros du procès que j'ai raconté. Mais il péchait plutôt,
dans les relations ordinaires de la vie, par un excès de
franchise.

Qu'il eut à me révéler un secret qu'il cachait à Lucile
dépassait les bornes de mon intelligence. Ma curiosité
augmenta mon désir de revenir à Dimchurch.

Ayant réglé toutes mes affaires et fait mes adieux à mon
père et à mes sœurs, je quittai enfin Paris le 24 et j'arrivai
à Dimchurch à temps, la veille de Noël.

La première heure du jour de Noël venait de sonner à
la pendule de notre petit boudoir lorsque je pus enfin
m'arracher à Lucile pour aller me reposer des fatigues de
mon voyage.

Elle était redevenue la jeune fille gaie et insouciante que j'avais connue dans de meilleures circonstances, et elle avait tant de choses à me raconter que son père lui-même, si verbeux pourtant, n'aurait pu lutter avec elle ; mais, le lendemain, elle fut punie de s'être agitée outre mesure, et je la trouvai souffrant d'un mal de tête et incapable de se lever à son heure habituelle. Elle me proposa d'aller rendre ma première visite à Oscar, ce qui soulagea, je l'avoue, ma conscience, qui fût restée fort tranquille si j'avais eu affaire à toute autre jeune fille que la pauvre aveugle que je chérissais. J'avais une répugnance invincible à profiter de son infirmité pour la tromper, même dans les choses les plus insignifiantes.

Je partis donc au su de Lucile, et de son plein consentement, pour aller rendre visite à Oscar.

Je le trouvai agité, inquiet, prêt à s'emporter à la moindre provocation. Je ne retrouvai chez le préféré de Lucile aucune trace de cette ancienne gaieté qui était revenue à la jeune fille.

« Lucile vous a-t-elle parlé de mon nouveau médecin ? me dit-il tout d'abord.

— Oui. Elle m'a dit qu'elle avait en lui la plus grande confiance et qu'elle le croit quand il affirme qu'il vous guérira.

— A-t-elle manifesté quelque désir de savoir quels seraient les moyens qu'il emploierait pour opérer cette cure ?

— Non. Elle s'est contentée de savoir que vous seriez débarrassé, et elle laisse le reste au médecin. »

Cette réponse parut soulager l'anxiété d'Oscar. Il soupira et s'étendit sur sa chaise.

« C'est bien, dit-il en se parlant tout haut à lui-même, je suis content de ce que vous me dites.

— Le docteur fait donc un secret du traitement qu'il va vous faire suivre ?

— Un secret, non, excepté pour Lucile, dit-il gravement. Elle ne doit pas le connaître, et il faut la maintenir dans une ignorance complète. Sachant que vous seule possédez quelque influence sur elle, je compte sur vous pour me seconder.

— Est-ce là cette faveur que vous avez à me demander ?

— Oui.

— Et ce secret, peut-on le connaître ?

— Naturellement. Comment espérer votre concours si je ne vous démontrais qu'il y a des raisons sérieuses pour cacher ce traitement à Lucile ? »

En l'entendant accentuer ces mots : raisons sérieuses, je me sentis inquiète. Mais il venait me proposer, à moi qui n'avais jamais profité de la cécité de Lucile pour la tromper, lui son futur mari, de lui cacher certaines choses !

« Ce traitement offre donc des dangers? repris-je.

— Nullement.

— Est-il certain que ce traitement amène la guérison dont le docteur a parlé à Lucile?

— Infailliblement!

— Est-il connu de tous les médecins?

— Oui.

— Pourquoi alors ne l'ont-ils pas proposé?

— Ils ont eu peur de l'employer.

— Comment, ils ont eu peur! Qu'est-ce que c'est donc ?

— Un simple médicament.

— Un seul?... ah! et comment l'appelez-vous?

— C'est du nitrate d'argent. »

Je bondis et regardai Oscar tout effarée, puis je me laissai retomber sur une chaise.

« Vous avez vu, s'écria-t-il, quelqu'un qui a pris du nitrate d'argent?

— Et vous?

— Oh! je sais parfaitement à quel prix j'obtiendrai ma guérison, » répondit-il tranquillement.

Son calme, en disant ces paroles, me désarçonna.

« Depuis quand prenez-vous cette horrible drogue ? lui demandai-je.

— Depuis un peu plus d'une semaine.

— Je ne m'aperçois cependant d'aucun changement dans votre personne.

— Mon médecin m'a dit que bien des semaines se passent avant que l'altération de la peau s'opère. »

Ces dernières paroles me rendirent un espoir momentané.

« Vous avez encore le temps, Oscar, de changer de résolution ; je vous en conjure, au nom du ciel, réfléchissez bien avant qu'il soit trop tard. »

Oscar eut un sourire plein d'amertume.

« Tout faible de caractère que je suis, j'ai su cette fois prendre une résolution, » dit-il.

Je jugeai ses paroles à un point de vue essentiellement féminin, et je me fâchai en songeant qu'il allait ainsi sacrifier ce teint qu'il avait si remarquablement beau.

« Avez-vous perdu la raison ? m'écriai-je, et oserez-vous me dire que vous allez, de propos délibéré, faire de vous-même un objet d'horreur pour ceux qui vous entourent et qui vous voient tous les jours ?

— Oui, dit-il, car la seule personne dont je me soucie ne pourra jamais me voir. »

Je compris alors la cause de sa résignation.

Je me demandai, en voyant la tournure que prenait la conversation, si Lucile lui avait fait part de l'aversion qu'elle éprouvait pour toutes les nuances foncées.

Non, je me rappelai même qu'elle m'avait expressément défendu de lui en souffler mot. Je me souvins aussi que, dans les premiers jours de leur connaissance, elle lui avait demandé s'il ressemblait à son père ou à sa mère. Il lui répondit, et, dans le courant de la conversation, il dit que son père était brun. A ce mot, Lucile prit l'alarme.

« Oscar, me dit-elle ensuite, parle de son père en termes si affectueux que je craindrais qu'il ne soit blessé de mon aversion pour les bruns. Veuillez donc, chère madame, ne lui en jamais dire un mot. »

Peu s'en fallut que je ne le prévinsse tout de suite des conséquences fâcheuses qui pourraient résulter de son état, dans le cas où quelqu'une des personnes qui l'entouraient apprendrait à Lucile qu'il était défiguré.

Toute réflexion faite, je crus plus sage d'attendre et de le sonder sur les motifs qui l'avaient amené à prendre une décision aussi grave.

« Avant de vous expliquer comment je pourrai vous venir en aide, je voudrais savoir si vous avez pris cette décision importante de votre plein gré. N'avez-vous consulté personne?

— Je n'avais pas besoin de conseils, me répondit-il brusquement. Je n'ai pas l'embarras du choix, et, malgré mon caractère faible, j'ai pris une résolution sans hésiter, car j'ai jugé qu'il n'y avait pas d'autre alternative.

— Était-ce là l'avis des médecins?

— Oui, mais ils n'osaient me le dire. J'ai dû les y forcer. J'en appelle à votre conscience, leur ai-je dit, dites-moi franchement s'il y a quelque espoir de guérison? A votre âge, m'ont-ils répondu, il est possible que vous guérissiez. Et dans combien de temps, s'il en est ainsi, pourrai-je être rétabli? Ils ne purent me fixer une date, mais se contentèrent de me dire que je guérirais à la longue. Ainsi, leur répondis-je, je puis rester malade des années et attendre une guérison qui ne viendra peut-être jamais? Les médecins voulurent éluder la question, mais je tins bon et les priai de me répondre si cette dernière supposition était juste. Le docteur de Dimchurch regarda son collègue de Londres, qui répondit: Eh bien! oui, monsieur, puisque vous le voulez absolument, je vous dirai qu'elle est dans la limite des probabilités. — Voyez la perspective que m'ouvrait cette réponse. Courir à chaque instant, et partout où je vais, le danger de tomber en convulsions! n'était-ce pas affreux? Ne trouvez-vous pas cela épouvantable? »

Qu'aurais-je pu lui répondre?

« Considérez bien ma position, continua-t-il. Au moment où j'allais me marier, le désappointement le plus amer qui puisse atteindre un homme m'atteint. Je touche presque à ce qui doit faire le bonheur de ma vie entière, et il m'est défendu d'en jouir. Tout est renversé du même coup, ma santé et mes espérances. Je ne puis, tant que je resterai dans l'état actuel, penser à la femme que j'aime. Vous figurez-vous bien tout ce que je souffre? Et d'un autre côté, il y a un homme qui n'a qu'à s'asseoir à cette table et à griffonner deux lignes pour me guérir de cet affreux mal en quelques mois seulement, pour me permettre d'épouser la femme que j'aime, et échanger la vie infernale que je mène contre un avenir céleste. Et quel est le prix de tout ce bonheur? Un teint qui restera décoloré jusqu'à la fin de mes jours et que la femme que j'aime ne verra jamais! Hésiteriez-vous un instant si vous étiez à ma place, et auriez-vous le courage, en voyant le docteur prendre la plume pour écrire son ordonnance, de lui crier : Arrêtez ! »

Je gardai toujours le silence. Mon entêtement et je vous promets que les femmes sont de vrais mulets quand elles s'y mettent, m'empêchait d'avouer ce dont ma conscience m'indiquait la justesse.

Il se leva avec l'exaltation fébrile dont il m'avait déjà donné un échantillon quand je l'avais irrité en le priant jadis de me dire qui il était.

« Allons, répéta-t-il en approchant du mien son visage rouge et enflammé, comme il l'avait fait lorsqu'il m'avait dit pour la première fois son vrai nom à l'oreille, auriez-vous crié : Arrêtez ?... Auriez-vous dit non ?... »

Et comme il répétait cette question pour la troisième fois, une contraction hideuse se manifesta sur ses traits et il tomba à mes pieds.

Comment aurais-je pu lui donner tort en face d'un pareil argument?

Qui à sa place eût hésité un instant à risquer une simple décoloration de la peau, devant le spectacle qui s'offrait à mes yeux ?

Le domestique d'Oscar accourut et m'aida à écarter les meubles, de crainte d'accident.

« Il n'en a plus pour longtemps à souffrir comme cela, me dit le domestique, qui voulait calmer mon émotion. Le docteur de monsieur a déclaré qu'avant un mois ou deux le remède commencerait à produire son effet. »

Quant à moi, je n'osais rien dire. Je ne pouvais que me reprocher amèrement d'avoir peut-être provoqué, en le contrariant, l'affreuse répétition de la crise qu'il avait déjà eue devant moi.

Je ne sais si le remède commençait à porter ses fruits, mais la crise dura peu, et, au bout de vingt minutes, Oscar put se rasseoir en face de moi, et reprendre la conversation.

« Vous pensez alors que je vous ferai horreur quand
ma figure aura pris sa teinte bleuâtre? dit-il avec un pâle
sourire; ne vous ai-je pas fait bien plus horreur lorsque
je me débattais sur le plancher? »

Je le priai de laisser de côté ce pénible sujet.

« Dieu sait, lui dis-je, si vous m'avez convaincue que
vous aviez raison, malgré mon entêtement. Tenez, ne
parlons que de votre guérison. Vous disiez tout à
l'heure...

— Je disais que vous aviez sur Lucile une grande influence, et que nous pourrions nous en servir en l'arrêtant, s'il lui prenait envie de connaître les effets du remède
que je prends, et en lui laissant ignorer tout comme elle
l'ignore actuellement.

— Et pourquoi cela?

— Pourquoi!... Mais si elle le savait comme vous le
savez, elle se sentirait saisie de la même terreur que vous
avez manifestée tout à l'heure, et, comme vous, elle viendrait ici pour tâcher de me persuader de revenir sur ma
décision! »

Je ne pouvais nier qu'il eût raison.

« J'aime tant Lucile, continua-t-il, que je ne puis rien
lui refuser. Elle finirait par me fléchir, et à peine aurait-
elle tourné le dos que, me repentant de ma faiblesse, je
reprendrais mon traitement. Comment envisager sans
terreur une lutte pareille, faible et épuisé comme je le
suis? Pourrais-je m'y exposer après ce que vous venez
de voir? »

C'eût été, en effet, une cruauté inutile que de l'y exposer. Ne devais-je pas, au contraire, mitiger la douleur de
ce sacrifice indispensable? Je lui rappelai cependant une
chose.

« Souvenez-vous, lui dis-je, que nous ne pouvons espérer maintenir toujours Lucile dans l'ignorance de notre
secret. Tôt ou tard il arrivera à ses oreilles.

— Oui, mais je veux le lui cacher tant que l'effet ne sera
pas complet. Alors, quand rien au monde ne pourra y
porter remède, je le lui avouerai moi-même. L'espoir de
me voir guérir la rend si heureuse, qu'il serait cruel de

lui faire savoir d'avance à quel prix je l'achète. Non, je
ne veux pas que la couleur de mon teint terrifie ma bien-
aimée, et quant à ceux qui m'entourent, ils ne sont pas
forcés de me regarder. Je n'ai qu'un désir : vivre loin du
monde. Le petit cercle de connaissances qui m'entourera
s'habituera bien vite à ma figure, et Lucile leur donnera
l'exemple la première. Elle ne s'affligera pas longtemps
d'un changement dont elle ne peut avoir connaissance,
ni par la vue ni par le toucher. »

Devais-je l'avertir ici du préjugé invétéré de Lucile et
de la difficulté qu'il éprouverait à la réconcilier avec le
changement survenu chez lui par l'effet du remède ?

Peut-être avais-je tort de vouloir éviter à ce jeune
homme, qui avait déjà tant souffert, un nouveau chagrin.

A vous parler franchement, je n'en eus pas le courage,
et j'espère bien ne jamais rencontrer celui qui l'aurait eu
à ma place, car ce ne pourrait être qu'un homme sans
cœur.

Enfin je quittai Les Sables, non sans avoir promis à
Oscar de cacher le secret à Lucile jusqu'à ce qu'il jugeât
convenable de le lui révéler lui-même.

XX.

ENCORE CE BON PÈRE.

L'accomplissement de ma promesse ne m'exposait pas
à rester bien longtemps sur mes gardes. Nous pouvions
être rassurés sur l'avenir, si nous réussissions à passer
sans accident les cinq jours qui devaient s'écouler avant
le départ de Lucile pour Londres, où elle devait, d'après
la volonté de son oncle, passer trois mois chez sa tante.

Cependant elle trouva moyen, pendant un intervalle

aussi restreint, d'aborder par deux fois un dangereux
sujet de conversation.

Pour la première fois, elle voulut savoir quels étaient
les remèdes que prenait Oscar.

Je lui répondis que je n'en savais rien, et je changeai
la conversation.

Une seconde fois, elle côtoya de bien près la vérité, en
me demandant si je savais comment cette médecine amenait la guérison.

Comme elle avait appris que les crises provenaient d'un
dérangement dans la matière cérébrale, elle voulait savoir
si le traitement qu'on employait pouvait affecter la raison du malade.

Elle fit cette question, à laquelle je ne pus naturellement rien lui répondre, aux deux médecins, qui, prévenus
par Oscar, la tranquillisèrent en lui déclarant que le
remède agissait sur l'économie tout entière, sans affecter
le cerveau.

Elle se montra satisfaite de cette réponse, et comme
elle avait à s'occuper de beaucoup d'autres choses avant
de quitter Dimchurch, elle n'y revint plus.

Il fut convenu que j'accompagnerais Lucile à Londres.

Oscar devait nous rejoindre aussitôt que sa santé le lui
permettrait. En sa qualité de futur de Lucile, il avait
droit à ses entrées dans la maison de la tante tant qu'elle
y demeurerait.

Lucile intercéda pour moi auprès de Mlle Batchford et
déclara qu'elle ne pouvait rester trois mois entiers sans
m'avoir auprès d'elle.

La vieille demoiselle m'écrivit donc, en me priant, en
termes fort polis, de venir chez elle voir Lucile pendant
la journée. Elle ajoutait qu'elle n'avait malheureusement
pas de chambre à coucher à m'offrir.

Il fut convenu que j'irais coucher dans un hôtel, où
Oscar devait prendre un appartement aussitôt que les
médecins lui permettraient de partir pour Londres.

On pensait que, si aucun obstacle ne s'élevait, le mariage
pourrait avoir lieu trois mois après le retour de chez
Mlle Batchford.

Trois jours avant la date fixée pour le départ de Lucile, nos projets, en ce qui me concernait du moins, furent complétement renversés.

Je reçus de Paris de fort mauvaises nouvelles. Mon départ avait eu sur mon excellent père le plus fâcheux effet.

Dès qu'il n'avait plus senti mon influence, il était devenu intraitable, et si je ne me dépêchais de reparaître à temps sur la scène, l'abominable femme dont je l'avais déjà débarrassé l'épousait.

Voilà ce que mes sœurs m'annonçaient. Qu'y avait-il à faire? Me mettre dans une colère furieuse, jeter mes effets à droite et à gauche et tout bouleverser dans ma chambre, et puis me résoudre à partir pour Paris?...

C'est ce que je fis.

Lucile fut charmante à mon égard quand elle vit mon chagrin et mon désappointement.

« Ecrivez-moi souvent, me dit-elle, et revenez dès que vous serez libre. »

M. Finch accompagna sa fille jusqu'à Londres.

Je fis, deux jours avant leur départ, mes adieux aux Sables et au presbytère, et je me mis en route pour Paris, toujours par Newhaven et Dieppe.

Je n'étais pas d'humeur à approfondir les choses, *to mince matters*, comme disent les Anglais, en réprimant la nouvelle incartade de ce vieillard que l'âge même ne pouvait corriger.

J'exigeai en arrivant qu'il quittât tout de suite Paris et qu'il vînt faire avec moi un voyage à l'étranger. Toutes ses caresses paternelles ne purent me fléchir et je fis la sourde oreille à ses déclarations chevaleresques. Il déclara qu'il en mourrait.

A cette heure même, je m'étonne de la rigueur que je montrai. Je le mis en wagon, je criai : En route! et nous partîmes pour l'Italie.

Lucile se montrait moins satisfaite dans ses lettres qu'elle ne l'était d'abord. Elle trahissait même du découragement.

Il y avait déjà cinq semaines qu'elle avait quitté Dimchurch, et Oscar n'arrivait pas. Il lui expliquait dans ses lettres que les progrès qu'il faisait vers une guérison complète n'étaient pas aussi rapides que son médecin s'y était attendu. Il se pourrait même bien, au pis aller, que le médecin ne lui permît pas du tout d'aller à Londres avant le jour fixé pour le retour de Lucile au presbytère. Il la priait donc de patienter et il lui annonçait que, tout lent qu'il fût, il y avait progrès chez lui.

Lucile éprouvait naturellement du chagrin et de la contrariété. Elle ne se rappelait pas s'être jamais sentie aussi triste chez sa tante qu'à présent.

A la lecture de cette lettre, je flairai quelque chose de louche.

Depuis mon départ, j'écrivais aussi fréquemment à Oscar qu'à Lucile. Les deux dernières lettres qu'il écrivait, l'une à sa future, l'autre à moi, étaient en contradiction flagrante.

Il m'annonçait d'un côté qu'il marchait rapidement vers une guérison complète et que les crises devenaient beaucoup moins fréquentes en diminuant d'intensité, et de l'autre il disait le contraire.

Que signifiait cette contradiction? Oscar se chargea de me répondre en m'envoyant une nouvelle lettre. Il s'exprimait en ces termes :

« Je vous ai déjà annoncé que je commence à changer
« de couleur et que mon teint a complétement disparu
« pour faire place à une nuance livide qui ressemble tel-
« lement à celle que l'on voit sur un cadavre que je me
« fais peur dans la glace. Dans six semaines , le gris de-
« viendra d'un bleu noirâtre; alors, comme dit le docteur,
« la saturation sera complète. Vous croyez peut-être
« qu'en voyant combien il m'enlaidit je maudis le remède?
« Pas du tout. Je me sens pour lui une reconnaissance
« inexprimable. Vous vous demandez peut-être d'où vient
« une pareille résignation? Je vais vous le dire. Depuis
« dix jours, je n'ai pas eu une seule crise; c'est-à-dire
« que pendant dix jours j'ai vécu dans le paradis. J'en
« éprouve une telle tranquillité d'esprit et une telle foi

« dans l'avenir, que s'il l'avait fallu, pour obtenir ce résul-
« tat, j'aurais sacrifié un bras ou une jambe. Il y a cepen-
« dant quelque chose qui m'empêche de jouir encore d'une
« tranquillité parfaite. Y a-t-il, du reste, quelque bonheur
« au monde qui ne contienne en lui-même quelque dou-
« leur latente? J'ai découvert chez Lucile, ces jours-ci,
« une bizarrerie que je ne lui connaissais point encore et
« qui m'a péniblement impressionné; cette bizarrerie rend
« beaucoup plus difficile que je ne l'avais prévu, lors de
« notre conversation aux Sables, l'aveu que je me pro-
« posais de lui faire sur l'effet du remède. Avez-vous
« remarqué que l'antipathie la plus enracinée chez elle
« est celle purement imaginaire qu'elle éprouve pour les
« personnes brunes et pour les nuances foncées? Je pense
« que c'est là un des effets de son infirmité, effet qu'elle
« ne peut expliquer, pas plus que nous, quoique nous
« en constations l'existence. Son père m'a montré l'ex-
« trait suivant d'une lettre qu'elle lui a écrite. Lisez vous-
« même et vous ne serez plus étonnée d'apprendre que je
« tremble en songeant qu'il faudra un jour lui faire ma
« confession. Voici ce qu'elle écrivait à M. Finch :

« J'ai le regret de vous apprendre que je me suis que-
« rellée avec ma tante et que, malgré notre réconciliation,
« nous ne sommes plus aussi bonnes amies qu'aupara-
« vant. Mlle Batchford avait invité quelques personnes à
« dîner la semaine dernière. Nous avions parmi les con-
« vives un Hindou converti au christianisme que ma
« tante estime beaucoup. J'ai eu le malheur de demander
« à la femme de chambre qui m'habillait si elle avait vu
« cet étranger et de me le décrire. Elle me répondit qu'il
« était grand et maigre, avec des yeux noirs étincelants
« dans son visage brun foncé. A cette description, mon
« imagination malade se mit à travailler sur cet affreux
« mélange de couleurs sombres; plus je faisais d'efforts,
« plus elle me le montrait sous les traits d'un monstre
« à forme humaine, si bien que j'aurais donné tout au
« monde pour ne pas paraître au salon. On vint me cher-
« cher au dernier moment et on me présenta à l'Indien en

« question; mais, dès qu'il s'approcha de moi, les ténè-
« bres se peuplèrent de noirs démons. Je ne pus m'em-
« pêcher, malgré tous mes efforts, de tressaillir et de
« reculer quand il me prit la main. Puis, comble de
« malheur, il s'assit à mes côtés à table. Au bout de cinq
« minutes j'étais entourée de toute une légion de fantômes
« décharnés, qui me regardaient avec des yeux flam-
« boyants; si bien que je fus forcée de quitter la table et
« de m'en aller. Quand les convives furent partis, ma
« tante était furieuse. Je la priai, en admettant tout ce
« que ma conduite avait d'absurde, de prendre en consi-
« dération le sentiment qui l'avait motivée, et de se sou-
« venir que depuis l'âge d'un an je ne pouvais me former
« une idée des personnes et des choses qui m'entouraient
« que d'après mon imagination et par les descriptions
« que ceux qui m'entouraient voulaient bien me donner.
« C'est en vain que je la suppliai de se rappeler que, dans
« la situation où je me trouvais, je n'étais pas à même de
« rectifier à l'aide de mes yeux les erreurs d'une imagi-
« nation prompte à me tromper. Elle ne voulut pas m'é-
« couter. Je lui reprochai dans ma colère l'antipathie tout
« aussi ridicule que la mienne qu'elle avait pour les chats,
« et je lui dis qu'elle tremblait et pâlissait, elle qui était
« à même de voir combien était inoffensive la présence
« de cet animal domestique; j'ajoutai que son antipathie
« était au moins aussi ridicule que la mienne et qu'elle
« n'avait pas plus le droit de me faire des reproches que
« moi de lui en adresser. »

Après cet extrait de la lettre de Lucile à son père, Oscar
reprenait :

« J'espère que vous comprendrez maintenant pourquoi
« j'ai fait tout ce qu'il y avait de mieux à faire en écrivant
« à Lucile. C'est là seule excuse que je puisse donner pour
« ne pas aller la retrouver à Londres. Quoique cette longue
« séparation me pèse, je ne puis me résoudre à courir le
« risque de la revoir en présence de gens qui ne manque-
« raient pas de faire des remarques sur mon visage et qui

« pourraient ainsi me trahir auprès d'elle. La voyez-vous
« trembler de terreur et se reculer quand je voudrais lui
« prendre la main? Non! non, j'aime mieux choisir moi-
« même un moment opportun pour lui dire, dans cette
« maison calme et isolée, ce qu'il faudra bien qu'elle sache
« un jour. J'aurai ainsi le temps, s'il faut en venir là, de
« la préparer graduellement et d'amortir l'effet que lui
« causera mon aveu. Ce que je vous écris doit rester
« entre nous. J'ai votre promesse de ne pas révéler mon
« secret à Lucile sans me prévenir. Cette promesse, je
« vous la rappelle et je tiens à ce que vous la gardiez
« plus fidèlement que jamais. Les quelques personnes
« qui m'entourent m'ont promis aussi de garder le secret,
« et s'il faut absolument qu'elle sache la vérité, c'est par
« ma propre bouche qu'elle l'entendra, à l'heure et dans
« l'endroit que je choisirai. »

Ces mots : s'il faut absolument qu'elle sache, etc...
me prouvèrent qu'Oscar se leurrait de l'espoir insensé de
pouvoir cacher d'une manière permanente son secret à
Lucile.

Si j'avais été a Dimchurch, j'aurais sans aucun doute
commencé à m'inquiéter de la tournure que prenaient les
choses ; mais l'éloignement a cet effet singulier de changer de tout point la manière de voir.

Le simple fait d'être en Italie au lieu d'être en Angleterre me fit rejeter, comme indignes de toute considération sérieuse, l'antipathie de Lucile et les scrupules
d'Oscar. Je pensai que tôt ou tard le temps mettrait ces
deux jeunes gens à la raison. Tout serait oublié après
leur mariage.

Je cédai enfin aux prières de mon père, et nous reprîmes la route de France un jour ou deux après que j'eus
reçu la lettre d'Oscar.

Je laissai mon père corrigé et rompu de fatigue se
reposer dans son fauteuil.

« O mon enfant, me dit-il en nous séparant, laisse-moi
me reposer et ne me parle jamais plus de tableaux ! »

XXI.

RETOUR.

J'arrivai à Dimchurch dans le courant de la dernière semaine qu'avait à passer Lucile chez sa tante, et je m'arrêtai à Londres pour l'attendre et l'accompagner.

La correspondance d'Oscar se ressentait du plaisir qu'il éprouvait de voir s'éloigner tout danger de rencontrer Lucile devant des étrangers.

Ma pauvre Lucile était redevenue la gaie jeune fille que j'avais connue et était toute au plaisir de me revoir.

Les quelques jours que nous passâmes ensemble à Londres furent des plus agréables, et nous nous donnâmes de l'opéra et du concert à cœur joie.

J'étais au mieux avec la tante Batchford lorsqu'un jour, pour mon malheur, je lui exposai mes opinions politiques.

Nous fîmes enfin nos adieux à la capitale et nous partîmes, Lucile et moi, pour Dimchurch, dans les premiers jours d'avril.

A mesure que nous approchions du presbytère, Lucile montrait une agitation croissante à l'idée de revoir Oscar, et les craintes dont je m'étais si facilement débarrassée en Italie commençaient à me reprendre.

A mon tour, mon imagination me montrait Oscar sous les traits de Méduse et sous un aspect si effrayant qu'on ne pouvait le regarder en face.

« Allons-nous le rencontrer, me demandais-je, à l'entrée du village ou à la porte du presbytère ? »

Nous l'aperçûmes enfin dans la partie retirée du jardin, où il nous attendait.

Il était seul. Lucile se précipita dans ses bras avec un cri de joie.

Je me tins derrière les deux jeunes gens, et je les examinai.

Ah ! quel coup j'éprouvai, lorsque je vis leurs figures confondues dans un baiser réciproque. Je vis la joue rose de Lucile s'appuyer innocemment sur le visage livide d'Oscar. O ciel ! que ce baiser faisait ressortir cruellement le contraste entre ce qu'était Oscar lorsque je l'avais quitté et ce qu'il était maintenant.

Ses yeux se tournèrent vers moi d'un air de supplication muette, tandis qu'il pressait sa bien-aimée entre ses bras ; il semblait me dire aussi clairement que s'il eût parlé : « Auriez-vous le courage, vous qui l'aimez, de lui révéler jamais mon secret ? »

Je m'approchai pour lui serrer la main.

A ce moment, Lucile recula et lui mit la main gauche sur l'épaule, tandis qu'elle passait l'autre avec rapidité sur le visage d'Oscar.

Un instant mon cœur cessa de battre.

Lucile avait reconnu, grâce à la merveilleuse délicatesse de son toucher, la nuance foncée de la robe que je portais, lorsque je la vis pour la première fois. Je me demandai avec terreur si cette délicatesse de toucher allait lui faire reconnaître le changement survenu dans le visage d'Oscar.

Elle s'arrêta après cette opération, faite avec l'attention suprême que je lui avais déjà vue dans l'occasion que je mentionne ci-dessus. Elle la renouvela, puis réfléchit un instant et se tourna vers moi.

« Que vous dit le visage d'Oscar ? me demanda-t-elle. Quand à moi, il me montre que quelque chose le rend inquiet. Qu'a-t-il donc ? »

Nous étions sauvés, pour le moment du moins. L'odieux remède, tout en changeant la couleur de la peau, n'en avait pas altéré l'épiderme au toucher, et elle le retrouvait sous ses doigts tel qu'elle l'avait laissé en le quittant.

Je n'eus pas le temps de répondre à Lucile. Ce fut Oscar qui s'en chargea.

« Je n'ai rien, ma chère, sinon que je me sens les nerfs

un peu agités. La joie de vous revoir m'a causé une trop forte secousse, voilà tout. »

Elle secoua la tête avec impatience.

« Non, non, dit-elle, vous ne me dites pas tout! Pourquoi votre cœur battait-il si vite, ajouta-t-elle en lui mettant la main sur la poitrine, et pourquoi vos mains sont-elles glacées?.... Il faut que je le sache, et je le saurai. Rentrons. »

A ce moment critique, nous vîmes apparaître avec joie, Oscar et moi, celui que d'ordinaire nous regardions comme le plus fatigant des hommes.

Le recteur parut dans le jardin pour serrer sa fille entre ses bras et la haranguer de sa prodigieuse voix.

Cette interruption détourna Lucile de son dessein. Oscar me tira à l'écart, tandis que l'attention de la jeune fille se portait ailleurs que sur lui.

« J'ai vu tout à l'heure, me dit-il, que vous avez éprouvé un sentiment d'épouvante, mais qu'en voyant que Lucile ne découvrait rien, vous vous étiez montrée soulagée d'une grande anxiété. Aidez-moi à lui cacher encore pour deux mois mon secret, et je vous tiendrai pour la meilleure amie que j'aie jamais eue.

— Encore deux mois ? répétai-je après lui.

— Oui, madame, car ce n'est qu'au bout de ce temps que, d'après mon médecin, je pourrai me considérer, si les crises ne me reprennent pas, comme radicalement guéri, et que je serai libre d'épouser Lucile.

— Oscar, mon ami, lui répondis-je, nourririez-vous l'intention de tromper ainsi Lucile ?

— Que voulez-vous dire ?

— Allons, vous le savez bien. Est-il honnête de l'attirer ainsi dans un piège en l'épousant et en ne lui révélant le secret qu'ensuite ? »

Il poussa un amer soupir.

« Elle va me prendre en horreur, » reprit-il en portant avec désespoir ses mains livides à son visage bleuâtre.

Mais son désespoir ne me fit pas céder.

« Soyez homme, lui dis-je, et avouez-lui la vérité hardiment. Pourquoi vous épouse-t-elle ? Est-ce pour votre

visage, qu'elle ne verra jamais ? Non, c'est parce qu'elle
sent battre son cœur à l'unisson avec le vôtre. Ayez donc
confiance en son bon sens, et dans l'amour et le dévouement que vous avez su lui inspirer. Le jour où ce préjugé absurde vous menacerait d'une séparation, elle verra
les choses sainement et se repentira.

— Jamais ! jamais ! vous dis-je. Rappelez-vous la lettre
qu'elle écrivait à son père. Si je lui avoue mon secret
à présent, elle est à tout jamais perdue pour moi. »

Je le pris par le bras et j'essayai de le conduire vers
Lucile.

Celle-ci avait hâte, de son côté, d'échapper à son père
et d'entendre de nouveau la voix de son bien-aimé.

Mais Oscar ne bougea pas. Ma colère commençait à
s'allumer contre lui. Un moment de plus, et je disais ou
je faisais quelque chose dont je me serais bien repentie
un moment après, lorsque je fus heureusement interrompue par un domestique qui venait des Sables avec
une lettre pour son maître.

« Elle est arrivée cette après-midi, dit-il en la donnant
à Oscar, et comme elle porte au coin le mot *pressé*, j'ai
cru bien faire en vous l'apportant sans retard. »

Oscar la prit et jeta les yeux sur l'adresse.

« Je reconnais l'écriture de mon frère, s'écria-t-il. C'est
une lettre de Nugent ! »

Il ouvrit la lettre en poussant un cri de joie qui fit ac-
courir Lucile à ses côtés.

« Qu'y a-t-il donc ? s'écria-t-elle.

— Nugent revient d'Amérique ; il sera ici dans une
semaine. Oh ! Lucile, quel bonheur ! Mon frère va venir
demeurer avec moi aux Sables. »

Il la saisit entre ses bras et, dans la joie que lui causait cette heureuse nouvelle, il l'embrassa.

Elle s'arracha à lui et se tourna de tous côtés pour
me chercher.

« Je suis ici, » lui dis-je

Elle me prit le bras brusquement, d'un air irrité, et
une expression d'angoisse et de jalousie se peignit sur
ses traits pendant qu'elle m'entraînait vers la maison.

Jamais elle n'avait trouvé une telle expression de joie dans la voix d'Oscar que lorsqu'il l'avait embrassée en apprenant que son frère allait arriver.

« Peut-il encore m'entendre ? me dit-elle tout bas et lorsqu'elle entendit le sable de l'allée crier sous ses pieds.

— Pourquoi cette précaution, Lucile ?

— C'est parce que je voulais vous dire que je hais son frère !... »

<hr />

XXII.

UNE LETTRE.

Oscar, ne se doutant guère de l'orage qu'il venait si innocemment de soulever dans le cœur de Lucile, nous suivait, la lettre de son frère à la main, tandis que nous rentrions sous l'escorte du recteur.

A en juger à certains signes, le recteur voyait dans tout cela non-seulement l'arrivée d'un frère jumeau d'Oscar, mais surtout l'arrivée d'une fortune jumelle, les deux frères ayant touché chacun la moitié de l'héritage paternel. En un mot, pour la seconde fois, M. Finch flairait de l'argent.

« Calmez-vous, de grâce, dis-je tout bas à Lucile quand les deux hommes nous suivirent dans le boudoir; votre jalousie est puérile, et il y a assez de place dans le cœur d'Oscar pour son frère et pour vous. »

Elle ne fit que répéter en me serrant le bras : « Son frère, je le hais.

— Venez vous asseoir près de moi, lui dit Oscar. Je voudrais lire tout au long la lettre de Nugent. Si vous

saviez comme elle est intéressante... Ah! il y a quelque
chose pour vous. »

En disant ces mots le jeune homme, trop absorbé dans
sa joie pour remarquer l'espèce de soumission farouche
avec laquelle elle l'écoutait, la fit asseoir à côté de lui et
commença sa lecture.

« Nugent me parle dans les premières lignes de son
retour en Angleterre, et aussi de la bonne idée qu'il a
eue de venir demeurer avec moi aux Sables; puis il
continue ainsi : « J'ai trouvé toutes les lettres que tu
« m'as écrites; elle m'attendaient à New-York. Inutile de
« te dire, mon bon frère.... »

Lucile interrompit sa lecture et se leva brusquement.

« Qu'avez vous? lui demanda Oscar.

— Cette chaise n'est pas commode. »

Oscar courut lui chercher un fauteuil et reprit sa lecture.

« ... Inutile de te dire, mon bon frère, combien tu m'as
« intéressé en m'annonçant ton prochain mariage. Tu
« sais que ton bonheur et le mien ne font qu'un. C'est
« pour cela que je me sens aussi heureux que toi et que
« je te félicite de tout mon cœur. Je brûle déjà du désir
« de voir ma future belle-sœur. »

Lucile se leva de nouveau, et Oscar, tout étonné, lui
en demanda la raison.

« Je ne me sens pas à mon aise ici, » répondit-elle en
s'éloignant et allant s'asseoir plus loin.

Oscar la suivit patiemment, sa précieuse lettre en
main.

Pour la troisième fois il lui offrit une chaise, qu'elle
refusa avec vivacité en en choisissant une elle-même. Il
reprit la lecture de la lettre.

« La cécité de ta fiancée m'attriste et m'intéresse.
« Tandis que je lisais ta dernière lettre, mes croquis
« d'Américains étaient éparpillés tout autour de moi.
« Hélas! me suis-je dit en apprenant qu'elle était
« aveugle, ma belle-sœur ne pourra jamais les voir. Tu
« sais, mon cher Oscar, qu'un vrai artiste pense toujours
« à ses œuvres, et je puis t'assurer que je rapporte avec

« moi des études très-remarquables, et qui me seront
« d'une grande utilité pour mes futurs tableaux. Elles ne
« sont peut-être pas aussi nombreuses que tu t'y atten-
« dais; mais j'aime mieux me fier au sentiment du beau
« inné en moi qu'à une copie laborieuse et servile de la
« nature, qui, je te l'avouerai, pour parler en artiste, me
« contrarie quand je me trouve dans certaines disposi-
« tions d'esprit. »

Oscar s'arrêta pour s'adresser à moi.

« Hein, quel style, madame Pratolungo! Ne nous ai-je
pas toujours dit que Nugent était un grand esprit? Ne
vous en allez pas encore, Lucile, je reprends; il y a pour
vous un post-scriptum qui est fort élégamment tourné. »

Lucile voulut absolument se lever, malgré l'annonce
du post-scriptum. Elle alla à la fenêtre et se mit à ef-
feuiller ses fleurs, si bien qu'Oscar nous regarda, le recteur et moi, avec un vague étonnement.

M. Finch, qui avait jusque-là tout écouté avec la res-
pectueuse déférence due à la correspondance de deux
jeunes rentiers, intervint auprès de sa fille pour qu'elle
écoutât jusqu'au bout.

« Je t'en prie, ma chère Lucile, s'écria-t-il, ne t'agite
pas tant. Tu gâtes tout le plaisir que nous prenons à entendre cette intéressante lecture. Je voudrais te voir,
mon enfant, changer moins souvent de place et prêter
plus d'attention.

— Ce que lit Oscar ne m'intéresse nullement. »

En faisant cette réponse peu gracieuse, elle renversa
un pot de fleurs.

Oscar, sans perdre un instant sa bonne humeur, le
releva.

« Cela ne vous intéresse pas! Attendez un peu. Vous
ne savez pas encore ce que Nugent dit de vous. Tenez :
« Mes meilleurs compliments à ta fiancée, et dis-lui, mon
« cher Oscar, que l'intérêt que je ressens pour elle me
« fait hâter mon départ pour l'Angleterre. » Est-ce bien
tourné, hein? Allons, Lucile, avouez que Nugent vaut
la peine d'être lu, quand il parle de vous dans ses lettres. »

Lucile se tourna pour la première fois vers Oscar.

Le charme de l'accent avec lequel il prononça ces paroles l'avait vaincue malgré elle.

« J'en suis reconnaissante à votre frère, répondit-elle avec douceur, et je suis honteuse de ce que je viens de dire. »

Elle glissa sa main dans celle d'Oscar et lui dit tout bas : « Vous l'aimez tant que je commence à craindre que votre frère n'accapare tout votre amour à mon détriment.

— Attendez que vous l'ayez vu et vous l'aimerez tout autant que je l'aime, lui répondit Oscar. Il ne me ressemble pas et il a le don de fasciner les gens à première vue; personne ne saurait lui résister. »

Lucile, dont le visage exprimait la tristesse et la perplexité, tenait toujours sa main. Cette absence de toute jalousie de sa part, sa confiance généreuse et illimitée dans l'amour qu'elle avait pour lui, c'était bien là le reproche qui pouvait le mieux la toucher et que, selon moi, elle avait mérité.

« Allons, Oscar, dit le recteur de sa voix la plus encourageante, continuez, mon cher, continuez.

— Je passe, répondit Oscar, à une autre nouvelle très-intéressante, et assez mystérieuse pour exciter notre curiosité. Nugent me dit : « J'ai fait ici, à New-York, la con-
« naissance d'un homme remarquable, un Allemand, qui
« a gagné beaucoup d'argent aux Etats-Unis. Il se pro-
« pose de visiter l'Angleterre dans les premiers jours de
« l'année et il m'avertira de son arrivée. J'aurai l'honneur
« de te le présenter moi-même, à toi et à ta fiancée. Il se
« pourrait que tu te félicitasses par la suite d'avoir fait
« sa connaissance; je ne veux plus t'en parler que lors-
« que nous serons aux Sables. »…. « Il se pourrait bien
« que tu te félicitasses par la suite d'avoir fait sa connais-
« sance, » répéta Oscar en pliant la lettre de son frère.
Nugent ne me dirait pas cela s'il n'avait quelque raison
sérieuse. Qui peut être cet Allemand dont il parle? »

M. Finch releva vivement la tête et regarda Oscar d'un air inquiet.

« Votre frère dit que ce monsieur a fait fortune en
Amérique. J'espère que ce n'est pas un de ces financiers
infestés de cet esprit d'aventureuse spéculation qui sont
la plaie de l'Amérique. Votre frère, qui sans doute est
aussi généreux que vous...

— Il est beaucoup plus généreux que moi, monsieur
Finch, dit Oscar en coupant la parole au recteur.

— ... Et favorisé comme vous par la fortune, reprit le
recteur, s'enthousiasmant à mesure qu'il parlait.

— Je ne le suis plus, dit Oscar, la volage m'a abandonné.

— Quoi!!! s'écria M. Finch en faisant un soubresaut.

— Nugent a gaspillé sa fortune, reprit Oscar avec une
parfaite tranquillité, je lui ai prêté l'argent qu'il lui fallait pour partir en Amérique. Mon frère est un homme
de génie, monsieur Finch. Avez-vous jamais entendu dire
qu'un homme de génie pût se restreindre à de certaines
limites? Nugent ne pourrait mener une vie simple comme
la mienne. Il a des goûts princiers; l'argent n'est rien
pour lui. Mais qu'importe? Il va bien vite refaire sa fortune avec ses tableaux, et, en attendant, je puis bien lui
ouvrir ma bourse. »

M. Finch se leva, de l'air d'un homme dont l'attente a
été cruellement déçue et dont l'innocente confiance a été
trahie d'une façon indigne. Quel avenir se déroulait à ses
yeux!

Un homme aussi besoigneux que lui allait s'établir à
l'ombre du presbytère! Il emprunterait de l'argent à
Oscar... et cet homme était son frère!

« Il m'est impossible de voir du même œil que vous
l'extravagance de votre frère, dit le recteur la main sur le
bouton de la porte; — et, s'adressant à Oscar du ton le plus
sévère : Je déplore et je blâme le mauvais usage qu'a fait
M. Nugent des dons que lui avait accordés la Providence
dans sa haute sagesse. Vous ferez bien de réfléchir, avant
d'encourager l'extravagance de votre frère en lui prêtan
de l'argent. Que dit le grand poëte de l'humanité au sujet
de ceux qui prêtent? La barde d'Avon nous dit : « Un
prêt perd souvent et celui qui l'accorde et celui qui le

reçoit. » Que cette parole reste gravée dans votre mémoire, Oscar! Défie-toi, Lucile, de cette agitation que
j'ai déjà dû blâmer. Il faut que je vous quitte, madame
Pratolungo. J'avais oublié mes devoirs de pasteur. Mes
devoirs m'appellent. Bonjour! bonjour! »

Il nous regarda tous trois l'un après l'autre avec des
yeux moroses, et sortit.

« Certes, dis-je en moi-même, voilà un triste début
pour le frère d'Oscar. Il a tout d'abord porté ombrage à
la fille et voici qu'il vient d'offenser le père! Même au
delà des mers, M. Nugent Dubourg exerce une influence
pernicieuse et trouble le repos de la famille avant d'avoir
montré seulement le bout de son nez. »

Il n'arriva rien dans la journée digne d'être relaté.

La soirée fut assez triste. Lucile était abattue. Quant à
moi, je n'avais pas encore eu le temps de m'habituer au
pénible spectacle du visage d'Oscar. J'étais grave et silencieuse. On ne m'aurait jamais prise pour une Française,
si on m'avait vue pour la première fois au moment de mon
retour au presbytère.

Le lendemain amena un petit événement domestique
qui doit trouver place ici.

Notre médecin, toujours mécontent de sa position dans
cette obscure campagne, avait obtenu aux Indes une place
qui offrait de grands avantages à un ambitieux. Il vint
nous dire adieu avant son départ.

Je saisis l'occasion qui se présentait de lui parler
d'Oscar.

Il convint avec moi qu'il serait simplement absurde de
laisser ignorer à Lucile le changement qui s'était produit
chez son ancien malade.

« Elle apprendra la vérité, dit-il, avant peu de jours. »

Après cette prédiction, qu'il me fit en secret, il nous
quitta.

Sa disparition, je vous prie de le remarquer, était celle
d'un témoin important quant au traitement qu'avait suivi
Oscar, et elle pouvait exercer une certaine influence dans
la suite. Je dois donc la signaler.

Deux jours se passèrent. Dans la matinée du troisième,

la prédiction du docteur faillit se réaliser grâce à la bohémienne de la famille, l'amusante petite Jicks.

Je me promenais dans le jardin avec Lucile et Oscar ; l'enfant sortit tout à coup de derrière un arbre, et, saisissant Oscar par les jambes, elle lui souhaita affectueusement le bonjour en l'appelant bruyamment l'homme bleu.

Aussitôt Lucile s'arrêta et dit : « Qui appelles-tu l'homme bleu ?

— Oscar, » répondit hardiment Jicks.

Lucile prit l'enfant dans ses bras.

« Pourquoi appelles-tu Oscar l'homme bleu ? » lui demanda-t-elle.

Jicks montra la figure d'Oscar; puis, se rappelant la cécité de Lucile, elle eut recours à moi.

« Dites-le-lui, » fit-elle gaiement.

Oscar me prit la main en m'implorant du regard. Je résolus de m'abstenir. C'était bien assez de rester passive et de lui laisser ignorer la vérité. Je ne voulais en aucune façon contribuer à la tromper.

Le sang lui monta au visage. Elle mit l'enfant à terre.

« Êtes-vous muets tous deux, dit-elle ? Oscar ! répondez... je le veux ! Pourquoi vous a-t-on donné ce sobriquet d'homme bleu ? »

Dans sa détresse, Oscar eut recours à un mensonge, et qui pis est, à un mensonge maladroit.

Il se mit à raconter, à mon grand mécontentement, qu'on lui avait donné ce sobriquet dans la chambre des enfants, pendant le voyage de Lucile à Londres, parce qu'un jour il s'était peint la figure pour jouer Barbe-Bleue, pour amuser les enfants.

Si Lucile avait soupçonné tant soit peu la vérité, elle l'eût découverte à ce moment malgré sa cécité. Dans tous les cas, Oscar la contrariait et l'irritait. Je m'aperçus qu'elle s'efforçait de chasser comme une sorte de sentiment de mépris pour lui.

« Une autre fois, amusez les enfants d'une autre façon, dit-elle. Quoique je ne puisse vous voir, je n'aime pas que vous vous défiguriez. »

Elle s'écarta pour continuer seule sa promenade; son

fiancé venait évidemment de s'amoindrir dans son esprit.

Il me jeta de nouveau un regard suppliant.

« Avez-vous entendu ce qu'elle a dit? me dit-il tout bas.

— Vous venez de perdre une excellente occasion de dire la vérité, lui répondis-je. Je suis convaincue que vous regretterez amèrement de l'avoir trompée aussi cruellement. »

Il secoua la tête avec l'opiniâtreté d'un homme faible.

« Ce n'est pas l'opinion de Nugent, dit-il en me tendant la lettre. Lisez le passage, à présent que Lucile ne peut nous entendre. »

Je ne pus lire tout d'abord. La ressemblance entre les jumeaux s'étendait même jusqu'à leur écriture! Si j'avais trouvé la lettre, je l'aurais rendue à Oscar comme étant de son écriture.

Le paragraphe qu'il indiquait ne contenait que ces lignes :

« Ta dernière lettre a dissipé mes inquiétudes au sujet
« de ta santé. Je conviens avec toi que tout sacrifice qui
« amènera ta guérison sera un sacrifice nécessaire. Quant
« à cacher à ta fiancée ces résultats, je te ferai observer
« seulement que tu dois savoir mieux que moi ce que tu
« as à faire en cette occasion. Je m'abstiendrai donc de te
« donner mon opinion avant de t'avoir vu. »

Je rendis la lettre à Oscar.

« Je n'y trouve pas une bien vive approbation de votre conduite, lui dis-je; votre frère réserve son opinion, j'exprime la mienne, voilà tout.

— Je n'ai aucune crainte, me répondit-il. La sympathie de Nugent m'est assurée. Il me comprendra lorsqu'il viendra aux Sables. Mais, en attendant, il ne faut pas que l'incident de tout à l'heure se renouvelle. »

Il se pencha vers Jicks.

L'enfant, pendant que nous causions, s'était étendue sur l'herbe et fredonnait un refrain de nourrice.

Oscar la fit lever assez brusquement. Il était courroucé contre elle et contre lui-même.

« Qu'allez-vous faire? lui dis-je.

— Je m'en vais trouver M. Finch, répondit-il, pour le prier de défendre à Jicks l'entrée du jardin de Lucile.

— M. Finch approuve-t-il votre silence?

— M. Finch, madame Pratolungo, me laisse ma liberté d'action dans une affaire qui ne regarde que Lucile et moi. »

Cette réponse coupait court à toute observation nouvelle. Je gardai donc le silence.

Oscar emmena sa prisonnière vers la maison. Jicks trottait à ses côtés, sans avoir conscience de la faute qu'elle venait de commettre, et avait repris sa chanson interrompue.

Je revins vers Lucile, complétement fixée sur la conduite à suivre dans l'avenir. Au cas où Oscar réussirait à cacher la vérité à sa fiancée, j'étais résolue à la lui apprendre moi-même avant leur mariage.

Eh quoi! ne m'étais-je pas engagée à garder le secret? Eh bien! non, il n'y a pas de promesse qui me fasse tromper une personne que j'aime! Je méprise du fond de mon cœur de telles promesses.

Deux jours encore se passèrent; puis un télégramme arriva aux Sables.

Oscar accourut au presbytère pour nous faire part de la nouvelle. Nugent venait de débarquer à Liverpool. Oscar devait venir l'attendre à Dimchurch le lendemain.

XXIII.

CONCILIATION.

J'ai complétement oublié de vous parler d'un des talents de société de M. Finch, l'art de lire à haute et intelligible voix, dans lequel il était passé maître et dont il abusait

pour torturer, toutes les fois que l'occasion s'en présentait, sa famille et ses intimes.

Je ne vous détaillerai pas toutes les souffrances que
nous faisait endurer cette terrible voix, tandis que son
propriétaire se livrait tout entier au plaisir de l'écouter.

Quand la rage de la lecture le prenait, il n'y avait pas
moyen d'échapper au recteur. Sous le premier prétexte
venu, il fondait sur nous livre en main, nous faisait asseoir et se mettait à nous assourdir pendant des heures
entières.

C'était tantôt Shakespeare et Milton, ou les discours de
Burke et ceux de Sheridan au Parlement; mais, quel que
fût le morceau qu'il choisit, il criait et se démenait si fort
en en faisant la lecture qu'il finissait par écraser le malheureux auteur sous le poids de sa propre personnalité,
au point que je vous avouerai que c'est à partir du moment où je l'ai entendu interpréter par M. Finch que
datent mes premiers doutes sur le suprême génie de
Shakespeare. C'est pour la même raison que j'ai voué une
haine implacable à Burke et à sa ligne politique.

Le soir où l'on s'attendait à voir arriver d'Amérique
Nugent Dubourg et que nous désirions, Lucile et moi,
rester seules pour nous habiller et causer de la visite du
frère d'Oscar, M. Finch fut saisi d'un de ces accès pério-
diques où il éprouvait l'impérieux besoin d'assommer sa
famille.

Cette fois, ce fut *Hamlet* qu'il choisit pour nous montrer
sa belle voix. Il déclara préalablement que c'était dans
le but spécial de me perfectionner dans la lecture des
auteurs. Hélas! il me donna ses raisons pour en agir
ainsi.

« Ma chère dame, me dit-il, je vous ai entendue par
hasard faire la lecture à Lucile. Ce n'était vraiment pas
mal; mais vous me permettrez, à moi qui possède une
grande expérience dans l'art de lire à haute voix, de vous
donner de bons conseils. Je vais vous lire quelques passages pour vous servir de modèle. Oui, madame Finch,
je vais donner à Mme Pratolungo quelques exemples.
Faites bien attention, je vous prie, aux pauses et à la ma-

nière dont je rends la fin de chaque vers. Ceci t'intéresse,
Lucile; car je pense que tu attaches quelque importance
à ce que Mme Pratolungo se perfectionne... Ne vous en
allez pas, je vous prie. »

Lucile et moi, nous étions à titre d'invitées à la table du
recteur. C'était un de ces soirs où, quittant la partie antique du presbytère, nous allions régulièrement prendre
place à ce que M. Finch se plaisait à appeler le repas du
soir du pasteur.

M. Finch nous tenait donc, sa femme, Lucile et moi.
Un rictus de joie sauvage vint contracter ses traits lorsqu'il nous vit toutes trois assises au bout de la salle et
qu'il se prépara à ouvrir le feu sur nous. C'est ainsi qu'il
commença :

Premier tableau.

Hamlet : Acte premier. Le décor représente une plate-
forme devant le château d'Elseneur.

Francisco, ou plutôt M. Finch, est à son poste. *Bernardo* (M. Finch) entre et s'avance vers lui.

Qui va là? Arrête et dis-moi qui tu es.

Ici Mme Finch se détire en allaitant le baby et tâche
de se donner l'air de jouir de cette petite fête intellectuelle.

L'entretien qui a lieu entre *Bernardo* et *Francisco* est
rendu par le bourdonnement bruyant du recteur.

Horatio et *Marcellus* (tous deux représentés par
M. Finch) entrent sur la scène.

Halte-là, qui vive? Amis et sujets du Danemark.

Ici je commence à sentir un mal que je ressens toujours
dans les jambes pendant la lecture de Shakespeare par le
recteur, et qu'instruite par une expérience amère j'ai
nommé les fourmis d'Hamlet.

Bernardo, Francisco, Horatio et *Marcellus* causent
ensemble de la voix de basse de M. Finch.

Le spectre du père d'Hamlet apparaît.

Le recteur fait une pause solennelle, pendant laquelle
on entend distinctement téter le baby de Mme Finch, qui
jouit toujours de la petite fête intellectuelle.

Mes démangeaisons me reprennent dans les jambes et se communiquent à celles de Lucile.

Marcellus-Finch continue :

Toi qui es instruit, parle-lui, Horatio.

Bernardo-Finch l'encourage :

Regarde, ne dirait-on pas le roi?

Ici Lucile se mêle au dialogue.

« Papa, j'en suis bien fâchée, mais j'ai eu la migraine toute la journée; permettez-moi d'aller faire un tour au jardin. »

Le recteur fait une autre pause solennelle et regarde fixement sa fille, qui sort.

Horatio examine le fantôme et continue en répondant à *Bernardo* :

En effet, il lui ressemble si étonnamment que j'en suis confondu.

A ce moment, le baby prouve par des signes indiscutables qu'il a absorbé plus de lait qu'il ne lui en fallait, et Mme Finch cherche son mouchoir.

Quant à moi, je saisis cette occasion de me détirer un peu les jambes et je retrouve le mouchoir.

M. Finch s'arrête, fait les gros yeux. Il arrive au second tableau.

Le Roi, la Reine, Hamlet, Polonius, Laertes, Voltimand, et les seigneurs, tous représentés par M. Finch avec son éternel bourdonnement.

Je souffre toujours des jambes.

Troisième tableau.

Laertes et *Ophélie* entrent. (Tous deux sont recteurs de Dimchurch et possèdent de magnifiques voix de basse-taille. Ils sont tous deux fortement grêlés, hauts d'un mètre et demi, et portent des cravates d'un blanc douteux.)

Mme Finch et le baby s'endorment d'un profond sommeil.

Quant à moi, je souffre si horriblement dans les jambes que je fais des vœux pour qu'un habile chirurgien vienne me les couper.

M. Finch continue avec un plaisir toujours croissant et

d'une voix de plus en plus caverneuse jusqu'au quatrième tableau.

Hamlet, Horatio, Marcellus entrent sur la scène.

Bonté divine! Qu'entends-je? Viendrait-on à notre secours?

J'entends un bruit de pas dans le vestibule; il n'y a plus aucun doute. Mme Finch se réveille, les entend aussi, et s'en félicite.

Quant au Révérend Hamlet, il est trop absorbé par le son de sa propre voix pour les entendre. Il continue :

La brise vous saisit, il fait bien froid.

La porte s'ouvre et le recteur s'aperçoit qu'un courant d'air arrive juste à point, comme dans le drame. Il jette un regard sur l'intrus. Si c'est un domestique, qu'il tremble! Mais non... Dieu soit loué. Ce sont des visiteurs.

Bonjour, messieurs. Soyez les bienvenus, car, grâce à vous, nous n'aurons plus d'Hamlet ce soir.

Deux nouveaux personnages entrent et réclament notre attention.

Oscar nous présente son frère Nugent, qui arrive d'Amérique.

Ce qui nous frappa tous d'étonnement en les voyant entrer, ce fut la ressemblance extraordinaire des deux frères.

Ils avaient tous deux la même taille et les mêmes allures, leur figure et leur voix étaient identiquement pareilles. Quand Oscar souriait, le même sourire reparaissait sur les lèvres de Nugent. Nugent avait les mêmes gestes moitié anglais, moitié étrangers qu'avait Oscar, et, pour compléter la ressemblance, Nugent avait ce teint magnifique, un peu plus brun peut-être, que son frère venait de perdre à tout jamais. La seule chose qui pût les distinguer l'un de l'autre, et que Lucile ne pouvait pas voir, c'était ce terrible contraste de teint. Ce fut Nugent qui prit la parole.

« Je suis charmé de vous voir, madame Finch, dit-il. Il y a bien longtemps que je désirais faire votre connaissance. Madame Finch, je vous remercie de la bonté que vous avez eue pour mon frère. Est-ce à Mme Pratolungo que j'ai l'honneur de parler? Oui, alors veuillez me permettre

de vous serrer la main. Inutile de vous dire que j'ai entendu souvent parler de votre illustre époux. Ah! qu'a-
vons-nous là? Un baby!... Est-il à vous, madame Finch?
Est-ce un garçon ou une fille? Ma foi, si en ma qualité de
célibataire j'ai le droit de me prononcer, je dirai que
voilà un bien bel enfant. »

Et il se mit à rire au nourrisson, absolument comme
s'il eût été père de famille, et fit claquer gaiement ses
doigts. Le pauvre Oscar tourna vers moi sa figure, qui
triomphait et qui semblait dire : « Voyez comme il fas-
cine les gens à première vue; ne vous l'avais-je pas
dit? »

Il avait raison, son frère était irrésistible. Il ressemblait tellement à Oscar lorsqu'il restait tranquille et sans
parler, et d'un autre côté il lui ressemblait si peu sous
certains rapports, que je ne puis mieux décrire Nugent
qu'en disant que c'était son frère perfectionné.

Il avait, par exemple, cet aplomb naturel et cet entrain
du gentleman qu'on ne trouvait pas chez Oscar; puis un
tact exquis.

Il savait aimer les enfants et payer un tribut à la mémoire de mon illustre défunt.

Il n'avait pas été un instant parmi nous qu'il avait déjà
pour lui ma sympathie et celle de Mme Finch.

Il laissa le baby et, se retournant, il indiqua du doigt
le Skakespeare tout ouvert sur la table.

« Monsieur Finch, vous étiez en train, dit-il, de lire
Skakespeare à ces dames! Je crains bien de vous avoir
dérangé en entrant.

— N'en parlons pas, je vous en prie, mon cher monsieur, lui répondit le recteur avec la politesse majes-
tueuse qui lui était habituelle. Je remets à une autre fois
cette lecture que j'ai l'habitude de faire à mon petit cercle.
En ma double qualité de ministre et d'admirateur de la
Muse, j'ai longtemps cultivé l'art de lire à haute voix les
auteurs......

— Pardon, cher monsieur, si je vous interromps pour
vous dire que vous l'avez cultivé tout de travers! »

M. Finch s'arrêta, atterré de l'audace de ce jeune pré-

somptueux qui se permettait de lui couper la parole, à lui
le Recteur, dans son propre salon, pour formuler son opinion. Cet homme avait l'audace de lui dire là, devant le
Shakespeare ouvert sur la table, qu'il ne se connaissait
pas en lecture !

« Oh! je vous ai bien entendu en entrant, poursuivit Nugent avec un admirable sang-froid, et toujours avec
la plus grande politesse. Tenez, je vais vous montrer
comment vous lisiez. »

Et, prenant le Shakespeare, il se mit à déclamer les
premières lignes du quatrième tableau, où Hamlet s'écrie :
La bise vous saisit, il fait bien froid, en imitant parfaitement M. Finch.

« Ce n'est pas, reprit-il, sur ce ton-là que doit parler
Hamlet. Un homme dans sa position ne ferait pas remarquer qu'il fait froid en enflant la voix de cette façon. Et
d'abord, qu'est-ce que Shakespeare? Un poète qui étudie
de près la nature et qui la rend invariablement avec fidé-
lité. Dans quelle condition se trouve Hamlet au moment
où il s'attend à voir apparaître le fantôme de son père? Il
a peur et il a froid. Eh bien, on doit le faire parler comme
nous parlerions si nous avions peur et si nous avions froid.
Tenez, comme ceci, rapidement et sans emphase : — *L'air
est glacé, il fait bien froid*. Ici Hamlet s'interrompt et
frissonne... brrrr. Il fait bien froid. Voilà comment on
doit lire Shakespeare. »

M. Finch, se redressant de toute sa petite taille, frappa
un grand coup de la paume de la main sur les feuillets
du livre et s'écria : « Permettez-moi, monsieur, de vous
dire que... »

Nugent l'interrompit plus gaiement encore qu'auparavant.

« Vous n'êtes pas de mon avis, je le vois bien; inutile
de le nier. Je ne sais si vous êtes comme moi, mais quand
j'ai une opinion, je suis le plus entêté des hommes, et ce
serait en pure perte que vous essaieriez de me convaincre.
Tenez, par exemple, voyez cet enfant. »

Il se tourna subitement vers le baby en s'adressant à
Mme Finch.

« Je me permettrai, madame, de vous faire observer qu'il n'y a pas de pays au monde où l'on habille les enfants d'une manière aussi absurde qu'en Angleterre. Quelles sont les trois conditions essentielles au développement de votre charmant baby? téter, dormir, grandir. Tenez, en ce moment, que fait-il? Il ne tète pas, il ne dort pas, donc il grandit, et de toutes ses forces encore. Mais que lui faut-il pour grandir en toute liberté? Qu'il puisse se donner du mouvement, agiter bras et jambes à son gré. Pour les bras passe, il les a libres ; mais vous emprisonnez ses petites jambes en l'affublant d'une robe trois fois trop longue et vous le mettez dans l'impossibilité de les exercer. Comment voulez-vous qu'avec cet absurde vêtement il puisse les lever en l'air comme il lève les bras? Ce qui devrait être une jouissance pour lui devient un effort pénible. C'est le comble de l'absurdité. Je me demande à quoi songent les mères et pourquoi elles ne se servent pas de leur bon sens. Croyez-moi, madame Finch, débarrassez-moi cette jeune victime de la routine de ce qui embarrasse ses mouvements; mettez-lui un jupon court et laissez-le agiter bras et jambes en toute liberté. »

Mme Finch restait tout ébahie et relevait les longues jupes de l'enfant, en jetant sur Oscar un regard de supplication. Elle ouvrit la bouche comme si elle allait parler, mais, changeant d'avis, elle tourna vers son mari ses yeux larmoyants, qui semblaient lui demander de venir à son secours.

M. Finch en profita pour tenter de rétablir son autorité chancelante en raillant lourdement Nugent.

« Vous me permettrez de vous faire observer, monsieur Dubourg, que vos observations auraient beaucoup plus de poids si elles venaient d'un père de famille. Je vous dirai donc....

— Que ce sont là les conseils d'un célibataire, n'est-ce pas ? reprit Nugent, complétant le reste de la phrase du Recteur. Non, non, monsieur Finch, vous n'allez pas nous en faire accroire. Le docteur Johnson s'est chargé jadis de réfuter à tout jamais l'objection que vous me faites. « Monsieur, répondit-il à quelqu'un qui lui tenait à peu près le même raisonnement que vous, on peut faire des reproches à un menuisier pour une table mal faite sans savoir en faire une soi-même. » Eh bien, j'imite Johnson, et je vous réponds que je puis indiquer un défaut dans le vêtement d'un baby sans être père de famille. — Quoi, vous doutez encore? Soit, je vais vous donner un autre exemple à l'appui de mon dire. Prenons la pièce où nous sommes. Eh bien! d'un seul coup d'œil, je m'aperçois que les fenêtres en sont mal disposées et qu'elle n'est pas suffisamment éclairée ; cependant je ne suis pas entrepreneur de bâtisse. Comment, cela ne vous suffit pas, monsieur Finch? Eh bien ! prenons un troisième exemple. Quel est cet imprimé sur la cheminée? Un papier d'impositions. Des impôts ? bon, voilà ce qu'il nous faut. Vous, monsieur, vous n'êtes ni ministre des finances ni membre de la Chambre des Communes. Eh bien! est-ce que ça vous empêche de former vos appréciations sur les taxes que vous payez? Faut-il que nous soyons, vous et moi, membres du Parlement pour nous apercevoir que la vieille Constitution britannique est en train de râler...

— Tandis que la jeune et vigoureuse République, ajoutai-je, en profitant, selon mon habitude, de toutes les occasions de citer le programme Pratolungo, aspire la vie à pleins poumons. »

A peine avais-je dit ces paroles que Nugent se tourna vers moi pour me remettre à ma place, comme il l'avait déjà fait pour le recteur sur la lecture d'*Hamlet* et pour sa femme sur l'art d'élever les enfants.

« Vous vous trompez complétement, madame, me répondit-il d'un ton absolu. Votre jeune République n'est que l'enfant rachitique de la famille politique, qu'il faut abandonner, car vous ne réussirez jamais à en faire une femme. »

Je me récriai de même que le recteur, mais inutilement. J'en appelai avec indignation à la mémoire de mon illustre époux.

« C'était un honnête homme, me répondit-il, et moi-même, libéral avancé, je lui donne toute mon estime.

Mais il ne s'en trompait pas moins. Tous les républicains sincères se trompent comme lui. Ils croient que l'amour de la chose publique existe en Europe, tandis que c'est chez les jeunes populations, dont il est l'apanage exclusif, qu'il faut aller chercher ce sentiment généreux. Dans notre vieille Europe égoïste, c'est l'intérêt particulier qui l'a remplacé. Quand votre mari préconisait la République, c'était dans l'espoir que, par son avénement, elle élèverait le niveau de la nation. Bah ! commencez par me prouver que la République peut m'élever jusqu'à sa hauteur, et je vous écouterai. Prouvez à chacun qu'il en sera ainsi, si vous voulez que les institutions républicaines réussissent en Europe. L'intérêt particulier, voilà le mobile qu'il faut faire agir. »

L'opinion qu'il émettait ainsi m'indigna.

« Mon illustre époux...., repris-je.

— Serait mort, continua-t-il, plutôt que d'en appeler aux bas instincts de l'humanité. Voilà où gît l'erreur, et c'est ce qui a rendu tous ses efforts stériles. Et voilà aussi pourquoi j'appelle la République l'enfant rachitique de la famille politique. *Quod erat demonstrandum,* ajouta-t-il avec un sourire et un geste qui semblaient dire : Je vous ai enfin mis tous trois à la raison, mais je suis content de vous... et de moi. »

Que lui répondre ? Comment résister au sourire charmant qu'il nous adressa après avoir ainsi parlé ? Malgré le jugement qu'il venait de porter sur mes opinions, je n'avais pas le courage de lui en vouloir.

Quant à M. Finch, il restait assis dans un coin, gonflé d'indignation et tâchant de digérer le mieux possible la découverte qu'il y avait de par le monde un autre homme ayant de lui-même une aussi excellente opinion et une confiance aussi inaltérable que le recteur de Dimchurch.

Oscar, qui jusque-là s'était contenté d'écouter son frère avec admiration, voulut placer un mot. Il s'approcha de moi et me demanda où était Lucile, en ajoutant qu'un domestique lui avait dit qu'elle était au presbytère et qu'il brûlait du désir de lui présenter son frère.

Celui-ci, entourant de son bras le cou d'Oscar, le serra affectueusement en s'écriant : « Et moi aussi, mon bon Oscar, j'ai le désir de voir Mlle Finch.

— Elle vient de sortir pour aller faire un tour au jardin, » dis-je à Oscar, qui sortit pour l'aller chercher.

À ce moment, un domestique vint prévenir Mme Finch qu'on la demandait. Elle se leva, et Nugent la supplia en plaisantant de se débarrasser de ses préjugés et de considérer avec impartialité la question des robes courtes et des robes longues.

M. Finch se fâcha en voyant Nugent revenir à la charge. Il se leva pour suivre sa femme.

« Vous verrez vous-même, monsieur Dubourg, répondit-il d'un ton sévère, quand vous serez marié, qu'il est bon de laisser les mères soigner leurs enfants comme elles l'entendent.

— Pardon, monsieur Finch, lui répondit Nugent toujours souriant, mais je vous ferai observer que vous êtes encore dans l'erreur. Un homme marié juge tous les autres d'après lui-même. »

Il avait suivi, en parlant ainsi, le recteur jusqu'à la porte. Quand celui-ci fut sorti, il se tourna vers moi.

« Maintenant que nous voilà seuls, me dit-il, je veux profiter de l'occasion pour vous parler de Mlle Finch. Oscar m'a fait connaître le malheur qui a frappé sa fiancée sans me donner de détails. Je me sens pour elle un intérêt tout particulier. Combien y-a-t-il de temps qu'elle est aveugle ?

— Elle a perdu la vue à l'âge d'un an, lui répondis-je.

— Est-ce le résultat d'un accident ?

— Non, monsieur.

— Est-ce à la suite d'une maladie ? »

Je m'étonnais de sa curiosité.

« Tout ce que je sais, lui répondis-je, c'est que le mal est venu sans qu'on s'y attendît et d'une cause demeurée inconnue. »

Il avança sa chaise familièrement près de la mienne, et me demanda l'âge de Lucile : ce qui redoubla mon étonnement. Je le lui fis comprendre par le ton de ma réponse.

« J'ai, me répondit-il, mes raisons pour éviter, dans les circonstances actuelles, toute allusion à l'infirmité de Mlle Finch en présence de mon frère et des membres de sa famille. Je veux attendre encore un peu pour leur en parler sérieusement. Avec vous, c'est différent, et je puis vous poser ces questions. A-t-on essayé de la guérir lorsqu'elle a perdu l'usage de ses yeux ?

— Je ne l'ai jamais demandé à sa famille ; et puis, il y a si longtemps de cela.....

— Si longtemps, dit-il en répétant mes paroles et en réfléchissant un instant ; ainsi elle s'est résignée à son état, et tous ceux qui l'entourent se sont habitués à l'idée de la voir aveugle pour le reste de ses jours ? »

Au lieu de lui répondre, je lui posai à mon tour une question, tandis que mon cœur battait plus vite, sans que je pusse m'expliquer pourquoi.

« Voudriez-vous me dire, monsieur Dubourg, quelles sont vos pensées à l'égard de Lucile ?

— Je pense, madame, me répondit-il, à une idée qui m'a été suggérée par un ami que j'ai rencontré en Amérique.

— Est-ce cet ami dont vous parliez dans votre lettre à Oscar, et que vous vous proposiez de lui présenter ainsi qu'à Lucile ?

— Oui, c'est cet Allemand dont j'ai parlé.

— Quelle est sa profession ? »

Nugent me regarda attentivement, et réfléchit avant de me répondre.

« C'est, me répondit-il enfin, l'oculiste le plus savant et le plus renommé que l'on connaisse. »

L'idée de Nugent se révéla soudain.

« Bonté divine ! m'écriai-je, seriez-vous assez fou pour espérer qu'on puisse rendre la vue à Lucile après vingt ans de cécité complète ? »

Au lieu de me répondre, il leva la main pour me recommander le silence.

La porte s'ouvrit, et Lucile entra avec Oscar.

XXIV.

Au premier abord, Lucile produisit sur Nugent le même effet qu'elle avait produit jadis sur moi.

« Grand Dieu! s'écria-t-il, c'est la madone de Dresde..., la vierge de San-Sisto !... »

J'avais déjà parlé à Lucile de la ressemblance extraordinaire qui existait entre elle et la figure principale du fameux tableau de Raphaël.

Sans faire aucune attention à l'exclamation de Nugent, elle s'arrêta subitement, toute surprise de son côté de la ressemblance parfaite qui existait entre les voix et la manière de s'exprimer des deux frères.

« Dites-moi, Oscar, s'écria-t-elle toute troublée, êtes-vous devant ou derrière moi ? »

Oscar, qui était derrière elle, répondit en riant : « Je suis ici. »

Elle tourna la tête du côté de Nugent, et lui dit : « Votre voix ressemble étonnamment à celle de votre frère. La ressemblance s'étend-elle à vos traits? Puis-je m'en assurer en vous touchant la figure? Ce n'est que par ce moyen que je puis satisfaire ma curiosité. »

Oscar avança près de Lucile un siége pour son frère.

« Vois-tu, Nugent, Lucile a des yeux au bout des doigts. Assieds-toi là et laisse-la passer ses mains sur ta figure. »

Nugent s'assit en silence. Je remarquai qu'après son premier mouvement de surprise, un changement s'était opéré en lui.

Lui, d'ordinaire si dégagé et qui avait la parole si facile, se montrait embarrassé et ne trouvait plus rien à

dire. Ses gestes et ses mouvements, de naturels qu'ils
étaient, devinrent gauches et lourds. Il en était venu à
ressembler de plus en plus à son frère par le maintien.

Lucile avait évidemment produit sur lui une impression à laquelle il ne s'attendait pas, et qui lui causait un
trouble qui le dominait. Il regardait la jeune fille en
rougissant et pâlissant tour à tour. Sa respiration devint
haletante au moment où les doigts de Lucile lui effleurè-
rent la figure.

« Qu'as-tu? lui demanda Oscar surpris.

— Rien, » répondit-il de la voix distraite d'un homme
absorbé dans une pensée secrète.

Lucile promena lentement ses doigts par trois fois sur
le visage de Nugent, qui se soumit en silence, grave et
immobile ; parfait contraste avec le jeune homme gai et
communicatif de tout à l'heure.

La jeune aveugle mit beaucoup plus de temps à faire
cet examen qu'elle n'en avait mis à mon arrivée à Dimchurch.

Je profitai de ce moment pour réfléchir de nouveau
aux questions que m'avait faites Nugent touchant la
cécité de Lucile.

Remise de mon émotion, je me demandai ce que pouvait valoir réellement l'idée hardie de ce jeune homme.

Pouvait-on, à moins d'un miracle, rendre à Lucile, après
vingt ans, l'usage d'un sens aussi délicat que la vue?

Non, c'était par trop absurde et je ne pouvais y croire.
Je me disais que s'il y avait eu quelque espoir de rendre
la vue à ma pauvre aveugle, des gens compétents auraient essayé de le faire depuis longtemps.

J'étais honteuse de la vive émotion que m'avait causée
Nugent. Je lui en voulais même d'avoir excité en moi
une folle espérance. Ce que j'avais de plus sage à faire,
c'était de ne plus y penser et de prier ce jeune étourdi
de garder ses idées pour lui.

Je venais de prendre cette sage résolution, quand je
fus rappelée à ce qui se passait par la voix de Lucile.

« La ressemblance entre les deux frères, me dit-elle,
est merveilleuse, à part une légère différence. »

La seule qui existât, selon moi, était dans le teint et dans la tournure des deux frères.

« Eh bien, demandai-je à Lucile, en quoi diffèrent-ils? »

Elle s'avança lentement vers moi, plongée dans ses réflexions et avec une expression de doute et d'anxiété.

« Je ne saurais vous l'expliquer, » me répondit-elle après un long silence.

Nugent, l'examen fini, se leva et prit, par un geste presque brutal, la main de son frère. Il semblait en proie à une étrange agitation.

« Mon cher Oscar, s'écria-t-il, je te félicite de tout mon cœur. Mlle Lucile est charmante et d'une beauté incomparable. Si tu n'étais pas mon frère, je t'envierais ton bonheur. »

Oscar fut transporté de joie. Il mettait le jugement de son frère au-dessus de celui du monde entier. Avant qu'il eût pu lui répliquer, Nugent le quitta, aussi brusquement qu'il l'avait abordé, pour aller regarder à la fenêtre.

Mais Lucile ne l'entendit pas. Elle réfléchissait toujours avec le même air de doute. La ressemblance entre les deux frères semblait être un problème qui l'inquiétait et l'irritait. Comme je ne lui répondais pas, elle répéta d'un ton encore plus convaincu ce qu'elle venait de me dire.

« Vous n'avez pas l'air d'y croire; eh bien, je vous répète qu'il existe une différence. »

L'air inquiet dont elle disait ces paroles me prouva qu'elle tâchait bien plus de se convaincre elle-même que de convaincre les autres. Dans le triste état où elle se trouvait, elle devait se sentir doublement embarrassée en ne pouvant distinguer aucune différence entre les deux frères. Je compris sa répugnance à avouer la vérité. Je m'imaginai même qu'à sa place j'eusse ressenti non-seulement de l'inquiétude, mais de l'irritation. Elle attendait avec impatience que je lui répondisse.

Je dois vous avoir avoué que la discrétion n'est pas une de mes vertus. Je commis une de ces étourderies qui m'étaient habituelles.

« Je crois tout ce que vous me dites, ma chère, répondis-je à Lucile, et je n'ai aucun doute que vous n'ayez trouvé une différence entre Nugent et Oscar ; mais je voudrais bien vous voir mise à l'épreuve.

— Comment? dit-elle en rougissant.

— En palpant alternativement la figure des deux frères sans savoir d'avance la place qu'ils occupent. Essayez trois fois, en les laissant changer de place ou rester où ils sont, à leur gré. Si vous devinez juste à chaque fois, nous aurons la preuve que vous avez raison... »

Lucile hésita. Elle recula et secoua silencieusement la tête.

Nugent, qui regardait par la fenêtre, se retourna et appuya ma proposition.

« Excellente idée, s'écria-t-il. Essayons. Tu ne t'y opposes pas, Oscar, je pense ?

— Moi ! dit Oscar tout surpris à l'idée même de s'opposer au désir de son frère ; si Lucile ne refuse pas, j'y consens de bon cœur. »

Les deux frères vinrent vers nous bras dessus bras dessous. Lucile se laissa persuader à grand'peine. Deux siéges absolument semblables furent placés devant elle, et, sur un signe de Nugent, Oscar vint se placer silencieusement sur la chaise qui était à droite, de façon que la main dont elle s'était servie pour toucher son frère se trouvait de son côté. Quand tout fut prêt, je l'avertis. Elle leur posa les mains sur le visage, à droite et à gauche simultanément, sans avoir la moindre idée de la position respective qu'ils occupaient.

Après les avoir touchés tous deux ensemble, elle les examina tour à tour, toujours avec la main droite. Elle s'y reprit à plusieurs fois, et finalement donna un léger coup sur la tête de Nugent, en s'écriant : « Voilà Oscar! »

Le rire de Nugent l'avertit de sa méprise avant même que nous eussions pu le faire.

« Essayez encore, Lucile, dit Oscar avec douceur.

— Jamais ! lui répondit-elle en se reculant toute fâchée. C'est assez d'être mystifiée une fois. »

Nugent voulut à son tour l'engager à renouveler l'expérience.

Elle lui répondit d'un ton amer, dès le premier mot qu'il prononça : « Auriez-vous la présomption de croire que je ferais pour vous ce que je ne ferais pas pour Oscar? Pourquoi riez-vous de moi? Vous avez les mêmes traits qu'Oscar, la même chevelure, la même taille. Qu'y a-t-il donc de risible qu'une pauvre aveugle vous prenne pour votre frère? Je voudrais cependant avoir de vous une bonne opinion, ne fût-ce que pour Oscar. Si vous me tournez encore en ridicule, je serai forcée d'avouer que c'est par le cœur que vous ne lui ressemblez pas. »

Oscar et Nugent se regardèrent, stupéfaits de la colère de la jeune fille. Nugent sembla atterré.

Ma légèreté et mon insouciance m'empêchèrent de comprendre le motif de la sortie de Lucile.

Je voulus intervenir, mais je m'y pris si maladroitement que je ne fis qu'ajouter à son irritation. Sa colère se tourna contre moi.

« C'est vous, s'écria-t-elle, qui avez proposé à Nugent de me tromper. C'est vous qui êtes la plus blâmable. »

Je voulus m'excuser, tout en me faisant à moi-même la remarque que cette habitude de s'irriter pour des bagatelles devient à la mode chez la jeune génération anglaise.

Nugent m'imita en s'excusant aussi, et Oscar nous seconda.

Il déposa un baiser sur la main de Lucile et lui dit à l'oreille quelques paroles, qui agirent comme un charme sur le jeune fille. Elle tendit la main à Nugent et, me jetant les bras autour du cou, elle m'embrassa avec sa grâce et sa bonté ordinaires.

« Pardonnez-moi, dit-elle avec douceur. Je voudrais apprendre à être un peu plus patiente, mais il est si dur d'être aveugle. »

Je ne vous donne que les paroles de Lucile, mais comment exprimer sa simplicité touchante en les prononçant et son désir d'obtenir son pardon?

Nugent en fut affecté au point qu'il embrassa la main qu'elle lui tendait, après avoir demandé d'un regard la permission de son frère ; mais à peine ses lèvres eurent-elles effleuré la main de Lucile, qu'elle tressaillit et que la vive rougeur qui indiquait qu'une nouvelle pensée lui venait à l'esprit envahit son visage.

Absorbée qu'elle était dans cette nouvelle pensée, elle retint sans en avoir conscience la main de Nugent dans la sienne, et resta un instant immobile comme une statue. Elle laissa enfin retomber la main du frère d'Oscar, et se tournant vers moi : « Vous allez me trouver bien entêtée, dit-elle.

— Pourquoi ? ma chère Lucile.

— Parce que je ne suis pas encore satisfaite et que je veux recommencer notre expérience.

— Pas aujourd'hui du moins, Lucile.

— Pardon, à l'instant même. Seulement, cette fois-ci, vous me permettrez de m'y prendre d'une façon à laquelle je pensais à l'instant. »

Elle se tourna vers Oscar et lui demanda s'il voulait bien satisfaire son caprice.

Inutile de dire qu'il y consentit tout de suite.

Elle fit la même question à Nugent.

« Dites-moi seulement ce que vous voulez que je fasse, répondit celui-ci, je suis prêt.

— Eh bien, comme je sais où vous êtes tous les deux, allez-vous-en à l'autre bout de la salle. Mme Pratolungo me mènera ensuite devant vous, à la portée de la main. Successivement, et sur un signal que vous vous ferez, vous me tendrez chacun votre main, que je laisserai retomber après l'avoir tenue un instant. Il me semble que je pourrai vous reconnaître tous deux de cette façon... Je veux essayer. »

Les deux frères allèrent silencieusement se placer à l'extrémité opposée de la salle, et je leur amenai Lucile.

Je fis un signe, et Nugent lui tendit la main, qu'elle laissa retomber au bout d'un instant.

« Voilà Nugent ! s'écria-t-elle sans la moindre hésitation.

— Bien deviné ! » m'écriai-je.

Elle se mit à rire.

« Allons, dit-elle, voyez si vous pouvez m'embarrasser
à présent. »

Les deux frères changèrent de place.

« Cette fois, c'est Oscar qui est devant moi.

— Vous ne vous trompez pas, » lui dis-je.

A un signe de Nugent, Oscar prit encore la main de la
jeune fille, puis les deux frères changèrent de place et lui
prirent chacun une main.

Elle resta, cette fois, un peu plus longtemps à se
prononcer ; mais elle devina encore juste. Elle se tourna
à gauche et dit, en le montrant du doigt et en souriant :
« Voilà Oscar ! »

Nous étions tous trois également surpris.

J'examinai attentivement la main d'Oscar et celle de
Nugent. Mais, à part la funeste coloration de la peau de
l'un, je ne pus découvrir aucune différence. La forme
était la même ; il n'y avait pas jusqu'au grain de la peau
qui ne fût semblable. Je ne trouvais aucune cicatrice ou
marque qui pût aider à les distinguer l'une de l'autre.
Elles étaient, je le répète, identiquement pareilles.

Par quel moyen mystérieux la jeune aveugle avait-elle
pu reconnaître les deux frères au seul contact de leur
main ?

Nous la questionnâmes sur ce point, mais elle ne put
ou ne voulut pas nous satisfaire en s'expliquant clairement.

« Il y a quelque chose qui vibre dans tout mon être
quand c'est l'un d'eux qui me touche.

— Qu'est-ce ?

— Je ne sais ; mais quand c'est Nugent, je ne ressens
rien. »

Elle changea la conversation en nous proposant d'employer le reste de la soirée à faire de la musique dans le
boudoir. Quand les deux frères furent assis et que nous
nous mîmes au piano, Lucile me dit tout bas à l'oreille :
« Je veux bien vous dire mon secret, à vous.

— Quel secret ?

— Celui par lequel je découvre quel est celui qui me

touche. Quand c'est Oscar, une sensation exquise semble passer de ses mains dans les miennes pour se répandre dans tout mon être. Je ne puis décrire autrement l'effet que je ressens.

— Et quand c'est Nugent?

— Je ne ressens rien !

— C'est ainsi que vous les avez distingués l'un de l'autre en bas ?

— Oui, et dans le cas où le frère d'Oscar voudrait abuser de mon infirmité pour me tromper, et il en est bien capable, ne s'est-il pas déjà moqué de moi ? je me servirais de ce moyen pour le reconnaitre. Je vous ai déjà dit, avant de le voir, que je le haïssais. Eh bien, je le hais toujours...

— Ma chère Lucile !

— Je vous répète que je le hais ! »

En disant ces mots, et fronçant ses beaux sourcils, elle attaqua son morceau et notre petit concert commença.

XXV.

EMBARRAS.

J'étais loin d'avoir sur Nugent la même opinion que Lucile.

Selon moi, son aplomb imperturbable était trop amusant pour qu'on s'en fâchât. J'aimais la gaieté et l'entrain de ce jeune homme, qui me semblait atteindre bien plus que son frère, par sa fougue et sa résolution, l'idéal que je me fais d'un homme qui n'a pas encore atteint la trentaine. D'après ce que j'avais vu, Nugent avait sur Oscar cet avantage d'être ce qu'on appelle familièrement un bon garçon. J'attache une grande importance à la *sociabilité*.

Les qualités sérieuses ne se montrent que lorsqu'on les force. Nous sommes à même d'apprécier à chaque instant cette qualité chez ceux qui nous entourent. Et cependant un léger obstacle m'empêchait d'accorder ma sympathie tout entière à Nugent.

Je ne comprenais pas du tout l'impression que Lucile avait produite sur lui.

Cette contrainte, qu'il avait déjà montrée d'une manière si évidente à leur première entrevue, continuait à peser sur lui lorsqu'il se trouvait en sa présence. Son entrain ordinaire lui faisait alors complétement défaut, et Mme Finch pouvait facilement, grâce à la présence de sa fille, le réduire au silence. Quand il commençait à parler des merveilles qu'il voulait accomplir en peinture, l'entrée de Lucile suffisait pour l'arrêter, et lorsqu'il me montra pour la première fois ses croquis américains, qui n'étaient que les œuvres d'un amateur hardi, mais imbu d'idées fausses sur l'art, il se trouvait en verve et marchait de long en large en se frappant le front, et m'annonçait gravement qu'il allait devenir le grand maître de la peinture de paysage.

« Ma mission, madame Pratolungo, est d'habituer l'homme à la nature. Je me propose de démontrer sur une vaste échelle comme quoi la nature peut, sous son aspect le plus grandiose, s'adapter aux besoins spirituels de l'homme. Celui qui sait chercher finit par trouver une secrète sympathie pour nos joies et pour nos malheurs dans la nature. Mes tableaux, non, je dirai plutôt mes poëmes en peinture vous le démontreront. Mes œuvres reproduites à l'aide de la gravure, que devient l'art entre mes mains ? Un sacerdoce ! et je me présente non en simple paysagiste, mais en grand consolateur. »

Il ressemblait étonnamment à Oscar par la fougue avec laquelle il s'exprimait.

Si, au milieu de toutes ces belles prédictions sur sa renommée future, Lucile entrait sans bruit, le grand consolateur fermait son carton à dessins, abandonnait la peinture, redevenait un vrai modèle de civilité puérile et honnête, et nous priait de faire un peu de musique.

Quand je lui demandais ensuite pourquoi il s'était arrêté ainsi dans ses péroraisons à l'aspect de Lucile : « Ma foi ! c'est sans m'en douter moi-même, répondait-il, et je ne saurais vous en donner la raison. »

C'était vraiment inexplicable. Il avait pour elle une vive admiration. On le voyait bien à la manière dont il la contemplait.

Il ignorait l'aversion de Lucile, aversion que la jeune fille cachait avec soin, pour ne pas faire de peine à Oscar.

Nugent compatissait sincèrement au malheur qui avait frappé Mlle Finch. L'espoir exagéré qu'il avait de lui rendre la vue le prouvait abondamment, et, bien loin de s'opposer au mariage de son frère, il allait jusqu'à blesser continuellement la dignité du recteur en lui proposant de hâter la cérémonie nuptiale.

Je me rappelle l'avoir entendu dire à ce dernier : « Voyons, monsieur Finch, l'église n'est pas loin ; pourquoi ne pas endosser votre surplis et faire le bonheur d'Oscar pas plus tard que demain après déjeuner ? »

Il montrait un vif désir de savoir comment Oscar et Lucile en étaient venus à s'aimer. Pour les détails, je lui conseillai de s'adresser à son frère, comme le plus apte à le renseigner sur ce qu'il avait éprouvé en cette occasion. Il suivit mon conseil, et m'annonça qu'il avait réussi à tirer de son frère les détails en question en ne lui parlant que de Lucile. Il lui avait d'abord demandé comment cela avait commencé de son côté. Ici je lui rappelai dans quelles circonstances romanesques Oscar se trouvait à Dimchurch, et je le priai de considérer l'effet que cela devait produire sur l'imagination impressionnable d'une jeune fille. Mais il refusa de me répondre et voulut que ce fût moi qui me prononçasse la première. Un détail dans la simple et courte histoire des amours d'Oscar et de Lucile sembla le frapper vivement. Je veux parler de l'effet produit sur Lucile lorsqu'elle entendit pour la première fois la voix d'Oscar. Ce détail le préoccupait singulièrement. Il ne pouvait se l'expliquer et refusait d'y croire. Il le trouvait même ridicule. Force me fut de lui

rappeler que Lucile était aveugle. L'amour, qui dans
les cas ordinaires atteint le cœur à travers les yeux, ne
pouvait pénétrer chez elle que par l'ouïe. Mon explication
le fit réfléchir.

« Le son de sa voix ! disait-il en se parlant tout haut à
lui-même et tâchant de résoudre ce problème, et l'on dit
que la mienne ressemble à s'y méprendre à celle d'Oscar.
Est-ce aussi votre opinion ? »

Je lui répondis affirmativement ; sur quoi il se leva,
frissonna légèrement, comme si le froid l'avait saisi, et
changea de conversation. Il devint, dans la suite, de plus
en plus contraint auprès de Lucile, et il semblait qu'il ne
pût jamais devenir plus familier avec elle. En ma présence il était à l'aise. Avec elle, c'était tout le contraire.
Que devais-je conclure de tout cela ?

Je le sais à l'heure qu'il est, mais, sur ma parole d'honnête femme, je ne le compris pas alors. Nous ne sommes
pas toujours conséquents avec nous-mêmes. Les plus
habiles peuvent tomber à un moment donné dans l'inep-
tie, de même que les sots ont parfois un éclair de génie.
Il ne s'ensuit pas que, parce que vous aurez bien conduit
vos affaires lundi, mardi et mercredi, vous ne puissiez
commettre quelque folie le jeudi. Expliquez cela si vous
pouvez, mais, pendant un intervalle que mon amour-
propre m'empêche de déterminer, je n'eus pas le moindre
soupçon et je ne m'aperçus de rien. Je remarquai simplement que la conduite de Nugent à l'égard de Lucile était
inexplicable.

Dans la quinzaine qui suivit, le médecin de Londres
vint voir Oscar,

Il le quitta très-satisfait du résultat de son traitement.

« Les crises, nous dit-il, ne viendront plus torturer le
patient et épouvanter ses amis. Le mariage peut se célébrer à la date fixée. Oscar est radicalement guéri. »

La visite du médecin, en réveillant de nouveau notre
attention sur l'effet du remède, nous avait rappelé la
fausse position d'Oscar à l'égard de Lucile. Nous en cau-
sâmes, Nugent et moi. Je commençai par proposer d'unir
nos efforts pour lui persuader d'agir enfin avec courage

et franchise. Nugent ne répondit ni oui ni non. Il demanda, lui qui prenait en toute occasion une décision si
prompte, du temps pour réfléchir.

« Je voudrais bien auparavant, dit-il, savoir ce que c'est
que cette antipathie singulière de Lucile qui est un si
grand sujet d'alarme pour mon frère. Pouvez-vous me
l'expliquer, vous ?

— Oscar ne vous a-t-il pas donné cette explication ? lui
répondis-je.

— Il m'en a parlé dans une des lettres qu'il m'écrivait
et il a essayé de l'expliquer ; mais quand, à mon arrivée
aux Sables, je lui demandai si Lucile avait découvert le
changement survenu dans son visage, il ne put surmon-
ter sur un point la difficulté que j'éprouvais à comprend-
dre cette antipathie.

— Sur quel point ?

— Voici. Elle ne découvre pas par intuition la présence de personnes brunes ou d'objets de nuance foncée.
Ce n'est que lorsqu'on l'en avertit que son antipathie se
déclare. Quelle est la cause d'un sentiment aussi bizarre,
et comment l'expliquer puisque, aveugle dès l'âge d'un an,
elle ne peut attribuer, ne les connaissant pas, une idée
de douleur et de plaisir aux différentes couleurs ? Peut-
être est-ce une sensation purement instinctive, qui ne se
réveille que sous l'influence extérieure et ne repose sur
aucune donnée certaine.

— Je crois, lui répondis-je, à son existence. M'expli-
querez-vous pourquoi, étant petite fille et sachant à
peine marcher, j'éprouvais déjà de la répulsion pour un
chien qui aboyait après moi? Je ne pouvais, à un âge
aussi tendre, savoir, soit par expérience, soit par ceux
qui m'entouraient, qu'un chien qui veut mordre commence souvent par aboyer. Ma crainte ne pouvait être
que purement instinctive.

— L'argument est fort habilement présenté, dit-il,
mais il ne me satisfait aucunement.

— Souvenez-vous, repris-je, qu'en certaines circonstances les couleurs foncées produisent sur elle une impression pénible et désagréable? C'est ainsi que, le jour

de mon arrivée à Dimchurch, elle découvrit au toucher que je portais une robe foncée.

— Oui, mais quand elle touche la figure de mon frère, elle ne s'aperçoit d'aucun changement. »

Je lui répliquai, d'une manière satisfaisante selon moi.

« Je n'oserais affirmer qu'elle ne le découvrirait pas si elle n'avait jamais touché sa figure avant que sa peau eût changé de couleur. Elle conserve sa première impression. En admettant que le sens du toucher se modifie chez elle, et en n'oubliant pas que c'est la couleur et non le grain de la peau qui est changée, on arrive à comprendre parfaitement pourquoi elle n'a rien pu découvrir. »

Nugent secoua la tête d'un air de doute. Il ne pouvait réfuter mon argument, mais il n'était pas encore convaincu.

« Savez-vous quelques détails sur elle, lorsqu'elle était enfant et avant qu'elle eût perdu la vue? Elle se ressent peut-être à son insu, et d'une façon indirecte, de quelque chose qui aurait affecté son système nerveux à cette époque.

— Je n'ai jamais songé à la questionner sur ce point.

— Y a-t-il quelqu'un qui l'ait bien connue dans son enfance? Je crains bien cependant que le temps n'ait effacé la mémoire de ses faits et gestes.

— Oui, répondis-je, il y a sa vieille nourrice qui peut vous renseigner.

— Auriez-vous la bonté de la faire appeler? »

Je sonnai, et Zillah parut. Après lui avoir expliqué ce dont il s'agissait, Nugent aborda la question.

« Votre jeune maitresse, lorsqu'elle n'était encore qu'une enfant, a-t-elle été effrayée par quelque personne brune ou par quelque objet de couleur sombre qui lui serait apparu subitement?

— Jamais que je sache, monsieur. J'ai toujours écarté d'elle avec soin tout ce qui aurait pu l'effrayer, la pauvre petite, jusqu'à l'heure où elle perdit l'usage de ses yeux.

— En êtes-vous bien sûre?

— Parfaitement, et même je me souviens mieux de ce qui s'est passé alors que de faits plus récents. »

Zillah congédiée, Nugent, qui jusque-là avait gardé un air sérieux et inquiet qui ne lui était pas habituel, sembla soulagé et se tourna vers moi.

« Quand vous m'avez proposé de me joindre à vous pour décider Oscar à avouer la vérité à Lucile, je n'étais pas sans inquiétude pour ce qui pourrait s'en suivre. Après ce que je viens d'apprendre, mes craintes sont dissipées.

— Quelles craintes ? lui demandai-je.

— Je craignais que les aveux d'Oscar ne jetassent entre lui et Lucile un froid qui aurait pu retarder leur mariage. Je n'aime pas les retards, et je désire tout particulièrement que le mariage d'Oscar ne soit pas remis de nouveau. Au début de notre entretien, je vous avoue que je pensais avec mon frère qu'il serait bon que la cérémonie eût lieu aussitôt que possible, pour rendre sa position dans le cœur de Lucile plus sûre avant la révélation du secret. Mais après ce que vient de me déclarer la nourrice, je ne vois plus aucun danger sérieux.

« En somme, lui dis-je, vous partagez mon opinion?

— Oui, et cependant je suis l'homme le plus difficile à convaincre de la terre. Les chances me semblent pencher maintenant du côté d'Oscar. L'antipathie de Lucile n'est pas, comme je le croyais, enracinée au point d'être une sorte de maladie constitutionnelle. Ce n'est, reprit-il en tranchant la question d'un air doctoral, ce n'est qu'une espèce de monomanie, résultat morbide de son infirmité. Elle pourra peut-être s'en débarrasser dans la suite, mais à coup sûr elle en serait guérie si elle recouvrait l'usage de ses yeux. Enfin, après ce que je viens d'apprendre, je suis de votre avis. Oscar se crée des fantômes. Il y a longtemps qu'il aurait dû tout avouer à Lucile. Comme j'ai sur lui une influence illimitée, je me joindrai à vous pour le décider à dire franchement la vérité à Lucile avant que la semaine soit écoulée. »

Nous ratifiâmes ce pacte en nous serrant la main. En le voyant si résolu, j'avoue à ma honte que je me pris à regretter que ce ne fût pas lui que nous eussions rencontré au lieu de son frère le soir d'où datait une ère nouvelle dans l'existence de Lucile.

Ayant dit tout ce que nous avions à nous dire pendant que nos deux amoureux se promenaient, nous nous séparâmes comme si nous ne devions plus nous revoir ce jour-là.

Nugent alla à l'auberge examiner une écurie qu'il avait l'intention de faire arranger et transformer en atelier, n'ayant pu trouver aux Sables une pièce assez grande pour contenir la première toile énorme avec laquelle le Grand Consolateur se proposait d'étonner le public.

Quant à moi, n'ayant rien à faire pour le moment, je sortis pour aller à la rencontre d'Oscar et de Lucile.

Ne les ayant pas trouvés, je m'en retournai en passant par les Sables. Je vis Nugent assis sur un mur peu élevé devant la maison, et fumant son cigare. Il se leva et vint à ma rencontre le doigt sur les lèvres.

« N'entrez pas, me dit-il, et parlez de manière qu'on ne vous entende pas. »

Il me montra le côté de la maison où se trouvait la petite chambre dont j'ai déjà parlé.

Oscar et Lucile se sont enfermés là-dedans et il est en train de lui tout avouer. »

Je levai les yeux et les bras au ciel d'étonnement.

« Je vois que vous voudriez savoir comment ils en sont venus là, reprit Nugent. Eh bien, je vais vous le dire. Tandis que j'examinais l'écurie, qui n'est pas encore assez spacieuse pour ce que j'en veux faire, le domestique d'Oscar m'apporta un petit billet au crayon dans lequel il me priait d'aller le trouver sans retard aux Sables. »

Il m'attendait ici, en proie à une extrême agitation. Il me fit la même recommandation que je viens de vous faire, c'est-à-dire de parler à voix basse, parce que Lucile était dans la maison... Je l'interrompis en lui disant que je croyais qu'il était allé faire une promenade avec elle. En effet, mais Lucile s'est plainte de la fatigue, et Oscar l'a ramenée aux Sables pour qu'elle se reposât. Il m'avoua que, pour la seconde fois, son secret était parvenu accidentellement aux oreilles de Lucile.

« Serait-ce encore cette petite Jicks ?

— Non pas; la faute en est au domestique d'Oscar.

— Comment cela ?

— Oscar et Lucile ont trouvé un des petits polissons du village qui hurlait sur le seuil. Ils lui ont demandé ce qu'il avait, et il a répondu que le domestique d'Oscar l'avait battu. Lucile en a été indignée. Elle a exigé qu'on questionnât le domestique. Oscar l'a appelé dans le corridor et lui a demandé pourquoi il avait maltraité l'enfant. — Que vous a-t-il donc fait? demanda-t-il. — Le domestique lui répondit que le bambin avait frappé avec un bâton à la porte pour demander si l'homme bleu était chez lui; il ajouta que ce n'était pas la première fois qu'il se conduisait ainsi, et il l'avait corrigé pour servir d'exemple aux autres polissons de son espèce. Lucile, qu'il avait malheureusement laissée dans le salon sans fermer la porte, entendit tout. Inutile de vous raconter ce qui en résulta. »

Je me souvenais trop bien de ce qui était arrivé dans le jardin. Je vis clairement que Lucile, avec sa méfiance habituelle, avait dû se rappeler la première circonstance, la rattacher à la seconde, et agir sans aucun retard.

« Je comprends, lui dis-je, elle aura naturellement exigé une explication. Naturellement aussi, Oscar se sera compromis par quelque excuse maladroite et vous aura demandé de venir à son aide. Qu'avez-vous fait ensuite?

— Ce que je vous ai dit que je ferais ce matin. Pauvre garçon, il s'attendait à ce que je prisse sa défense, il faisait pitié; mais, dans son propre intérêt, j'ai tenu bon. Je lui ai donné le choix, ou de révéler lui-même le secret à Lucile, ou de me laisser le lui dire. Il n'y avait pas un moment à perdre, et je vous promets qu'elle n'était pas d'humeur à plaisanter. Oscar s'est très-bien conduit; c'est toujours comme cela quand je le mets au pied du mur! Il a eu, en un mot, le mâle courage de décider que si quelqu'un devait révéler ce secret, ce devait être lui. J'ai serré le pauvre garçon sur mon cœur pour lui donner un peu de courage, puis, l'ayant poussé dans la chambre, j'ai fermé la porte sur lui et je suis resté dehors.

Je l'attends encore, il devrait avoir fini. Ah! le voilà. »

Oscar se précipita dehors la tête nue. Nous pressentîmes, à son air profondément troublé, qu'il s'était passé quelque chose de fâcheux.

Nugent prit le premier la parole.

« Qu'y a-t-il?.... As-tu dit la vérité à Lucile ?

— J'ai essayé.

— Essayé!.... »

Oscar passa son bras autour du cou de son frère et inclina sa tête sur son épaule, sans dire un mot.

Je le questionnai à mon tour.

« Lucile a-t-elle refusé de vous écouter ?

— Non !

— A-t-elle fait ou dit quelque chose ?... »

Il leva la tête et m'arrêta avant que j'eusse pu finir ma phrase.

« J'ai satisfait la curiosité de Lucile. »

Nous nous regardâmes, Nugent et moi. Lucile avait tout appris. Et cet heureux résultat, il nous l'annonçait avec humiliation et désespoir. Nugent perdit patience.

« Allons, dit-il vivement, finissons-en ; assez de cette mystification. Réponds simplement à une simple question. Elle sait que l'enfant a frappé à la porte en demandant l'homme bleu. A-t-elle su ce que signifiait ce sobriquet, oui ou non?

— Oui.

— Sait-elle que c'est à toi qu'il s'adressait ?

— Non.

— Non !... A qui alors ? »

Comme il disait ces mots, Lucile parut sur le seuil. Elle tournait sa figure de côté et d'autre.

« Oscar, cria-t-elle, pourquoi m'avez-vous laissée seule?... Où êtes-vous?... »

Oscar, tout tremblant, se tourna vers son frère.

« Pour l'amour de Dieu, Nugent, dit-il, pardonne-moi. Elle croit que c'est à toi que s'adresse ce sobriquet. »

XXVI.

CONVERSATION.

A cette nouvelle inattendue, Nugent ne put se contenir ; il poussa une exclamation.

Lucile se tourna vers nous, croyant que c'était Oscar qui avait parlé.

« Ah ! vous voilà donc ? s'écria-t-elle, Oscar... Oscar, qu'avez-vous donc aujourd'hui ? »

Oscar était incapable de lui répondre. Au moment où Lucile s'approchait, il jeta sur son frère un regard suppliant. Le reproche muet qu'il avait lu dans les yeux de Nugent l'avait complétement brisé. Il pleurait en silence, la tête cachée sur la poitrine de son frère. Il fallait bien que quelqu'un de nous trois prît la parole.

« Ce n'est rien, ma chère, répondis-je en m'avançant vers elle. Nous passions, quand Oscar est sorti de la maison pour nous prier d'entrer. »

Cette excuse réveilla ses craintes.

« Vous n'êtes donc pas seule ?

— Non, Lucile. Nugent m'a accompagnée. »

Le résultat du fatal quiproquo causé par Oscar ne se fit pas attendre. Lucile devint d'une pâleur mortelle ; elle était terrifiée par la présence de celui qu'elle croyait défiguré.

« Menez-moi assez près pour que je puisse lui parler, mais pas assez pour que je le touche, me dit-elle tout bas. On m'a décrit sa figure. Oh ! si vous le voyez comme je le vois dans les ténèbres ! Il faut que je l'observe. Il faut que je lui parle, ne fût-ce que pour l'amour d'Oscar ! »

Elle me saisit le bras et se pressa contre moi. Quo

faire? Je n'en savais rien. Je tournai les yeux vers les deux frères.

Quel contraste! Oscar, accablé par sa situation humiliante devant la femme qu'il devait épouser, devant le frère qu'il chérissait; Nugent, maître de lui, la tête haute, entourant son frère d'un bras, tandis que de l'autre il me commandait le silence.

Il avait raison, et il me suffisait de regarder Lucile pour voir que nous avions encore beaucoup à faire.

« Vous n'êtes pas aujourd'hui dans votre état normal, lui dis-je; retournons au presbytère.

— Non, répondit-elle. Il faut que je m'habitue dès à présent à parler à Nugent. Menez-moi près de lui, mais surtout qu'il ne me touche pas. »

Nugent se débarrassa d'Oscar, et, quand nous nous approchâmes, il indiqua à son frère le petit mur qui se trouvait devant la maison, pour qu'il s'y tînt à l'écart, avant que Lucile eût pu lui adresser la parole.

Je vis bientôt la sagesse de cette précaution. En effet, Oscar nous avait à peine quitté que Lucile le demanda, et Nugent lui répondit qu'il était rentré chercher un chapeau.

Le son de la voix de Nugent rendit inutile tout interprète qui lui permit de se tenir hors de sa portée. Me tenant toujours par le bras, elle s'arrêta et lui adressa la parole.

« Nugent, j'ai forcé Oscar à me dire ce qu'il aurait dû m'avouer depuis longtemps. »

Elle s'arrêtait à chaque mot, tâchant de maîtriser son émotion, et respirant à peine.

« Il a découvert je ne sais comment l'antipathie absurde que j'ai essayé de lui cacher. Il est inutile que je vous la décrive. »

Elle s'arrêta encore en me serrant le bras, et combattant avec plus de peine le dégoût nerveux qui s'était emparé d'elle.

Nugent l'écoutait avec plus de contrainte qu'il n'en montrait habituellement en sa présence. Il tenait les yeux baissés et semblait craindre de les lever sur elle.

« Je crois comprendre pourquoi Oscar hésitait à me dire... elle s'arrêta, ne sachant comment s'exprimer pour ne pas blesser Nugent,.... à me dire ce qui vous rend si différent des autres. Il craignait que mon absurde faiblesse ne vous fît tort dans mon esprit. Je veux vous assurer que je ferai tous mes efforts pour qu'il n'en soit rien. Jamais je n'ai été plus honteuse de ce préjugé qu'à présent. Moi aussi, j'ai mon infirmité. Je devais au contraire montrer de la sympathie pour vous, au lieu de... »

Sa voix était devenue de plus en plus faible.

Elle s'appuya sur moi. Un regard me dit qu'elle allait s'évanouir si elle continuait.

« Dites à votre frère que nous sommes retournées au presbytère, » dis-je à Nugent.

Il leva les yeux et, pour la première fois, il regarda Lucile.

« Vous avez raison, répondit-il. Emmenez-la. »

Il répéta le geste qui m'engageait à garder le silence et rejoignit Oscar.

« Est-il parti? me demanda Lucile.

— Il est parti. »

Son front était baigné de sueur. Je lui passai mon mouchoir sur la figure et je la tournai du côté où soufflait la bise.

« Vous sentez-vous mieux à présent?

— Oui, un peu mieux.

— Vous sentez-vous la force de marcher jusqu'à la maison?

— Oui. »

Je la pris par le bras. Au bout de quelques pas elle s'arrêta subitement avec une appréhension instinctive, et comme si quelque chose obstruait son chemin. Elle leva sa canne et la remua lentement en l'air, en avant et en arrière, comme quelqu'un qui veut se débarrasser d'un obstacle ou comme un voyageur qui, dans un taillis épais, écarte les rameaux qui lui barrent le chemin.

« Que faites-vous? lui dis-je.

— Je purifie, dit-elle, l'air qu'il souille de sa présence. Je suis dans une nuée de spectres qui s'agitent autour de

moi avec leurs figures bleuâtres. Donnez-moi le bras et
avançons. Ne vous fâchez pas. Je reviens à mon bon sens.
Personne ne sait comme moi ce que c'est que cette illusion, cette folie ; j'ai cependant une volonté à moi, je
vous assure, et je ne puis me corriger de mes préjugés.
Je ne veux pas laisser voir à Oscar que son frère me fait
horreur. »

Elle s'arrêta et m'embrassa pour solliciter mon pardon.

« C'est mon infirmité qu'il faut blâmer. Si je pouvais
seulement y voir comme vous. Ah ! comment puis-je vous
faire comprendre cela, à vous qui ne vivez pas dans les
ténèbres ? »

Lucile reprit sa marche silencieuse et continua : « Pro-
mettez-moi de ne pas vous moquer de ce que je vais
vous dire.

— Vous le savez bien.

— Eh bien, supposez que vous soyez couchée, la nuit...

— Oui...

— J'ai entendu dire à plusieurs personnes qu'elles s'é-
taient réveillées en sursaut, sans qu'aucun bruit se fût
fait entendre, et qu'elles s'étaient imaginé, sans pouvoir
s'expliquer pourquoi, qu'il y avait quelqu'un ou quelque
chose dans la chambre. Cela vous est-il jamais arrivé ?

— Mais oui, ma chère, et c'est arrivé à la plupart des
gens dont le sytème nerveux est surexcité ou dérangé.

— Très-bien, voilà ce que je ressens, et c'est là mon
état normal. Qu'avez-vous fait en pareille occasion ?

— J'ai allumé ma bougie et je me suis aperçu de mon
erreur.

— Figurez-vous n'avoir ni bougie ni allumettes, et
rester seule aux prises avec votre hallucination. Eh bien !
voilà ce qu'il en est pour moi. Il ne serait pas facile,
n'est-ce pas, de reconnaître votre erreur dans une pareille
situation, et vous en souffririez sans raison, c'est vrai,
mais aussi cruellement que moi. Je parie, dit-elle en levant sa canne avec un sourire triste, que vous vous mon-
treriez tout aussi ridicule que la pauvre Lucile, et que
comme elle vous essaieriez de chasser les fantômes qui
vous obséderaient. »

Le charme de sa voix et de ses manières et la simplicité avec laquelle elle disait ces paroles rendaient la vérité encore plus touchante.

Grâce à elle, je compris tout ce qu'il y avait de cruel
dans une vive imagination chez une aveugle. Un instant
je m'absorbai dans mon amour pour la jeune fille et j'oubliai la terrible situation dans laquelle nous nous trouvions tous.

Ce fut elle qui, sans le savoir, nous ramena à la réalité
en reprenant la parole.

« Peut-être ai-je eu tort d'exiger qu'Oscar me dît la
vérité, fit-elle en me prenant le bras et en se remettant à
marcher. Si je n'avais rien su, j'aurais pu m'habituer à
la présence de son frère ; et cependant je sentais, sans
qu'on m'en avertît et sans que je pusse me l'expliquer,
quelque chose d'étrange chez lui. Il doit assurément
exister quelque autre raison pour qu'il m'ait inspiré tout
de suite une pareille aversion. »

Ces paroles m'indiquèrent, je le pensais du moins,
l'état d'esprit qui avait causé la méprise déplorable de
Lucile.

Je lui fis prudemment quelques questions pour m'en
assurer.

« Vous venez de dire, ma chère Lucile, que vous aviez
exigé qu'Oscar vous avouât la vérité. Aviez-vous quelque
raison pour croire qu'il vous la cachait?

— Il s'est montré si singulièrement confus et embarrassé, répondit-elle, que n'importe qui dans ma position
en eût immédiatement conçu des soupçons. »

Jusque-là, elle m'avait répondu catégoriquement.

« Et comment avez-vous fait pour découvrir la vérité?

— Je l'ai devinée, dit-elle, d'après ce qu'il a dit en parlant de son frère. Vous savez bien que j'ai éprouvé une
aversion bizarre pour Nugent avant son arrivée à Dimchurch?

— Oui.

— Et vous vous souvenez que mon aversion n'a fait
que se confirmer dès que j'ai eu passé ma main sur sa
figure pour la comparer à celle de son frère?

— Je m'en souviens.

— Eh bien, tandis qu'Oscar divaguait et se contredisait, il a dit quelque chose qui m'a fait penser que ce devait être son frère qui avait la figure bleuâtre. J'avais donc enfin l'explication que je cherchais en vain.... l'explication de mon aversion insurmontable pour Nugent. Son horrible figure noire doit produire sur moi le même effet que votre affreuse robe violet foncé. Comprenez-vous, maintenant ? »

Je ne vis que trop qu'Oscar ne devait avoir échappé au danger qui le menaçait que grâce à l'erreur de Lucile dans son interprétation de ce qu'il lui avait dit, et cette erreur était le résultat évident de l'anxiété avec laquelle elle tâchait de s'expliquer son aversion pour Nugent.

Le mal était fait ; cependant, par acquit de conscience, je tentai de l'ébranler dans ses convictions.

« Il y a encore une chose que je ne comprends pas. C'est le trouble d'Oscar lorsqu'il vous parle. Que peut-il avoir à craindre de votre manière d'interpréter les choses ? »

Elle sourit d'un air moqueur.

« Vous perdez donc la mémoire, ma chère? dit-elle. Puis-je, à mon tour, vous demander ce qui excite vos craintes? Vous ne m'avez certes pas soufflé mot de la difformité de ce pauvre jeune homme. Vous vous êtes trouvée enserrée dans le même dilemme qu'Oscar, qui avait compté d'un côté avec mon aversion pour les nuances foncées, et de l'autre avec ma haine pour tous ceux qui profitent de mon infirmité pour me cacher quelque chose. Il s'est vu contraint de m'avouer la vérité, ce qui suffit pour expliquer sa timidité et son embarras. Du reste, ajouta-t-elle d'un air plus sérieux, il se sera aperçu qu'il m'avait chagrinée et désappointée.

— Comment?...

— Ne vous rappelez-vous pas qu'un jour que nous étions au jardin, il a avoué qu'il s'était peint la figure pour ressembler à Barbe-Bleue, afin d'amuser les enfants. Ce n'était ni délicat ni bien de sa part; enfin, je ne m'attendais pas à le voir montrer une pareille indiffé-

rence pour le malheur qui a si affreusement frappé son
frère. Il aurait dû en tenir compte. Tenez, n'en parlons
plus. Rentrons et allons voir si un peu de musique ne
nous fera pas oublier tout ceci. »

Ainsi, au lieu de confirmer les soupçons qu'elle avait
déjà, l'excuse maladroite d'Oscar n'avait fait qu'affermir
l'opinion enracinée dans l'esprit de la jeune fille.

Je ne pouvais en dire plus long à Lucile dans un mo·
ment aussi critique avant d'avoir consulté les deux frères.
J'avais des craintes assez sérieuses en songeant à l'avenir.
Quand on lui raconterait, et il le faudrait bien un jour,
l'affreuse tromperie dont on l'avait rendue victime, qu'en
résulterait-il pour Oscar et pour elle-même? J'avoue que
j'eus peur de la questionner plus longtemps.

Quand nous atteignîmes le détour de la vallée, je jetai
un dernier regard du côté des Sables.

Les deux frères n'avaient pas bougé.

Quoiqu'il fût impossible de distinguer leurs traits, je
pouvais les voir tous deux : Oscar assis, courbé, sur le
petit mur ; Nugent debout à son côté, la main posée sur
l'épaule de son frère. Même à cette distance, le caractèr
de ces deux hommes se révélait dans leur attitude.

Une femme reprend facilement courage et, en entrant
dans la vallée qui me les cachait, l'attitude grave de
Nugent avait déjà produit son effet sur mon esprit, et je
disais : « C'est sur lui qu'il faut compter pour nous
tirer de ce mauvais pas. »

XXVII.

ISSUE.

Nous nous assîmes au piano, ainsi que Lucile l'avait
proposé. Elle voulait me faire jouer la première ; mais

comme je lui enseignais à ce moment une sonate de Mozart
je voulus continuer la leçon.

Jamais de ma vie je n'ai joué ou ne jouerai aussi mal
que ce jour-là ! Le calme divin et le fini qui rendent,
selon moi, la musique de Mozart supérieure à tout ce
qu'on a composé, ne peuvent être rendus fidèlement qu'en
y appliquant toutes ses facultés.

Dans mon anxiété je pouvais tout au plus profaner ces
admirables mélodies, je ne pouvais les interpréter comme
elles le méritaient. Je m'excusai donc auprès de Lucile,
qui me remplaça au piano.

Une demi-heure se passa ainsi sans nouvelles des Sables.

Une demi-heure, ce n'est pas long ; mais si on la cal-
cule par l'anxiété qu'on éprouve quand vos intérêts sont
en jeu, une demi-heure semble l'éternité.

A chaque minute qui se passait et laissait Lucile dans
l'erreur, ma conscience me faisait un nouveau reproche.
Plus nous irions, plus il serait difficile de lui avouer
la vérité.

Je me sentais agitée, et Lucile, de son côté, se plaignait
de la fatigue.

Après toutes les émotions de la journée, une réaction
inévitable s'était emparée d'elle. Je lui conseillai d'aller
se reposer dans sa chambre.

Elle suivit mon conseil et s'en alla. J'avoue que, dans
l'état d'esprit où je me trouvais, j'éprouvai un soulagement inexprimable à rester seule.

Après m'être promenée pendant quelque temps de long
en large dans le boudoir, cherchant inutilement le moyen
de vaincre les difficultés qui nous entouraient, je résolus
de ne pas attendre les nouvelles, mais d'aller les chercher.

Les deux frères étaient encore aux Sables, je me déter-
minai à y aller.

Je jetai un coup d'œil discret dans la chambre de Lucile : elle était endormie. Après un mot pour la recommander à Zillah, je me glissai dehors.

En passant sur le gazon, j'entendis la porte du jardin

s'ouvrir, et un instant après celui que je désirais tant
voir, Nugent, se présenta à moi. Il avait emprunté la clef
d'Oscar et était venu pour me dire ce qui s'était passé
entre son frère et lui.

« Aujourd'hui, pour la première fois, j'ai eu de la
chance, dit-il; je me demandais comment je pourrais bien
m'y prendre pour vous entretenir en secret, et vous
voilà devant moi et toute seule. Où est Lucile?... Sommes-
nous sûrs de ne pas être dérangés dans le jardin? »

Je rassurai Nugent. Il avait l'air bien pâle et bien fatigué. Je vis, avant même qu'il eût ouvert la bouche, que
sa patience avait été mise à l'épreuve et qu'il avait souffert mentalement depuis que je l'avais quitté.

Il y avait au bout du jardin un kiosque d'où la vue
s'étendait sur les montagnes. Ce fut là que nous nous
installâmes, et, avec ma vivacité ordinaire, je commençai
par cette formidable question : « Qui se chargera de désabuser Lucile?

— Personne. »

Cette réponse me confondit tout d'abord. Je regardai
Nugent sans mot dire et d'un air étonné.

« Il n'y a rien là d'étonnant. Deux mots me suffiront
pour vous expliquer sur quoi je base cette assertion. J'ai
parlé sérieusement à Oscar depuis que je vous ai vue. »

Un proverbe anglais dit que les femmes n'aiment pas à
écouter patiemment. J'en reconnais la vérité, car j'interrompis Nugent à l'instant même.

« Je pense qu'Oscar vous aura expliqué comment l'erreur a été commise? lui dis-je.

— Non, il ne peut s'imaginer comment cela est arrivé.
Il avoue que, lorsqu'il se vit en tête à tête avec Lucile,
son sang-froid l'abandonna complétement, et qu'il se
troubla au point de ne pas savoir ce qu'il disait. Il perdit
la tête et elle perdit patience. Vous imaginez-vous le
trouble fébrile d'Oscar en face de l'irritabilité nerveuse
de Lucile?... Le résultat s'explique. De ce choc, il ne
pouvait sortir qu'erreur et malentendu. J'y ai réfléchi
après votre départ et j'ai vu qu'il n'y avait qu'un parti à
prendre, celui d'accepter patiemment la situation qui

nous était faite et de nous arranger pour le mieux. J'ai
réglé la difficulté, selon mon habitude, du reste, en tranchant le nœud gordien. J'ai demandé à Oscar s'il éprouvait quelque consolation à ne pas détromper Lucile avant
le mariage. Vous le connaissez si bien que je crois inutile
de vous dire ce qu'il m'a répondu. — Très-bien, lui dis-
je, sèche tes larmes et calme-toi. J'ai débuté dans le rôle
de Barbe-Bleue; eh bien, je serai encore Barbe-Bleue jusqu'à nouvel ordre. — Je ne vous décrirai pas sa reconnaissance et avec quel empressement il a accepté ma proposition, la seule qui, selon moi, peut nous tirer d'affaire.

— Eh bien, répondis-je à Nugent, permettez-moi de
vous dire que votre moyen est faux et indigne. Je proteste contre la manière cruelle dont vous profitez de la
cécité de Lucile, et je refuse de me mêler de cette affaire. »

Nugent se contenta d'allumer un cigare.

« Comme il vous plaira, dit-il. Vous avez cependant
vu dans quel état pitoyable Lucile s'est mise en voulant
m'adresser la parole. Vous avez vu comment elle a fini
par succomber à l'horreur que je lui inspire. Eh bien,
imaginez-vous qu'elle ressente pour Oscar cette horreur,
compliquée dans ce cas d'indignation et de mépris, expo-
sez-la au danger de réveiller les sentiments que je viens
d'énumérer avant d'avoir acquis l'influence d'un mari, si
vous l'osez! Moi, qui aime tant le pauvre garçon, je
n'ose le faire! Me permettez-vous de fumer? »

Je lui fis signe que oui. Je sentis qu'il était nécessaire
de questionner un peu plus cet homme insondable pour
tâcher de le comprendre.

Il n'était pas difficile d'expliquer sa promptitude à se
sacrifier pour assurer la tranquillité d'Oscar. Il ne faisait
rien à demi, et il attaquait de face des difficultés qui
auraient donné à réfléchir à tout autre que lui. Le zèle
qu'il avait déployé pour sauver la vie d'Oscar lors du
procès pourrait l'animer encore. Ma perplexité n'était pas
produite par la conduite qu'il avait adoptée, mais par les
expressions dont il se servait pour se justifier et par
l'attitude qu'il prenait en me l'expliquant. Le jeune
homme accompli était devenu aussi peu gracieux que

possible. Il attendit ce que j'allais lui dire avec une expression d'hostilité prononcée que ne pouvaient expliquer
les circonstances, et qui jurait complétement avec sa
conduite jusqu'alors.

Il y avait quelque mobile secret, un motif intime qu'il
cachait aussi bien à son frère qu'à moi ; cela était aus-i
clair que l'ombre et la lumière que je voyais dans le
paysage. Mais quant à deviner la nature de ce sentiment
et le motif qu'il me cachait, ma sagacité me faisait complétement défaut. Pas le moindre soupçon de son terrible secret ne m'avait traversé l'esprit.

J'étais là dans une ignorance complète, et témoin in-
conscient de la lutte finale de ce malheureux jeune
homme entre son devoir envers le frère qu'il aimait et la
passion dévorante qui le consumait.

Tant que Lucile se l'imaginerait défiguré, on l'excuse-
rait s'il ne se présentait pas devant elle, en se disant
que c'était par pure considération pour la tranquillité de
la jeune fille.

C'était dans cette séparation qu'il fondait sa dernière
espérance de mettre entre elle et lui une barrière insurmontable. Il avait déjà essayé inutilement d'un autre
moyen, en voulant hâter le mariage qui lui aurait rendu
Lucile sacrée comme épouse de son frère. N'ayant pas
réussi, il ne lui restait plus, pour demeurer dans le sentier du devoir, qu'à éviter Lucile jusqu'à ce qu'elle fût la
femme d'Oscar.

Il avait accepté la situation que lui avait faite celui-ci
comme l'unique moyen de gagner ce but sans exciter le
soupçon, et qu'avait-il rencontré de ma part pour le récompenser de ce sacrifice? une protestation ignorante et
une opposition stupide. Je connais à présent le motif pur
et généreux qui l'animait.

Voilà l'explication de cette obstination et de cet air hos-
tile qui m'intriguaient et me blessaient. Je ne le sais que
grâce à ce qui arriva dans la suite.

« Eh bien ! dit-il enfin, sommes-nous amis ou ennemis? »

Je renonçai à le comprendre, et je lui fis une réponse
aussi catégorique que la question qu'il me posait.

« Je ne nie pas tout ce qu'il y aura de terrible à désabuser Lucile, lui répondis-je ; mais, malgré tout, je ne veux prêter la main en aucune façon à l'illusion cruelle dont elle est victime. »

Nugent me menaça du doigt.

« Réfléchissez un instant, madame Pratolungo. Le mal que vous pouvez causer dans les circonstances actuelles peut être irréparable. Je ne vous demanderai pas d'abandonner votre résolution ; je désire seulement que vous attendiez un peu. Nous avons encore bien du temps avant le mariage ; il peut survenir quelque événement qui vous évitera la peine de dire la vérité à Lucile.

— Qu'est-ce qui peut arriver ?

— Lucile pourra peut-être s'en apercevoir comme nous, c'est-à-dire de ses propres yeux.

— Quoi, vous n'avez pas encore abandonné votre fol espoir ?

— Je ne l'abandonnerai que lorsque le médecin allemand l'aura jugé irréalisable. Pas avant.

— En avez-vous touché un mot à Oscar ?

— Non, et je ne veux en parler qu'à vous seule, jusqu'à ce que le médecin dont je parle ait débarqué sain et sauf en Angleterre.

— L'attendez-vous avant le mariage ?

— Certainement. Il serait même revenu avec moi, s'il n'avait été retenu à New-York par les soins qu'il avait encore à donner à un de ses clients. Mais aucun autre malade ne pourra le retenir en Amérique, où ses succès extraordinaires l'ont enrichi. Il a nourri toute sa vie le dessein de visiter l'Angleterre, il a maintenant le moyen de satisfaire son désir. Il est possible qu'il arrive à Liverpool par le prochain steamer.

— Alors vous l'amènerez à Dimchurch ?

— Oui, à moins que Lucile ne s'y oppose.

— Et si Oscar s'y opposait ? Lucile s'est résignée à rester aveugle toute sa vie. Si vous troublez cette résignation sans heureux résultat, vous la rendrez malheureuse pour le reste de ses jours. Si j'étais votre frère, je refuserais de lui laisser courir un pareil danger.

— Mon frère a un double intérêt à courir ce risque. Je vous répète que l'opération ne se bornera pas à effectuer une guérison physique en lui rendant la vue. Avec ce sens nouveau, son moral changera. Oscar a tout à craindre de l'état morbide créé chez elle par sa cécité. Mais que ses yeux viennent à corriger son imagination, qu'elle le voie comme nous le voyons et qu'elle s'habitue à lui comme nous nous y sommes habitués, et Oscar n'aura plus rien à craindre pour l'avenir. Voulez-vous me promettre de laisser les choses où elles en sont jusqu'à ce que le médecin allemand arrive, avant le jour fixé pour le mariage? »

Influencée malgré moi par la coïncidence remarquable qui existait entre ce que Nugent venait de dire de Lucile et ce que celle-ci m'avait dit sur elle-même dans la matinée, je consentis à ce que me demandait Nugent.

Il était impossible de nier que ses suppositions, tout extravagantes qu'elles parussent, se trouvaient confirmées par l'opinion émise par Lucile sur sa propre position.

Ayant écarté momentanément la question sur laquelle nous étions divisés, je détournai la conversation pour aborder le sujet embarrassant des relations entre Lucile et Nugent.

« Après l'effet fâcheux que vous avez produit sur elle ce matin, comment ferez-vous pour la revoir? » lui demandai-je.

Nugent, se radoucissant, quitta le ton assez rude qu'il avait pris en me parlant.

« Si j'avais pu agir à ma guise, me répondit-il, Lucile n'aurait plus, à l'heure qu'il est, aucune crainte de me revoir. Elle aurait déjà appris, par vous et par Oscar, que mes affaires me forçaient à quitter Dimchurch.

— Votre frère s'oppose donc à votre départ?

— Il ne veut pas même en entendre parler. J'ai fait tout mon possible pour le décider à cette séparation. J'ai promis de revenir assister à la cérémonie nuptiale. Peine inutile. — En me laissant seul ici réfléchir aux sacrifices que je t'ai imposés et au mal que j'ai causé, m'a-t-il répondu, mon cœur se briserait. Tu ne saurais croire, mon

cher Nugent, quel courage ta présence m'inspire et quel
vide tu ferais dans mon existence en me quittant! —
Quand Oscar me parle ainsi, je cède et me montre aussi
faible que lui. Je lui ai donc cédé, malgré ma volonté
ferme et arrêtée, mais mieux vaudrait cent fois que je fusse
bien loin d'ici, oui, bien loin! »

Il prononça ces dernières paroles d'un ton qui me fit
tressaillir, car je reconnus l'accent du désespoir. Je ne
voyais pas, comme je le vois à présent, que j'assistais aux
derniers efforts de sa conscience. Pauvre innocente Lucile!
Coupable et malheureux Nugent!

« Alors, repris-je au bout d'un instant, que comptez
vous faire, puisque vous restez à Dimchurch?

— Je veux faire tout mon possible pour éviter à Lucile
la souffrance que je lui ai déjà causée bien innocemment.
Aujourd'hui, je vois bien qu'elle ne peut maîtriser l'aversion que lui cause ma présence; j'éviterai donc de me
trouver sur son chemin, pour qu'elle ne s'aperçoive pas
de ma détermination. Mes visites au presbytère devien-
dront de plus en plus rares, et je resterai aux Sables
quand ils seront mariés... »

Il s'arrêta un instant, comme si les paroles l'étouffaient,
et il se mit à rallumer lentement son cigare.

« Quand ils seront mariés..., répétai-je.

— Oscar ne trouvant plus ma présence indispensable à
son bonheur, je quitterai Dimchurch.

— Quel prétexte donnerez-vous?

— Je donnerai la vraie raison qui m'empêche de rester
ici. Comme je vous l'ai déjà dit, je ne puis trouver à
Dimchurch d'atelier assez grand pour moi; et même en
admettant que je puisse en trouver un, je sens bien qu'en
restant ici je ne ferai rien de bon. Mon esprit s'alourdit,
mon cerveau s'endort dans cet endroit perdu. Oscar peut
couler en compagnie de sa femme une existence calme et
heureuse. Quant à moi, c'est Paris ou Londres qu'il me
faut pour le développement de mon talent. »

Il soupira en disant ces paroles et regarda d'un air
préoccupé le paysage qui s'étendait devant le kiosque.

« Votre tristesse me surprend, lui dis-je, surtout quand

je me rappelle que, le soir où vous avez interrompu M. Finch dans la lecture d'*Hamlet*, vous sembliez posséder un fonds de gaieté inépuisable. »

Nugent jeta son cigare et poussa un rire amer.

« Ah! voyez-vous, me répondit-il, c'est que nous autres artistes, nous touchons toujours d'un extrême à un autre. Devinez à quoi je pensais quand vous m'avez interrompu. Eh bien! je me disais que je n'aurais jamais dû venir à Dimchurch. »

J'allais répondre, lorsque j'entendis Lucile qui m'appelait du jardin.

Nugent se leva vivement.

« N'avons-nous plus rien à nous communiquer? me dit-il.

— Non, du moins pour aujourd'hui.

— Eh bien, au revoir, madame, » me dit Nugent en saisissant la poutrelle qui était au-dessus de la porte du kiosque où nous nous trouvions.

Il franchit le mur du jardin et disparut dans un champ.

Quant à moi, je répondis à Lucile et je courus à sa rencontre.

Je la trouvai sur la pelouse, toute pâle et l'œil égaré, comme si on l'eût effrayée.

Je lui demandai s'il était arrivé quelque chose de fâcheux au presbytère.

« Non, répondit-elle, mais la prochaine fois qu'il m'arrivera de me plaindre de la fatigue, ne me donnez plus le conseil d'aller faire un somme.

— Pourquoi cela?... Vous dormiez, quand je vous ai quittée, d'un sommeil calme et paisible.

— Paisible!... Vous ne vous êtes jamais plus trompée. J'étais en proie à un affreux cauchemar.

— Vous sembliez cependant jouir d'un sommeil bien tranquille.

— Alors j'ai fait ce rêve après votre départ. Permettez-moi de partager votre lit ce soir. Je ne jouirai pas d'un moment de tranquillité en pensant que ce rêve hideux peut revenir me tourmenter.

— De quoi rêviez-vous?

— Je rêvais que je me trouvais avec une robe de mariée devant l'autel d'une église qui m'était inconnue, et qu'un ministre dont la voix résonnait pour la première fois à mon oreille me mariait. Tout aveugle que je suis, je le vois encore devant moi. »

Lucile agita sa main en l'air avec impatience.

« Le marié?

— Oui.

— Oscar?

— Non…, Son frère Nugent. »

Je vous ai déjà avoué que j'étais parfois bien sotte. A ces paroles, j'éclatai de rire.

« Pourquoi donc riez-vous? s'écria Lucile avec colère. Je vous dis que je l'ai vu, avec sa figure hideuse. Il me passait, de sa main livide, l'anneau nuptial au doigt. Ce qu'il y avait de plus singulier, c'est que, sans songer un instant que j'étais fiancée à Oscar, j'épousais Nugent de mon plein gré. Vous me direz que ce n'est qu'un rêve; je le sais bien, et cependant j'ai peur rien que de penser que j'ai pu être infidèle à Oscar, même en rêve. Allons le voir, je veux l'entendre me dire qu'il m'aime. Partons pour les Sables. J'éprouve une telle frayeur que je n'ose y aller seule. »

Je vous avouerai à ma grande honte que, poussée par mon indifférence, j'essayai de m'excuser pour ne pas l'accompagner.

J'avais du reste mes raisons pour en agir ainsi; je n'approuvais nullement la résolution de Nugent, et je regardais d'un œil encore plus sévère la faiblesse et l'égoïsme d'Oscar, qui acceptait le sacrifice de son frère. En un mot, le fiancé de Lucile m'était devenu presque méprisable, et je crois que si je m'étais trouvée devant lui en ce moment, je lui aurais fait sentir ce que je pensais de lui.

« Croyez-vous, ma chère, dis-je à Lucile, que, dans ce cas, vous ayez besoin de moi pour vous accompagner?

— Il faudra donc que je vous répète cent fois ce que je viens de vous dire, me répondit Lucile avec impatience. Effrayée et bouleversée comme je le suis, je ne me sens

pas la force de sortir seule. Vous n'avez donc aucune sympathie pour moi?... Supposez que ce soit vous qui ayez
épousé Nugent au lieu d'Oscar.

— Eh bien, ma chère, dans ce cas, j'aurais tout simplement rêvé que j'épousais le plus agréable des deux frères.

— Le plus agréable... Ah! vous voilà bien. Toujours
injuste pour Oscar.

— Si vous jouissiez de l'usage de vos yeux, vous appré-
cieriez comme moi, ma chère, les qualités de Nugent.

— J'aime mieux apprécier celles d'Oscar.

— Vous avez un parti pris, Lucile.

— Vous aussi.

— C'est que vous l'avez rencontré le premier.

— Pas le moins du monde.

— Pardon : si c'eût été Nugent qui nous eût suivies au
lieu d'Oscar, et que de ces voix, toutes deux charmantes,
l'une se fût fait entendre avant l'autre...

— Pas un mot de plus!

— Tra...la...la!.... Le hasard a voulu que ce fût Oscar
qui vous ait parlé le premier, voilà tout! Le hasard aurait
pu faire aussi que ce fût Nugent.

— Madame Pratolungo, je ne suis pas habituée à m'entendre insulter de cette façon. Entendez-vous? »

Sur cette réponse, faite d'un ton majestueux, et les joues
couvertes du plus bel incarnat que j'aie jamais vu, ma chère
Lucile me tourna le dos et partit sans moi pour les Sables.

Je me mis à maudire mon intempérance de langage et
mon mauvais caractère. Moi, son aînée, qui aurais dû lui
donner l'exemple de la modération, comment avais-je pu
me laisser entraîner à lui parler ainsi? Je voudrais bien
savoir s'il existe au monde une seule femme qui sache ce
qu'elle fait. Notre mère Eve savait-elle pourquoi elle mangeait la pomme que M. le Serpent lui offrait?

Qu'avais-je de mieux à faire, sinon de courir après Lucile et d'acheter mon pardon au prix d'un baiser?

Mais soit que dans l'irritation du moment j'eusse mis
trop de temps à me calmer, soit que Lucile eût marché
d'un pas plus rapide qu'à l'ordinaire, elle était arrivée aux
Sables avant que j'eusse pu l'atteindre.

En ouvrant la porte, je l'entendis qui parlait à Oscar. Le moment n'était guère propice pour les déranger, surtout quand je pensai à la dispute que j'avais eue avec la jeune fille.

Tandis que j'hésitais sur ce que je devais faire et que je jetais un regard distrait autour de moi, une lettre, qui se trouvait sur la table du vestibule, attira mon attention.

Je vis qu'elle était adressée à Nugent et qu'elle portait le timbre de Liverpool.

J'en tirai une conclusion inévitable : l'oculiste allemand venait d'arriver en Angleterre.

XXVIII.

LE RUBICON.

J'hésitai, ne sachant si je devais entrer ou attendre que Lucile sortît pour s'en retourner au presbytère, quand l'ouïe délicate de la jeune aveugle vint me tirer de ma perplexité. Elle m'entendit, et Oscar, ouvrant la porte, s'avança dans le vestibule.

« Lucile vient de me dire qu'elle entendait du bruit. Qui se serait douté que vous étiez là ? Mais pourquoi n'entrez-vous pas au lieu d'attendre ? »

Il ouvrit la porte et m'annonça à Lucile, en lui disant que c'était moi qu'elle avait entendue ; mais elle ne fit attention ni à moi ni à Oscar. Elle avait sur ses genoux des fleurs cueillies dans le jardin, qu'elle triait de ses doigts délicats pour en composer un bouquet, avec autant de goût et de rapidité que si elle y voyait.

Je n'avais jamais vu sur sa figure, d'ordinaire si charmante, une pareille expression. On n'aurait jamais reconnu sa ressemblance avec la madone du tableau de

Raphaël, et je vis tout de suite qu'elle était mortellement offensée de ce que je lui avais dit.

« J'espère que vous me pardonnerez de vous déranger quand vous saurez le motif qui m'amène. Je suis venue pour vous faire mes excuses.

— Oh! ne vous en donnez pas la peine, me répondit-elle, beaucoup plus occupée de ses fleurs que de moi, vous n'auriez pas dû vous déranger pour venir ici. Je conviens parfaitement de la justesse de ce que vous m'avez dit dans le jardin, et avec le but que j'avais en vue, je ne pouvais vraiment vous demander de m'accompagner ici. »

Ce n'est guère par la patience que je pèche, et par la douceur non plus. Je me retins cependant.

« Je voudrais, repris-je, vous faire mes excuses pour ce que je vous ai dit dans le jardin. J'ai parlé à la légère, Lucile. Il est impossible que j'aie voulu vous offenser volontairement. »

Mes paroles eurent sur Lucile autant d'effet que si je les eusse adressées à une chaise. Elle continua de s'absorber dans la composition de son bouquet.

« Moi, blessée ?... répondit-elle en s'adressant à ses fleurs ; ce serait trop absurde de ma part. »

Elle se tourna vers moi, en paraissant s'apercevoir tout à coup que j'étais là.

« Veuillez accepter mes excuses si j'ai eu l'air de vouloir vous contester le droit d'exprimer votre opinion, » dit-elle d'un ton hautain.

Elle secoua dédaigneusement sa belle tête, son teint devint plus animé que jamais, et elle frappa du pied avec impatience. Je sus cependant me contenir encore, mais plutôt cette fois pour Oscar que pour elle.

Le pauvre garçon avait l'air de tant souffrir, et désirait si manifestement nous voir d'accord, que je m'abstins de répondre à Lucile.

« Ne pourriez-vous, ma chère Lucile, répondre à Mme Pratolungo ? » lui dit-il.

La jeune fille l'interrompit en secouant la tête avec encore plus d'impatience.

« Je n'essaierai pas de répondre à Mme Pratolungo, dit-elle. J'aime mieux admettre qu'en m'accusant d'être prête à aimer le premier venu, elle a peut-être raison. Il est probable que ce serait votre frère que j'aurais préféré, si je l'avais vu avant vous.

— C'est probable, en effet, répondit d'un ton humble le pauvre Oscar, et c'est bien heureux pour moi que Nugent ne se soit pas présenté le premier devant vous. »

Lucile rejeta sur la table les fleurs qu'elle tenait sur ses genoux. Elle devint furieuse en voyant Oscar prendre mon parti. La pauvre enfant ne pouvait me voir. Je me pris à sourire de sa pétulance.

« Mme Pratolungo trouve votre frère plus agréable que vous ! s'écria-t-elle en s'adressant à Oscar, et vous vous rangez de son avis. »

Oscar, toujours très-humble, secoua la tête d'un air mélancolique en reconnaissant son infériorité.

« Il ne pourrait y avoir, dit-il avec résignation, qu'une opinion unanime à ce sujet. »

Lucile frappa du pied sur le tapis en soulevant un léger nuage de poussière. J'ai parfois les poumons sensibles. Je me permis de tousser un peu.

A peine m'eut-elle entendu qu'elle se contint. Je crains bien qu'elle n'ait pris ma toux pour une sorte de commentaire sur sa conduite.

« Venez, Oscar, dit-elle en changeant complétement de ton et de manières. Venez vous asseoir à mes côtés. »

Oscar obéit.

« Veuillez mettre votre main dans ma main. »

Le jeune homme me jeta un regard. Il voyait ce que la jeune aveugle, pauvre enfant, ne pouvait voir, grâce à son infirmité, tout le ridicule de sa position.

Lucile, ne semblant s'inquiéter nullement de ma présence, répéta son ordre d'un ton qui n'admettait pas de réplique.

Oscar, me jetant un autre regard suppliant, lui plaça timidement sa main dans celle de la jeune fille, tandis qu'elle continuait : « Dites-moi que vous m'aimez. »

Oscar hésita.

Elle répéta son ordre.

Oscar lui dit tout bas ce qu'elle lui demandait.

« Plus haut ! » s'écria-t-elle.

La patience a ses limites. Je commençai à perdre la mienne.

La pauvre fille affectait à mon égard une indifférence aussi superbe que si j'eusse été un chat.

« Permettez-moi de vous faire observer, lui dis-je, que je n'ai pas encore, comme vous semblez le supposer, quitté la chambre. »

Elle ne me répondit pas, et, devenant plus exigeante, elle répéta à son fiancé son commandement.

« Embrassez-moi, Oscar. »

Le malheureux, hésitant entre nous deux, se prit à rougir. Rougir ! dites-vous. Attendez, attendez, ne vous réjouissez pas encore à l'idée des plus agréables pour le lecteur d'attraper son auteur en contradiction avec lui-même. La couleur bleuâtre qui recouvrait le visage d'Oscar n'empêchait pas qu'on pût le voir rougir. Je voyais sa rougeur sous son épiderme, pour ainsi dire, sans compter l'expression générale de ses traits. Je sentis la nécessité de montrer de la fermeté en répondant à Lucile.

« Si je suis encore ici, mademoiselle Finch, c'est pour savoir si vous voulez accepter oui ou non mes excuses.

— Embrassez-moi, Oscar ! » répéta-t-elle sans me répondre.

Le jeune homme hésitait.

« Au revoir, monsieur Dubourg, » dis-je en me tournant vers la porte.

Lucile, en m'entendant, me cria d'arrêter. C'est ce que je fis, dans une attitude, j'en prends le miroir qui se trouvait là à témoin, où la grâce le disputait à la dignité et la dignité à la grâce.

« Madame Pratolungo !

— Mademoiselle Finch.

— Voici l'homme qui n'est pas à moitié aussi agréable que son frère. Tenez, regardez bien. »

Elle serra de son bras le cou d'Oscar et lui donna avec

ostentation sur le front le baiser que j'avais eu honte de lui donner à elle. Je repris le chemin de la porte avec un silence dédaigneux. Mon attitude exprimait le chagrin accompagné de dégoût, et le dégoût accompagné de chagrin.

« Madame Pratolungo ! » me cria Mlle Finch.

Je ne répondis rien.

« Voilà, madame, l'homme que je n'aurais jamais aimé, si j'avais rencontré par hasard son frère au lieu de lui. »

Je me retirai indignée. La porte n'était qu'entr'ouverte, je la poussai et me trouvai face à face avec Nugent, debout devant la table du vestibule et la lettre de Liverpool à la main. Il avait certainement dû entendre Lucile me rejeter à la face mes propres paroles, s'il n'en avait entendu plus long.

Je m'arrêtai, et le regardai toute surprise et sans dire mot. Nugent me tendit en souriant la lettre ouverte. Avant que nous eussions pu échanger une parole, nous entendîmes la porte s'ouvrir et se fermer.

C'était Oscar, qui m'avait suivie pour s'excuser de la conduite de Lucile à mon égard. Il expliqua à son frère ce qui était arrivé.

Celui-ci nous dit, en frappant un petit coup sec sur la lettre qu'il tenait à la main : « Attendez un peu et laissez-moi arranger l'affaire. Je vais vous donner quelque chose de mieux à faire que de vous disputer ainsi. Je vous dirai ce dont il s'agit tout à l'heure. En attendant, j'ai reçu une lettre de notre ami l'aubergiste Gootheridge, qui vient me voir à propos du changement à faire dans son écurie. Cours lui dire que je suis occupé et que je ne pourrai le voir aujourd'hui. Tiens, donne-lui ceci en même temps et dis-lui de le laisser en passant au presbytère. »

Il tira une de ses cartes, sur laquelle il écrivit quelques mots au crayon, et la tendit à son frère.

Oscar, toujours prêt à faire les commissions de son frère, courut trouver l'aubergiste. Nugent se tourna vers moi.

« Le docteur allemand est arrivé en Angleterre, dit-il.
Je puis maintenant parler librement.

— Parlez, m'écriai-je, et tout de suite.

— Oui, madame. J'ai laissé mes propres affaires pour
m'occuper de celle-ci. Mon ami arrivera à Londres demain. Je veux aujourd'hui même obtenir l'autorisation de
Lucile. Je partirai pour Londres demain. Préparez-vous
à recevoir l'homme le plus singulier que vous ayez jamais vu. J'ai prié sur ma carte M. Finch de venir nous
rejoindre tout de suite pour affaire de famille. Il faut que
je consulte aussi le père de Lucile. Avec lui et Oscar, qui
va bientôt revenir, notre petit conseil de famille sera au
complet. »

Nugent parlait avec son entrain ordinaire, et allait et
venait comme d'habitude, avec vivacité. Il était redevenu
depuis notre dernière entrevue ce qu'il était auparavant.

« Je me rouille ici, dit-il, lorsqu'il vit que je m'apercevais du changement qui s'était opéré en lui. Cela me re-
monte tout à fait l'esprit d'avoir quelque chose pour m'occuper. Je ne suis pas comme Oscar, moi; il me faut du
mouvement pour me fouetter le sang et pour empêcher
l'anxiété de prendre sur moi le dessus. Comment croyez-
vous que je m'y sois pris pour découvrir la personne qui
a témoigné de l'innocence de mon frère lors de son procès ? Je me suis dit que je deviendrais fou si je ne faisais
pas quelque chose. Je me suis remué et j'ai sauvé Oscar.
Je m'en vais faire la même chose, et rappelez-vous bien
mes paroles : Du moment que je me mêle de l'affaire,
Lucile recouvrera la vue.

— C'est une responsabilité bien sérieuse que vous as-
sumez là, lui répondis-je. Je vous prie d'y bien réfléchir.

— Réfléchir ?... répéta-t-il après moi. Voilà un mot que
je ne puis souffrir. Je me décide invariablement sur l'instant. Si je ne m'abuse, dans le cas de Lucile la réflexion
ne servirait à rien. Non, je ne me trompe pas, et chaque
jour qui s'écoule retarde le bonheur qu'éprouvera Lucile
en recouvrant la vue. Je vais attendre Oscar et M. Finch
pour aborder la question. Mais pourquoi n'entrons-nous
pas, au lieu de rester à causer dans le corridor ? »

Nugent me précéda jusqu'au salon, où un intérêt nouveau me rappelait. Je ne pouvais cependant m'empêcher de songer à la colère de Lucile, qui pouvait bien me traiter avec encore plus de froideur et de dédain. Je restai debout près de la table du vestibule. Nugent me regarda par-dessus son épaule.

« Bah! dit-il, je m'en vais arranger votre querelle. C'est au-dessous d'une femme comme vous de s'émouvoir de ce qu'une jeune fille en colère a pu lui dire. Entrez donc! »

Je n'aurais pas cédé à tout autre qu'à Nugent. Mais il est incontestable que certaines personnes exercent sur les autres une attraction magnétique.

Il en était ainsi pour Nugent. Je rentrai dans la chambre à contre-cœur, car je me sentais vraiment blessée et irritée de la conduite de Lucile.

La jeune aveugle n'avait pas bougé. En entendant la porte s'ouvrir et le pas d'un homme, elle pensa que ce devait être Oscar. Elle avait deviné l'intention qui avait poussé son fiancé à me suivre dehors quelque temps auparavant, et cette découverte n'avait pas diminué sa mauvaise humeur.

« Ah! dit-elle en s'adressant à Nugent, vous voilà enfin revenu. J'ai cru que vous étiez allé reconduire Mme Pratolungo au presbytère. »

Ici Lucile se tut et fronça le sourcil; son oreille exercée avait entendu le bruit de mes pas.

« Oscar! s'écria-t-elle, que signifie?... Mme Pratolungo et moi n'avons plus rien à nous dire. Pourquoi vient-elle de rentrer, et pourquoi ne me répondez-vous pas? C'est indigne! Je m'en vais. »

Elle mit à exécution sa menace de sortir si rapidement qu'elle se heurta violemment contre Nugent, qui n'avait pas eu le temps de reculer. Elle le saisit par le bras et le secoua avec violence en lui demandant ce que signifiait son silence, et si c'était à mon instigation qu'il l'insultait ainsi.

J'ouvrais déjà les lèvres pour essayer encore une fois d'apaiser Lucile quand elle me lança ce dernier trait. Mon sang français, je ne sais ce qu'aurait fait le sang anglais en pareille occasion, se révolta. Furieuse, je tournai le dos à la jeune fille.

A ce moment, une nouvelle idée fit étinceler l'œil de Nugent. Me lançant un regard significatif, il répondit en jouant le rôle d'Oscar. Je ne sais s'il agissait sous l'empire de quelque idée infernale ou s'il voulait tout simplement nous réconcilier avant qu'Oscar fût de retour. Je sais que j'aurais dû intervenir, mais je brûlais de dépit. Je me sentais la fureur du chat et la férocité de l'ours combinées, et, comme on dit, je me proposais de lui en faire rabattre. Je me dis que ce serait bien fait pour elle et que je laisserais faire Nugent.

Quelle horreur! quelle honte! vous écriez-vous; il n'y a pas de mots assez forts pour stigmatiser ma conduite. Oui, accablez-moi de reproches, je les mérite. Ah! grand Dieu, qu'est-ce qu'une personne en colère? Une bête féroce sous forme humaine. Si vous ne me croyez pas, regardez-vous, quand vous éprouverez un accès de fureur, dans la glace, et vous verrez dans vos traits que l'âme s'est envolée et n'a laissé que la bête. Et une bête aussi méchante que laide encore!

« Vous me demandez la raison de mon silence? » dit Nugent à Lucile.

Nugent n'avait qu'à moduler sa voix sur celle de son frère, plus lent à s'exprimer que lui, pour qu'elle lui ressemblât parfaitement. Il prononça ces quelques mots avec une telle habileté que, si je ne l'avais pas eu sous les yeux, j'aurais cru entendre son frère Oscar.

« Oui, répondit Lucile.

— Je me tais, dit-il, parce que j'attends.

— Quoi?

— Que vous fassiez des excuses à Mme Pratolungo. »

La jeune fille recula d'un pas. Quoi! Oscar, si soumis d'ordinaire, lui parlait d'un ton aussi péremptoire. C'était la première fois de sa vie que cela lui arrivait. Oscar, non, je veux dire Nugent, sans lui donner le temps de se récrier, continua d'une voix sévère : « Mme Pratolungo

vous a fait ses excuses, vous devriez les accepter et lui
en faire à votre tour. Il est pénible de vous voir en agir
ainsi et montrer une pareille ingratitude envers votre
meilleure amie. »

Lucile leva les yeux et les mains tout abasourdie, et
ayant l'air de douter de ce qu'elle venait d'entendre.

« Oscar!... s'écria-t-elle.

— Me voici, » répondit celui-ci en ouvrant la porte.

Lucile se tourna avec la rapidité de l'éclair du côté d'où
partait la voix de son fiancé, et en reconnaissant la super-
cherie de Nugent, elle poussa un cri d'indignation qui re-
tentit dans tout l'appartement.

Oscar, affrayé, courut à elle; mais elle le repoussa avec
violence.

« Quel tour lâche et odieux! s'écria-t-elle, se jouer ainsi
de mon infirmité! Oui, Oscar, votre frère m'a parlé en
imitant votre voix, et la femme qui se dit mon amie l'a
laissé faire. Au contraire, elle l'a encouragé et y a pris
plaisir. Les misérables!.... Qu'on m'emmène loin d'eux,
car ils sont capables de tout. Oui, mon cher Oscar, cette
femme vous a toujours détesté. Elle a pris le parti de votre
frère dès son arrivée ici. Ne nous marions pas à Dimchurch, mais dans un endroit qui leur soit inconnu. Ils
conspirent contre vous et moi. Méfiez-vous d'eux, méfiez-
vous bien d'eux. Elle a dit que si j'avais rencontré votre
frère, je l'aurais aimé au lieu de vous. Ces paroles ont
une signification cachée pour vous et veulent dire qu'ils
nous sépareront s'ils le peuvent. Ah!... qu'entends-je
remuer? Votre frère a-t-il changé de place avec vous?...
Est-ce à vous que j'adresse la parole à présent? Oh! mon
Dieu! être aveugle!... aveugle!... Oui, mon Dieu, de
toutes les créatures, la plus malheureuse est celle qui est
privée de la vue! »

Je n'ai jamais entendu de ma vie rien d'aussi effrayant,
d'aussi déchirant que ces paroles parties du fond du cœur
et qui exprimaient la torture et le soupçon dont elle souffrait. J'en fus frappée au cœur. J'avais parlé sans réflexion; j'étais dans mon tort; mais avais-je mérité de
pareils reproches? Non, cent fois non. Je me jetai sur une

chaise et me mis à pleurer à chaudes larmes. Mes larmes
me brûlaient les yeux, mes sanglots m'étouffaient. Si j'a-
vais eu du poison à portée de ma main, je l'aurais avalé,
tant je me sentais possédée à la fois de colère et de douleur, blessée que j'étais au cœur et froissée dans mon
amour-propre.

Nugent seul prit la parole. De sa voix naturelle cette
fois-ci, et sans calculer la portée de ce qu'il allait dire,
il fit à Lucile une question d'une importance capitale, et
que personne ne lui avait encore faite.

« Etes-vous sûre, dit-il, que vous soyez aveugle pour le
reste de vos jours? »

Un silence de mort se fit à ces paroles.

Je séchai mes larmes et je levai les yeux.

Oscar, comme je le pensais bien, avait pris sans bruit
Lucile entre ses bras pour la calmer au moment où son
frère prenait la parole.

Elle venait de se dégager de son étreinte. Elle fit un pas
vers l'endroit où se tenait Nugent et se tourna de son côté.

L'espérance que celui-ci venait de lui mettre au cœur
semblait tenir toutes ses facultés en suspens.

C'était la première fois depuis son enfance qu'on lui
parlait ainsi, et jusque-là l'idée de recouvrer la vue ne
s'était jamais présentée à elle, même en rêve.

Il ne restait pas sur sa figure la moindre trace de l'indignation dont Nugent était la cause, et l'on ne pouvait
y voir le plus léger indice de la souffrance nerveuse que
sa présence lui avait fait éprouver quelques heures auparavant.

La seule émotion visible chez elle, c'était l'étonnement
poussé à un tel degré qu'elle en avait perdu la parole, et
qu'elle attendait passivement et machinalement ce qu'a-
vait encore à dire Nugent.

J'observai ensuite Oscar. Il couvait des yeux Lucile. Il
répondit à Nugent sans détourner ses regards et sembla
saisi d'une crainte vague pour Lucile, qui parut se changer ensuite en crainte pour lui-même.

« Prends garde à ce que tu fais!... dit-il. Regarde-la
donc..... Nugent, regarde-la !..... »

Celui-ci s'approcha de manière que son frère se trouvât entre lui et la jeune fille.

« T'ai-je offensé ? » dit-il.

Oscar le regarda avec surprise.

« Offensé !.... après tout ce que tu as souffert pour moi et après m'avoir pardonné ! s'écria-t-il.

— Cependant, reprit Nugent, il y a chez toi quelque chose...

— J'ai été si surpris.

— Et de quoi ?

— De la question que tu viens de poser à Lucile.

— Ah !.... eh bien, vous allez tous deux me comprendre tout à l'heure. »

Tandis que les deux frères échangeaient ces paroles, j'examinai Lucile avec attention.

Elle avait peu à peu tourné la tête du côté où se tenait Nugent. C'était le seul mouvement qu'elle eût fait depuis que Nugent lui avait parlé de recouvrer la vue. Évidemment elle n'avait rien entendu ou rien compris de ce que les deux jeunes gens venaient de se dire.

« Maintenant que vous lui avez donné cet espoir, pour l'amour de Dieu ne le tenez plus en suspens ! m'écriai-je. Parlez-lui.... »

Nugent m'obéit.

« Vous avez raison de m'en vouloir, Lucile ; mais permettez-moi à présent de vous inspirer, s'il est possible, de la reconnaissance pour moi. Lorsque j'étais à New-York, je fis la connaissance d'un chirurgien allemand qui avait gagné une immense fortune et acquis une grande réputation par un habile traitement des maladies des yeux. Il s'était distingué surtout dans des cas de cécité abandonnés comme incurables par les autres médecins. Je lui parlai de vous, mais il ne put rien me dire de positif sans vous avoir d'abord vue et examinée. Tout ce qu'il put faire, ce fut de se mettre d'avance à ma disposition dès son arrivée en Angleterre. Quant à moi, Lucile, je ne croirai jamais que vous êtes irrévocablement aveugle tant que cet éminent oculiste n'aura pas détruit chez vous tout espoir, comme l'ont fait les médecins anglais. S'il reste le moindre espoir, c'est sa main qui vous rendra la vue. Il est arrivé en Angleterre. Un mot, et je l'amène à Dimchurch. »

Lucile leva lentement les mains à sa tête et la pressa comme si elle voulait empêcher sa raison de s'échapper.

Elle rougit, elle pâlit, elle respira bruyamment et longuement. Puis, revenant de sa première émotion, elle laissa retomber ses mains.

Le changement qui s'opéra dans ses traits fut à la fois admirable et terrible, et nous tint haletants d'émotion.

L'espoir naissant la plongea dans une extase muette en la transfigurant.

Un sourire céleste se joua sur ses lèvres. Elle semblait à la fois parmi nous et loin de nous. La douce lumière du soir illuminait son extase.

Je passai alternativement de la crainte à l'admiration et de l'admiration à la crainte.

Les deux frères s'en aperçurent et me firent signe de parler à Lucile.

Je fis quelques pas en tâchant de penser à ce que je devais lui dire.

Peine inutile.

J'étais incapable de penser ou de parler. Je ne pouvais que contempler la jeune fille.

J'articulai son nom d'une voix timide.

En m'entendant, elle retomba dans ce bas monde et revint parmi nous, non sans tressaillir.

Un léger incarnat se répandit sur ses joues. Elle se tourna vers l'endroit d'où venait ma voix et me dit tout bas : « Venez auprès de moi. »

En un instant je la pressai dans mes bras, tandis qu'elle cachait sa tête dans mon sein.

Sans nous être dit un mot, nous étions réconciliées; nous étions redevenues sœurs et amies.

« Ai-je dormi ou me suis-je évanouie? me dit-elle tout bas et d'un air surpris. Suis-je bien éveillée et suis-je bien aux Sables?.... Nugent, êtes-vous là? » ajouta-t-elle en relevant la tête.

Sur la réponse affirmative de Nugent, elle se dégagea doucement de mes bras et s'approcha de lui.

« C'était vous qui me parliez tout à l'heure et qui avez réveillé en moi l'espoir de ne pas rester éternellement aveugle? Je n'ai cependant pas rêvé. Vous avez bien dit que le moment était venu et que le docteur allemand était arrivé.... Oui.... ajouta-t-elle en s'animant de plus en plus, le moment où je verrai celui qui doit me guérir, où je verrai la lumière!

— En effet, Lucile, je l'ai dit, et je maintiens mon dire.

— Oscar!... Oscar!.... » cria Lucile.

Je me levai pour la conduire vers celui qu'elle appelait, lorsque Nugent me toucha l'épaule et me montra, au moment où je prenais la main de Lucile, Oscar qui, debout devant la glace, regardait en silence la réflexion de son visage.

Par pitié pour lui, j'hésitai à lui amener Lucile, mais celle-ci fit un pas en avant et de sa main étendue lui toucha l'épaule.

Je vis dans la glace sa charmante figure s'approcher de celle de son fiancé.

Debout sur la pointe des pieds et pendue à ses épaules, elle lui dit : « Le temps n'est pas éloigné, mon bien-aimé, où je pourrai enfin vous voir. »

Et, poussant un cri de joie, elle attira sa tête à elle et le baisa sur le front; mais à peine l'eut-elle lâchée, que la tête d'Oscar retomba sur sa poitrine.

Il se cacha la figure dans les mains et étouffa, à nos yeux du moins, l'angoisse qui lui déchirait le cœur.

J'entraînai Lucile avant qu'elle pût, grâce à sa sensibilité exquise, se douter de ce qui se passait; ce qui ne l'empêcha pas cependant de me résister et de me demander, avec une certaine méfiance, pourquoi je désirais l'emmener.

Je me trouvai fort embarrassée. Quel prétexte lui donner?

Comme elle me répétait cette question, la fortune me favorisa pour cette fois-ci du moins.

Elle tâchait de s'échapper de mes mains, lorsqu'on frappa juste à point à la porte.

« Voici quelqu'un, » dis-je à Lucile.

C'était le domestique qui nous apportait une lettre du presbytère.

XXIX.

RÉCAPITULATION.

Nous éprouvâmes un vrai plaisir de l'arrivée de ce domestique, qui venait nous soulager après tant d'émotions poignantes et nous remettait dans le train-train banal de la vie ordinaire. Nugent me dit que la lettre lui était adressée et qu'elle venait de M. Finch.

Après l'avoir lue, il se tourna vers Lucile.

« J'avais fait prier votre père de venir nous retrouver, dit-il. M. Finch me répond que ses devoirs le retiennent chez lui et me dit qu'il vaudrait bien mieux que nous allassions au presbytère pour discuter ces affaires de famille. Auriez-vous la bonté, si vous y consentez, de prendre les devants avec Mme Pratolungo ? »

Les soupçons de Lucile se réveillèrent aussitôt.

« Et pourquoi pas avec Oscar ? demanda-t-elle.

— Votre père se montre un peu blessé de ce que je ne l'aie pas prévenu de la discussion que nous allions avoir ici. J'ai pensé que Mme Pratolungo et vous vous pourriez, en nous attendant, Oscar et moi, apaiser le recteur et lui persuader que nous n'avons pas eu l'intention de le blesser. Ne croyez-vous pas que l'on pourrait ainsi le mieux disposer pour nous ? »

S'étant ainsi habilement arrangé pour séparer Lucile et Oscar, afin de calmer et d'encourager celui-ci avant qu'il se retrouvât en présence de la jeune fille, Nugent nous ouvrit la porte.

Nous laissâmes les deux frères seuls.

Une demi-heure après, nous étions tous rassemblés au presbytère.

La discussion fut ajournée, à part une idée peu importante que j'émis, qui n'aboutit à rien. M. Finch nous fit un discours, où il parla beaucoup de sa propre dignité.

Je prends la liberté de raccourcir le discours de l'orateur. Il n'était pas grand.

J'adapterai son langage à sa taille, et je le ferai s'exprimer pour la première fois de sa vie en termes brefs et concis.

Il commença par soulever des objections à tout en général. Il trouvait mauvais qu'on lui eût écrit sur une carte et non sur du papier à lettre ; qu'il eût été le dernier à apprendre le fol espoir que nourrissait Nugent de rendre la vue à sa fille ; puis il n'aimait pas ce docteur inconnu, cet Allemand, qui pouvait fort bien n'être qu'un charlatan ; il se plaignit de l'injure qu'on faisait à la médecine anglaise en faisant venir cet étranger à Dimchurch et se lamenta sur les dépenses que tout cela occasionnerait ; enfin il s'éleva énergiquement contre le projet de Nugent, projet impie, qui attaquait la sagesse des décrets de la Providence, et dont le résultat le plus certain serait de troubler profondément la tranquillité de sa fille sans la guérir. Il prétendit que, sous son influence, Lucile avait jusque-là montré une résignation toute chrétienne, mais que l'influence de Nugent produisait un effet tout contraire.

Ayant exposé tous ses griefs, M. Finch s'assit, attendant qu'on lui répondit.

Un résultat remarquable s'ensuivit. Tout le monde garda un silence qu'on ferait bien d'adopter dans certaines assemblées parlementaires.

Nugent se leva... pardon, je veux dire se redressa sur son siége et refusa de répondre à ces objections.

« J'attendrai, dit-il, que la fin justifie les moyens. Du reste, je n'ai aucun reproche à me faire et je me mets entièrement au service de Mlle Finch. »

Oscar, qui se tenait à l'écart, caché derrière son frère, suivit l'exemple de celui-ci.

« Mlle Finch est maîtresse de prendre la décision qui lui plaira ; c'est tout ce que j'ai à dire, » ajouta-t-il.

Lucile parla à son tour.

« Je n'ai qu'une réponse à faire, dit-elle. Avec tout le respect que je dois à l'avis de mon père, je pense qu'il n'est pas à même, ainsi que tous ceux qui possèdent l'usage de leurs yeux, de comprendre ce que je ressens en pareille circonstance. S'il existe vraiment une seule chance de recouvrer la vue, je ne puis que tenter l'expérience. Je supplie M. Dubourg d'amener sans perdre un instant de plus le médecin allemand à Dimchurch. »

Mme Finch vint ensuite et prit la parole, après un court intervalle pendant lequel elle chercha son mouchoir.

« Je n'oserai jamais, déclara-t-elle, avoir d'autre opinion que celle de mon mari, qui ne s'est jamais trompé en quoi que ce soit. Mais dans le cas où le médecin allemand viendrait à Dimchurch, et si M. Finch veut bien me le permettre, je désire obtenir gratis une consultation pour les yeux du baby. »

Mme Finch commença à nous expliquer que le baby n'avait pas les yeux malades pour le moment, mais qu'elle voulait simplement connaître quel serait le traitement à suivre dans le cas où ils le deviendraient ; mais elle fut rappelée à l'ordre par M. Finch, qui me pria en même temps de clore les débats en donnant franchement mon opinion.

« Nul autre que Mlle Finch, déclarai-je, n'est à même d'apprécier toute l'importance de la consultation, surtout après ce qu'elle vient de dire elle-même. Je propose donc de passer outre et d'examiner les résultats qui pourraient s'ensuivre. J'ai à ce sujet une opinion bien arrêtée et je la donne en toute franchise. L'examen médical qui doit démontrer s'il reste quelque espoir de guérir Lucile peut entraîner des conséquences trop sérieuses pour qu'on se confie à un seul médecin, quelque habile et quelque renommé qu'il soit. Je propose donc : *Primo* : d'adjoindre au célèbre docteur allemand un oculiste anglais tout aussi éminent. *Secundo* : d'avoir une consultation où ces deux hommes de l'art discuteront ensemble l'état de la malade. *Tertio* : d'exiger qu'ils nous exposent leur opinion respective, opinion sur laquelle cette assemblée discutera avant de prendre une décision. Je propose finalement de prendre cet amendement sous forme de résolution et de le mettre, s'il le faut, aux voix. »

Voici quel fut le résultat du scrutin

MAJORITÉ. — *Pour :*

Mlle Finch.
Nugent Dubourg.
Oscar Dubourg.
Mme Pratolungo.

MINORITÉ. — *Contre :*

M. Finch (à cause de la dépense).
Mme Finch (tout simplement parce que M. Finch votait non).

La résolution fut ainsi votée à une majorité de deux voix, et le débat fut remis à un jour à fixer.

Nugent partit le lendemain matin par le premier train pour Londres.

A l'heure du second déjeuner, le jour même, une dépêche nous arriva, conçue en ces termes :

Vu ami. — A votre disposition. — Consent s'adjoindre oculiste anglais, que désignerons. — Vais le chercher. — Attendez seconde dépêche dans la journée.

Cette seconde dépêche nous arriva le soir : la voici textuellement :

Tout arrangé. — Quitte Londres demain par train midi quarante avec deux oculistes.

Après avoir lu cette dépêche à Lucile, je l'envoyai à Oscar.

Je vous laisse à penser quelle nuit nous passâmes, lui et nous, et si son sommeil fut moins agité que le nôtre.

XXX.

HERR GROSSE.

Plusieurs incidents se produisirent dans la matinée où nous attendions les deux oculistes. Avec toute ma bonne volonté, je ne me sens pas de force à les raconter avec tout le sang-froid voulu.

Quand je me reporte en imagination à cette matinée mémorable, je vois une scène de confusion et d'anxiété dont le simple souvenir me trouble l'esprit, quoique un temps aussi long se soit écoulé depuis ces événements.

Les objets et les personnages s'enchaînent l'un à l'autre d'une manière confuse.

Je vois la charmante figure de ma chère Lucile habillée de rose et de blanc, passant comme une ombre de la maison au jardin et du jardin à la maison. Tantôt attendant, folle d'impatience, l'arrivée des médecins, et tremblant un moment après d'appréhension en songeant à l'épreuve qu'elle allait subir et au cruel désappointement qui l'attendait peut-être.

Juste au moment où mon esprit parvient à fixer ses traits, le fantôme gracieux se fond dans celui du malheureux Oscar, qui hésite, incertain s'il doit aller aux Sables ou au presbytère. On voit qu'il a conscience des nouvelles complications amenées dans ses relations avec Lucile par l'arrivée des médecins, mais qu'il n'a cependant pas le courage de profiter de l'occasion et de lui dire la vérité quand il en est encore temps.

Puis à Oscar succède une nouvelle apparition qui se précipite au travers de tout, avant que j'aie le temps de me préparer ; c'est un fantoche qui se pavane, tout gonflé de sa propre dignité, et qui beugle à mon oreille de grands mots ampoulés : « Non, madame Pratolungo, rien ne me fera autoriser par ma présence cette consultation insensée, cette profanation qui a pour but de changer les décrets d'une Providence infaillible par l'intervention humaine. Mon siége est fait. Je me sers, voyez-vous, du langage populaire pour mieux vous dépeindre ce que je ressens. Mon siége est fait. »

M. Finch et son siége disparaissent, juste au moment où mon œil commence à les voir distinctement.

Mme Finch avec son baby, dont toute l'occupation semble se borner à téter et à dormir, lui succède.

Elle me recommande, avec des yeux baignés de fluide lacrymal, de garder le secret, et me confie l'intention qu'elle a d'échapper à la surveillance de son mari, et de consulter le médecin allemand et le médecin anglais, toujours gratis, sur les yeux du baby.

Imaginez-vous tous ces fantômes évoluant et s'agitant dans mon cerveau comme dans un labyrinthe. Leurs paroles se mêlent et s'entre-croisent, avec leurs faits et gestes, dans un fouillis inextricable, qui vient encore compliquer ma propre anxiété.

J'avais à surveiller les apprêts d'une collation pour les deux médecins, et vous ne serez pas étonné de me voir franchir — comme un bélier franchirait un obstacle — six heures de temps précieux et me présenter à vos yeux, seule dans le boudoir, attendant les médecins pour leur faire les honneurs de la maison.

Dans l'anxiété que j'éprouvais, deux choses cependant me consolaient.

D'abord une mayonnaise préparée de ma main et placée sur la table, un véritable chef-d'œuvre, quelque chose de simplement exquis. Puis ma robe de soie verte, garnie des dentelles de ma mère, autre chef-d'œuvre égalant le premier.

Que mes regards se tournassent vers la table ou vers

la glace, je sentais que je représentais dignement ma patrie. Je pouvais me dire sans crainte : Même dans ce coin retiré de la terre, n'importe quelle créature humaine peut me regarder et dire : la France est toujours à la tête des nations.

L'horloge sonna trois heures et quart. Lucile, fatiguée d'attendre, mit la tête à la porte de sa chambre et me répéta sa question incessante : « Ne voyez-vous rien venir?

— Rien, ma chère.

— Combien vont-ils nous faire attendre encore?

— Patience, Lucile, patience. »

Elle disparut avec un soupir de désappointement.

Cinq minutes après, la vieille Zillah répéta le même manège.

« Les voici, madame...., en voiture...., à la grille ! »

Je secouai les plis de ma robe verte, et je jetai pour m'encourager un dernier regard sur la mayonnaise.

J'entendis dans le jardin la voix de Nugent, qui guidait les étrangers.

« Par ici, messieurs, suivez-moi. »

Puis des pas, et un instant après la porte s'ouvrait, et Nugent me présentait les médecins que nous attendions.

« Herr Grosse, d'Amérique; M. Sebright, de Londres. »

L'Allemand fit un petit geste d'étonnement quand il entendit mon nom; l'Anglais resta parfaitement indifférent.

Herr Grosse avait entendu parler de mon illustre Pratolungo, tandis que M. Sebright était dans l'ignorance la plus barbare.

Je vais vous décrire Herr Grosse avec le plus grand soin.

Imaginez-vous un buste puissant et trapu sur une paire de jambes courtes et en cerceaux, revêtu d'habits râpés qui n'avaient jamais connu la brosse; le tout surmonté d'une grosse tête et d'une figure large, d'un jaune bilieux, et d'une tignasse épaisse de cheveux gris de fer. Ses sourcils noirs surplombaient deux gros yeux noirs

effarés et goguenards qui fixaient avec une certaine férocité, et qui se réfugiaient derrière deux petits bastions,
sous forme d'une énorme paire de lunettes rondes.
Ajoutez à cela une barbe et une moustache tout héris-
sées, et mélangées de blanc, de noir et de gris. Un
énorme camée monté en bague ornait l'index d'une de
ses mains poilues; quant à l'autre, elle ne faisait qu'aller
et venir dans une tabatière d'argent de la grandeur d'une
petite boite à thé. Le docteur Grosse avait une voix rude
et enrouée, un sourire diabolique, une parole brève et
assurée. Enfin il portait écrit des pieds à la tête la résolution, l'indépendance et la force.

Tel était l'homme qui tenait, à ce que disait Nugent,
la guérison de Lucile entre ses mains.

L'oculiste anglais différait de son collègue autant qu'il
était possible.

M. Sebright était long et mince, d'une mise correcte et
propre au point d'en être pénible à voir. Ses cheveux
blonds et plats étaient soigneusement divisés par une
raie et sa figure bien rasée n'exhibait, en fait de barbe,
que deux petits favoris frisés et longs de deux pouces à
peine. Ses habits, en drap noir, étaient d'une coupe irré-
prochable, et il ne possédait sur sa personne aucun or-
nement, pas même une chaine de montre. Ses moindres
mouvements étaient soigneusement calculés, et il parlait
d'une voix grave et tranquille. Ses yeux froids et gris
vous regardaient avec une attention disciplinée comme
pour vous dire, en suivant les mouvements de ses lèvres
minces et bien découpées : Me voilà, si vous avez besoin
de moi.

C'était un homme très-capable, je n'en doute pas, mais
que le ciel me préserve de l'avoir à mes côtés, soit à
diner, soit pendant un long voyage!

Je reçus de mon mieux ces visiteurs d'élite. Pour ne
pas être en arrière en fait de politesse, Herr Grosse me
complimenta sur l'illustre nom que je portais en me donnant une poignée de main.

M. Sebright s'inclina en remarquant qu'il faisait très-
beau.

Aussitôt que l'Allemand put regarder de côté et d'autre, ses yeux se tournèrent vers la table servie. Quant à l'Anglais, il se mit à regarder par la fenêtre.

« Voudriez-vous vous rafraîchir, messieurs? »

Herr Grosse approuva fortement de la tête, tandis que ses gros yeux, brillant d'un feu étrange derrière ses énormes lunettes, dévoraient par anticipation la mayonnaise.

« Oh!... ah!... foilà ce que chaime!... s'écria l'illustre docteur en montrant le plat du doigt. Vous zafez les faire avec des craimes, n'est-ce pas?... Est-il des boulets ou des homards? Chaime mieux les homards... Les boulets ont des bons aussi. Les carnitures il est admirable... anchois, olifes, betteraves... des blancs, des verts, des rouches, sur une sauce planche pien grasse. C'èdre un plat zéleste! Il rafraîchit de deux façons, par la vue et par le goût. Soh! Nous allons l'entamer. Fous gommencerez, montame Pratolungo. Tenez, foici la saucière. »

Dans ce langage extraordinaire, mettant le pluriel pour le singulier et bannissant entièrement la conjonction, etc., Herr Grosse nous annonça qu'il était tout prêt à se mettre à table. Son collègue l'arracha à la contemplation de la mayonnaise d'une façon discrète et polie.

« Pardon, lui dit M. Sebright, ne serait-il pas bon de voir tout d'abord la demoiselle? Je suis forcé de retourner à Londres par le premier train. »

Herr Grosse, qui avait déjà saisi une fourchette et un couteau, et qui s'était mis sa serviette autour du cou, jeta un regard attristé sur la mayonnaise, secoua la tête, et tourna le dos, le cœur gros, à son plat favori.

« Pon! Nous allons faire nos oufrages d'apord, puis, man cher nos décheuners ensuite. Les malades où est-il? Allons... commençons... fite... fite. »

Il retira sa serviette, soupira avec un bruit que je ne puis comparer qu'à celui d'un soufflet de forge et plongea ses doigts dans sa gigantesque tabatière.

« Où est les malades? répéta-t-il d'un ton irrité; pourquoi n'est-elle pas là tout près?

— Elle attend dans la pièce à côté, lui répondis-je; je

vais vous l'amener tout de suite. Vous aurez la bonté,
messieurs, dis-je en regardant les deux oculistes, d'excuser sa timidité. »

M. Sebright s'inclina en silence, et Herr Grosse
ébaucha un sourire qui voulait être aimable et qui
n'était que diabolique, et me dit : « Soyez tranquille,
ma paufre tâme. Je n'èdre pas si féroce que j'affre
l'air.

— Où est Oscar? demanda Nugent au moment où j'allai
dans la chambre de Lucile.

— Après avoir hésité et changé d'idée plus de douze
fois, il s'est enfin décidé à ne pas assister à la visite des
médecins. »

J'avais à peine dit ces paroles qu'Oscar entra.

Il paraît qu'il avait changé d'avis pour la treizième
fois.

Herr Grosse poussa une exclamation en allemand à la
vue de la figure d'Oscar.

« Ah ! Goth ! s'écria-t-il, il affre bris des nitrates d'argent. Ses teints sont gâtés. Paufre garçon !... paufre
garçon !., »

Puis, secouant sa grosse tête ébouriffée, il cracha, en
signe de compassion sans doute, dans un coin du tapis.
Oscar eut l'air offensé, M. Sebright l'air dégoûté, tandis
que Nugent riait de bon cœur.

Je sortis en fermant la porte derrière moi.

J'avais à peine fait deux pas dans le corridor que j'entendis la porte se rouvrir. En me retournant, je me
trouvai, à mon grand étonnement, face à face avec Herr
Grosse, qui me fixait d'un air féroce, à travers ses
lunettes, et qui m'offrait son bras.

« Chut ! me dit-il à l'oreille d'une voix enrouée. Bas un
mot à bersonne. Je suis fenu fous aider.

— M'aider ! » répétai-je.

Herr Gross se mit à secouer la tête en signe d'affirmation avec une telle violence que ses énormes lunettes se
mirent à danser sur son nez.

« Que m'affez-fous dit tout à l'heure? Que les malades
èdre nerveuse? Pon! je suis fenu afec fous chez les ma-

lades pour fous aider à l'amener. Soh, soh, je ne suis bas
aussi méchant que ch'en ai l'air. Allons fite, fite. Où est-
elle? »

J'hésitai un instant avant d'introduire ce singulier am-
bassadeur dans la chambre de Lucile. Elle se leva en
entendant le bruit, inconnu pour elle, des pas du docteur.

« Qu'est-ce? s'écria-t-elle.

— C'est moi, ma chère, répondit Herr Grosse. Ah!
Gott! La cholie temoiselle. Foici chuste le teint que
ch'aime : rose et blanc. Choli! choli! Matemoiselle, pour
vos bedits yeux. Si che vous rends la fue, hein, fous
m'aimerez, n'est-ce bas? Fous foudrez pien emprasser un
filain Allemand comme moi. Soh, fenez sous mon pras?
Nous retournerons dans les autres champres. Il y a un
autre docteur pour fous rendre aussi la lumière. C'est
M. Sebright. Teux opticiens pour une cholie temoiselle!
Hein! entre nous, nous guérirons cette cholie fille. Montâme Bratolungo, foici mein ôdre pras à fotre serfice. Eh
pien, quoi?.... fous regartez mon manche. Il èdre zale,
il èdre gras. Je suis honteux bour lui. Mais za ne fait
rien. Fous allez voir M. Sebright dans l'audre champre.
Il est tout frais, tout pimpant, tout neuf. Allons! En
afant, marche! »

Nugent, qui nous attendait dans le corridor, nous ouvrit la porte.

« N'est-ce pas qu'il est charmant? » me dit-il à l'oreille
en me montrant son ami.

Nous fîmes, sous l'escorte d'Herr Grosse, une entrée
triomphale dans la salle à manger. Notre docteur allemand avait déjà produit un bon effet sur Lucile en dé-
pouillant de la moitié de ses terreurs l'examen médical
qui devait avoir lieu. Herr Grosse avait réussi à la faire
rire et à la mettre à son aise.

M. Sebright et Oscar étaient en train de causer quand
nous entrâmes. Cet Anglais si réservé semblait ressentir
pour Oscar, à cause peut-être de sa timidité, une certaine
sympathie.

M. Sebright parut surpris en voyant Lucile, et sa figure
froide s'anima d'intérêt pour elle quand elle lui fut pré-

sentée. Il lui mit une chaise près de la fenêtre, et, quand il la pria de s'asseoir, il y avait dans sa voix un accent chaleureux que je ne lui connaissais pas.

Lucile s'assit. M. Sebright fit un pas en arrière, s'inclina devant Herr Grosse en faisant de la main un geste poli et qui semblait dire : « A vous le premier. »

Herr Grosse, ne voulant pas être en reste de politesse, fit de son côté le même geste et secoua sa tête crépue en s'écriant : « Moi le premier! chamais.

— Pardon, dit M. Sebright, un étranger, visitant l'Angleterre..., notre maître..., mon aîné... »

Herr Grosse répondit en prenant rapidement trois prises de tabac, une à chaque compliment.

Un silence embarrassant s'ensuivit. Les deux médecins, c'était évident, ne voulaient pas prendre le pas l'un sur l'autre. Nugent intervint.

« Mlle Finch attend, dit-il. Allons, Herr Grosse, puisque c'est vous qui avez été présenté à mademoiselle le premier, veuillez commencer. »

Herr Grosse prit d'un air de bonne humeur l'oreille de Nugent entre l'index et le pouce, et la lui pinça.

« Hapile garçon, dit-il, il sait toujours trancher les difficultés d'un mot. »

Et, se balançant sur ses petites jambes, Herr Grosse s'avança jusqu'au fauteuil de Lucile et, voyant Oscar qui se penchait et lui parlait bas à l'oreille en lui tenant la main, il s'arrêta d'un air tout scandalisé.

« Gomment! s'écria-t-il, un troisième oculiste?.... Est-ce en brenant la main de la cheune temoiselle que vous foulez lui cuérir les yeux? Fous êtes un charlatan, ôtez-fous de là. »

Oscar se retira d'assez mauvaise grâce, tandis que Herr Grosse s'asseyait devant Lucile et ôtait ses lunettes. Ayant la vue courte, il voyait fort bien naturellement les objets très-rapprochés. Il approcha sa figure de celle de Lucile, et ouvrit alternativement les paupières de chaque œil en examinant la pupille avec attention.

Ce moment fut plein d'émotion. Il ne pouvait en être autrement, quand nous songions à l'influence que pouvait exercer ce petit docteur allemand si étrange sur la destinée de Lucile.

Vous dirai-je avec quelle attention nous suivions les moindres mouvements de ses épais sourcils et de ses gros yeux perçants, et combien nous fûmes désappointés dès le début de l'examen, en voyant Lucile avoir tout à coup un léger frisson de dégoût qu'elle ne put dissimuler?

Herr Grosse se releva et la regarda de son air diabolique, qu'il s'efforçait de rendre aimable.

« Aha! dit-il, je fois ce que c'est. Che prise, che fume. Che répands l'odeur du toubac. La cholie temoiselle l'a senti; elle s'est dit à elle-même : Ach! Gott, comme il sent mauvais! »

Lucile éclata de rire. Sur quoi Herr Grosse, se mettant à rire avec une grimace comique, lui enleva son mouchoir de la poche de son tablier.

« Tes parfums, tes oteurs, s'écria l'excellent Allemand, che vais mettre le nez de la temoiselle sous son propre mouchoir. Ainsi elle ne bourra pas sentir l'oteur que che sens. Tout sera très-pien, très-pon. Nous continuerons. »

Sur ce, je tendis à Herr Grosse un flacon d'eau de Cologne. Il en inonda gravement le mouchoir de Lucile et le lui mit subitement sous le nez.

« Tenez-le pien, matemoiselle, fous ne sentirez plus la maufaise oteur d'Herr Grosse. Pon, maintenant, nous poufons continuer. »

Il prit dans la poche de son gilet une loupe et attendit que Lucile se fût épuisée à force de rire.

Puis il reprit cet examen si cruellement grotesque et si terriblement sérieux, quand nous songions à ses conséquences.

Lucile se pressa son mouchoir sur le nez et se tint à demi renversée en arrière, tandis que Herr Grosse lui examinait minutieusement les yeux à travers son verre grossissant.

Au bout de quelques instants, l'examen était terminé.

Herr Grosse remit sa loupe dans son gousset avec un grognement de satisfaction et enleva le mouchoir à Lucile.

« Ah! la vilaine oteur, dit-il en le mettant sous son propre nez avec une grimace de dégoût. Le parfum du toubac èdre pien meilleur. »

Puis il se régala, pour dédommager sans doute son nerf olfactif de l'odeur de l'eau de Cologne, d'une énorme prise de tabac.

« Maintenant, je fais barler. Voyez, che me tiens à distance. Vous n'affre plus besoin de fotre mouchoir, fous ne me sentez plus.

— Je vous en supplie, monsieur, dites-moi si je dois rester aveugle ou si vous pouvez me guérir.

— M'embrasserez-fous, si che vous le dis?

— De grâce, ne me tenez plus en suspens. Dites-le-moi tout de suite, je vous en prie. »

Elle voulut se jeter à ses genoux. Il la retint avec force, mais avec douceur, dans son fauteuil.

« Allons, allons, doucement, soyons pien sage et répontons à ceci. La paresseuse petite troufe-t-elle quelque différence quand elle fait ses promenades par un peau soleil pien prillant et quand elle est au lit dans la nuit pien noire?

— Oui, monsieur.

— Pon! alors fous fous apercevez qu'il fait clair le chour, tandis que la nuit il fait pien obscur, tout noir?

— Oui.

— Alors pourquoi me demandez-fous si fous êtes aveugle pour touchours? Si vous éprouvez cette sensation que je fiens de décrire, vous n'êtes pour ainsi dire bas aveugle du tout. »

Elle joignit les mains avec un cri de joie étouffé.

« Oh! Où est Oscar? dit-elle doucement. Où est-il?.... »

Je le cherchai des yeux. Il n'était plus là. Il avait dû se glisser dehors, tandis que son frère et moi nous écoutions le docteur et Lucile.

Herr Grosse se leva et céda sa place à M. Sebright.

Dans l'extase où la mettait la confirmation de ses plus chères espérances, Lucile ne sembla pas avoir conscience de la présence de l'oculiste anglais.

Quant à celui-ci, il prit un air encore plus grave, et, ouvrant doucement les paupières de Lucile, il tira une loupe de sa poche et se mit à lui examiner les yeux, absolument comme Herr Grosse.

Mais il y mit beaucoup plus de temps que son collègue et, quand il eut fini, il se leva sans dire un mot et laissa Lucile absorbée dans la joie qu'elle éprouvait en apprenant qu'elle pourrait recouvrer la vue.

« Eh bien? dit Nugent avec impatience à M. Sebright, qu'en dites-vous, docteur?

— Je ne puis me prononcer aussi vite, »

Sur ce reproche indirect adressé à Nugent, il se tourna vers moi et me dit qu'il avait appris que Mlle Finch était aveugle ou à peu près aveugle à l'âge d'un an.

« En effet, lui répondis-je, c'est bien là ce qu'on m'a toujours dit.

— Y a-t-il là quelqu'un qui puisse me renseigner sur ce qu'on a observé lorsqu'elle était enfant? »

Je sonnai Zillah.

« Sa mère est morte, repris-je, et son père ne put assister à cette consultation pour des raisons inutiles à énumérer ici. Mais la vieille nourrice de Mlle Finch pourra vous donner les renseignements que vous demandez. »

Zillah parut.

M. Sebright commença à la questionner.

« Étiez-vous dans la maison lorsque Mlle Finch vint au monde?

— Oui, monsieur.

— Y avait-il quelque chose d'extraordinaire dans ses yeux, à sa naissance ou peu de temps après?

— Rien, monsieur.

— Comment l'avez-vous su?

— En la voyant regarder tout ce qui se trouvait devant elle, les lumières, par exemple. Elle essayait aussi, comme tous les babies, de saisir les objets à sa portée.

— A quoi vous êtes-vous aperçue qu'elle devenait aveugle ?

— Je me suis aperçue que ses yeux étaient devenus, pour ainsi dire, ternes et froids, et qu'elle ne semblait plus rien voir, quoi que nous fissions pour attirer son attention.

— Cet affaiblissement est-il venu par degrés ?

— Oui, monsieur... peu à peu, et en faisant chaque semaine des progrès. Si bien qu'au moment où elle atteignit sa première année, nous acquîmes la conviction qu'elle avait entièrement perdu la vue.

— Son père et sa mère ont-ils toujours eu les yeux en bon état ?

— Oui, monsieur, à ma connaissance du moins. »

M. Sebright se tourna vers Herr Grosse, qui contemplait la mayonnaise d'un air de résignation.

« Désirez-vous questionner à votre tour la nourrice ? » lui demanda-il.

Herr Grosse haussa les épaules et, indiquant Lucile du pouce sans se retourner, il s'écria : « C'edre aussi glair que teux et teux font quatre. Ach Gott ! qu'ai-je besoin de questionner la nourrice ? »

Il se remit à contempler avec convoitise la mayonnaise.

« Le magnifique abbétit que ch'avais en endrant ici ! Cho èdre fatigué d'attendre, reprit-il. Quand allons-nous téjeuner ? »

M. Sebright conservait toujours sa réserve glaciale ; il congédia Zillah par une simple inclinaison de la tête.

Ses façons commençaient à nous donner des inquiétudes sur le verdict qu'il avait à prononcer.

Je m'aventurai à lui demander s'il était arrivé à une conclusion quelconque sur l'état de Lucile.

« Vous me permettrez, madame, me répondit-il, de ne vous répondre qu'après avoir consulté mon collègue. »

Je tirai Lucile de sa rêverie.

Elle demanda de nouveau Oscar, et je lui répondis, en les emmenant elle et Nugent, que nous le retrouverions probablement dans le jardin.

Comme nous passions près de la table, j'entendis Herr Grosse qui, d'un air piteux, disait à Nugent : « Revenez bientôt, bour l'amour to Tieu, et meddons-nous à taple! »

Nous laissâmes en consultation ces deux hommes si différents l'un de l'autre.

XXXI.

DÉCISION.

A peine étions-nous dans le jardin depuis dix minutes, q uenous fûmes surpris par des clameurs extraordinaires qui venaient de la fenêtre du boudoir, et nous aperçûmes Herr Grosse agitant comme un fou un immense foulard rouge.

« Téjeuner... téjeuner! criait-il de toutes ses forces. La gonzultation il est vinie. Allons, gommençons, gommençons. »

Lucile, Nugent et moi, obéissant à cette invitation sans façon, nous rentrâmes dans le boudoir. Nous avions, selon ma prévision, retrouvé Oscar qui errait seul dans le jardin. Il m'avait prié par un geste de ne pas trahir sa présence à Lucile, et s'était caché dans une des allées latérales. Son agitation était pénible à voir, et il n'eût pas été prudent de le laisser approcher de Lucile à un pareil moment.

En laissant les deux docteurs dans le boudoir, j'avais envoyé Zillah avec un billet dans lequel je suppliais M. Finch de revenir sur sa décision et de faire au moins acte de présence à une consultation d'une aussi grande importance pour sa fille, et pour entendre l'avis des médecins.

A notre retour, on me remit au pied de l'escalier une réponse écrite sur le papier dont se servait M. Finch pour écrire ses sermons.

M. Finch refusait de sacrifier les principes à une simple question de convenances.

Il me rappelait très-sérieusement ce qu'il m'avait déjà dit, en me priant de ne pas l'oublier; en un mot, que son siége était fait.

En rentrant dans la chambre, nous trouvâmes les deux docteurs assis aussi loin que possible l'un de l'autre : M. Sebright lisait et Herr Grosse dévorait la mayonnaise des yeux.

J'attirai Lucile à mes côtés et je lui pris la main. Elle était glacée, et ma pauvre amie tremblait d'une manière pénible.

Quels moments d'anxiété terribles et cruels que ceux où elle attendait le verdict des médecins!

Je pressai sa petite main dans la mienne, et je lui dis tout bas de prendre courage. Je ne donne guère dans la sentimentalité, mais je sentis mon cœur saigner pour elle.

« Eh bien, messieurs, dit Nugent, à quel résultat êtes-vous arrivés?... Êtes-vous d'accord sur ce qu'il y a à faire ?

— Pas du tout, dit M. Sebright en posant son livre sur la table.

— Bas tu dout, » répondit Herr Grosse en continuant à faire les yeux doux à la mayonnaise.

Lucile se tourna vers moi tandis qu'elle rougissait et pâlissait tour à tour, et que son sein haletait d'émotion.

Je la priai à voix basse de se calmer en lui rappelant qu'un des deux médecins pensait qu'il y avait de l'espoir. Elle me comprit et se calma tout de suite.

Nugent continua ses questions.

« Sur quel point différez-vous, messieurs?... Auriez-vous la bonté de nous donner votre opinion?... »

La lutte de politesse pour savoir lequel prendrait le premier la parole recommença d'une manière fatigante.

M. Sebright s'inclina devant Herr Grosse en disant : « A vous, monsieur. »

Herr Grosse rendit le salut en répondant : « Chamais, mousir. »

Mon impatience me fit couper court à tout ce cérémonial absurde usité entre gens de la même profession.

« Parlez tous deux, messieurs, si vous voulez, leur dis-je assez brusquement ; mais, pour l'amour du ciel, dites quelque chose et ne nous tenez pas plus longtemps en suspens. Peut-on, oui ou non, rendre la vue à Lucile ?

— On le peut, » dit Herr Grosse.

Lucile se redressa en poussant un cri de joie.

« C'est impossible, » dit M. Sebright.

Lucile retomba sur sa chaise et, sans dire un mot, se cacha la figure sur mon épaule.

« Êtes-vous d'accord sur la cause de la cécité de Mlle Finch ? demanda Nugent.

— La cataracte èdre la cause, répondit Herr Grosse.

— Sur ce point, je suis d'accord, c'est bien la cataracte, dit M. Sebright.

— La cataracte est curable, poursuivit l'Allemand.

— D'accord, reprit l'Anglais, elle est curable... quelquefois.

— Celle-ci est curable ! cria Herr Grosse.

— Avec tout le respect que je vous dois, répondit M. Sebright, je ne puis être de votre avis. La cataracte dont souffre Mlle Finch n'est pas curable.

— Pouvez-vous nous expliquer pourquoi ? demandai-je à mon tour.

— Je me base sur des considérations chirurgicales, et il faudrait, pour les comprendre, que vous eussiez étudié la médecine, répondit M. Sebright. Je puis vous affirmer, après avoir examiné avec la plus grande minutie et le plus grand soin les yeux de Mlle Finch, qu'elle ne recouvrera jamais la vue et que toute tentative d'opération serait, selon moi, inexcusable. Mademoiselle aurait non-seulement à souffrir de cette opération, mais encore il faudrait qu'elle se résignât à rester enfermée six semaines ou deux mois dans une chambre obscure. Cette claustration forcée aurait pour résultat infaillible de faire concevoir à la malade des espérances qui ne se réaliseraient pas. Ce sacrifice de sa liberté étant donc parfaitement inutile, serait-il sage d'exposer notre malade aux effets d'un désappointement aussi cruel? Elle est résignée depuis son enfance à son sort. Il est de mon devoir de vous dire la vérité telle qu'elle est, et de vous conjurer de vous arrêter à temps et de ne pas troubler cette résignation. Je vous déclare formellement qu'il serait non-seulement inutile, mais peut-être dangereux, de lui faire subir l'opération. »

C'est avec ces paroles, qui certes n'engageaient en rien sa responsabilité, que le médecin anglais nous donna son avis.

La main de Lucile pressa la mienne.

« Quelle cruauté !... quelle cruauté !... » murmura-t-elle avec une certaine irritation et comme se parlant à elle-même.

Je lui rendis son serrement de main pour lui recom-...ander la patience et je mis, comme Nugent, tout mon espoir dans le docteur Grosso, qui se leva lourdement et vint vers Lucile et moi qui étions assises.

« Ce pon M. Sebright a-t-il fini de parler ? » demanda-t-il.

Celui-ci répondit par son salut éternel en signe d'affirmation.

« Pon, che puis alors placer mon mot. Un petit mot seulement. Avec mes meilleurs compliments à M. Sebright je prédends qu'il a tort de nier ce que j'ai déjà aggompli maindes fois de mes brobres mains. J'ai obéré déjà pien des malates qui zouffraient d'un cadaracte semplaple à zelle dont zouffre Mlle Vinch. Denez, voyez vous-même. »

Il se tourna tout à coup vers Lucile, releva ses manches, mit l'index de chaque main sur son front et lui ouvrit les paupières avec ses deux gros pouces.

« Cho fous chure, foi d'oculiste, reprit-il, que mon scalpel fera bénédrer la lumière dans ces yeux-là, et que cette atoraple cheune fille teviendra plus atoraple que chamais ! Ma cholie matemoiselle Vinch tevra d'apord se border aussi pien que bossible. Elle tevra ensuite se confier sans grainte à mes mains. Alors, une, deux, trois, cric crac... et ma cholie matemoiselle n'est blus afeugle. »

Il ouvrit encore une fois les paupières de Lucile, la regarda fixement à travers ses lunettes et lui déposa sur le front le baiser le plus bruyant que j'aie jamais entendu de ma vie ; puis il poussa un éclat de rire à faire crouler les murs et s'en retourna à son poste favori, d'où il se remit à contempler la mayonnaise.

« Allons, allons, s'écria-t-il, assez barler gomme za, et dant mieux, mein Gott, gar nous pouvons gommencer à mancher. »

Lucile se leva pour la seconde fois.

« Herr Grosse, s'écria-t-elle, où êtes-vous ?

— Ici, ma chère, » répondit le docteur.

Elle traversa la pièce pour aller à la table où le brave Allemand entamait déjà son plat favori.

« Vous avez dit, docteur, qu'il faudrait vous servir d'un scalpel pour me rendre la vue.

— Oui... oui... mais n'ayez bas beur. Ce n'est pas peau-coub douloureux..., pas peaucoub douloureux. »

Elle lui frappa un petit coup sur l'épaule.

« Eh bien ! Herr Grosse, levez-vous, et si vous avez votre scalpel, opérez-moi tout de suite... je suis prête. »

Nugent et M. Sebright reculèrent, tout surpris du courage de Lucile.

Quant à moi, je suis on ne peut plus lâche quand il s'agit d'opérations chirurgicales à faire sur moi ou sur autrui. La brusque détermination de Lucile m'effraya tellement que je m'élançai vers elle sans réfléchir, et je fus même assez sotte pour pousser un cri.

Avant que j'eusse pu l'atteindre, Herr Grosse s'était déjà levé comme pour obéir à Lucile, mais avec un morceau de poulet sur sa fourchette au lieu de scalpel.

« Charmante bédide folle, dit-il, che ne goupe pas les cataractes. Que cette obération vous zuffise bour auchour-d'hui. »

Et il introduisit, sans plus de préambule, le morceau de poulet dans la bouche de Lucile.

« Ah ! ah ! mordez-le pien maintenant que vous le tenez ! C'est pon, hein ! Allons, azzeyez-vous donc. A âple, à tâple. »

On ne pouvait vraiment lui résister. Nous fîmes ce qu'il nous demandait.

Nous mangions, mais Herr Grosse avalait. Il passait de la mayonnaise à la tarte de marmelade, pour revenir tour à tour des sandwiches et du blanc-manger à son plat favori.

Vous êtes libres de ne pas me croire, mais je vous affirme sur l'honneur qu'il buvait en proportion la bière, le vin, l'eau-de-vie; tout lui était bon, il mélangeait tout.

Quant aux plats de dessert, tels que les mendiants, le gingembre, les fruits confits, il les mangeait non pas comme dessert, mais comme assaisonnement, avec tous les autres plats. Il approuva fort un ravier d'olives. Il y plongea les deux mains et en remplit les poches de son pantalon.

« Comme ça, dit-il, je n'aurai à déranger personne pour me passer le plat ; j'aurai à côté de moi toutes les olives dont j'aurai besoin. »

Quant il eut mangé et bu à satiété, il roula sa serviette en boule et montra une certaine reconnaissance pour les bienfaits du Créateur.

« Que Dieu est pon d'avoir inventé le poire et le manger. Ah ! soupira-t-il en pressant avec recueillement ses doigts étendus sur son estomac, quelle immense zource de jouissances il nous a donné là. »

M. Sebright regarda sa montre.

« Il y a encore quelque chose à discuter au sujet de l'opération ; dépêchons-nous, dit-il, nous n'avons plus que cinq minutes. Quant à mon opinion, vous la connaissez. Je la maintiens. »

Herr Grosse aspira une prise.

« Ah ! moi aussi je maintiens la mienne, » dit-il.

Lucile se tourna vers l'endroit d'où elle avait entendu venir la voix de M. Sebright.

« Je vous remercie beaucoup, monsieur, de votre opinion, lui dit-elle tranquillement, mais avec fermeté. J'ai résolu de subir l'opération. Je ne cours que le risque de rester comme je suis, tandis que si elle réussit, je renais

pour ainsi dire à une vie nouvelle. J'aime mieux courir
n'importe quel risque que de rester aveugle. »

C'est par ces paroles énergiques qu'elle nous annonça
la décision qu'elle avait prise et qu'elle nous prépara à
l'événement qui devait influencer non-seulement son
avenir, mais celui de ceux qui l'entouraient, comme on le
verra dans la suite.

M. Sebright lui répondit de son ton poli et réservé :
« Votre décision ne me surprend pas, mademoiselle ; je
la regrette sincèrement, mais elle est très-naturelle. »

Lucile s'adressa ensuite à Herr Grosse.

« Choisissez le jour qu'il vous plaira, docteur. Le plus
tôt possible. Demain, si vous voulez.

— Répondez-moi à une bedide chosse, matemoiselle,
lui dit l'Allemand avec une gravité que nous ne lui con-
naissions pas encore. Êtes-fous pien décidée ?

— Oui ! répondit-elle avec fermeté.

— Pon. Il y a un temps pour blaisanter et un temps
pour être sérieux. Il faut èdre grafe bour le moment.
J'ai engore un mot à ajouter avant de bardir. »

Orné de ses immenses lunettes et avec ses deux gros
yeux fixés comme ceux d'un hibou sur la figure de Lucile, lui parlant avec chaleur et avec sa prononciation
bizarre, il expliqua à Lucile combien il était nécessaire
qu'elle réfléchît sérieusement à l'opération qu'il aurait à
faire.

Je me sentis soulagée par le ton qu'il prit avec elle. Il
lui parlait avec tant d'autorité qu'il fallait bien qu'elle
l'écoutât.

Il avertit d'abord Lucile que si l'opération venait à
échouer, il n'y aurait plus possibilité de la recommencer.
Le résultat, quel qu'il fût, devait être final.

En second lieu, avant de consentir à l'opération, il fallait qu'elle et ses amis souscrivissent à certaines conditions, dont l'observation rigoureuse était un élément
essentiel de réussite.

M. Sebright n'avait pas exagéré quand il avait parlé du
temps qu'il faudrait passer après l'opération dans la
chambre obscure. Il ne fallait pas que Lucile espérât

faire usage de ses yeux avant six semaines. Il fallait en outre que, pendant ce temps, elle se maintînt dans un état de santé qui devait aider puissamment à amener une guérison complète. Si l'équilibre moral et physique venait à être détruit, tout le savoir du docteur aurait été déployé en pure perte. Il fallait, dans la monotonie de cette claustration, que rien ne vînt l'agiter ou la passionner tant que le médecin n'aurait pas déclaré qu'elle ne courait plus aucun danger.

Herr Grosse devait ses succès à l'observation rigoureuse de toutes ces précautions, dont il avait reconnu l'importance en voyant combien la santé morale et physique exerçait d'influence sur la guérison de ses malades, lorsqu'il s'agissait surtout d'un organe aussi délicat que celui de la vue.

Il continua en faisant appel au bon sens de Lucile pour qu'elle admît la nécessité de consulter ses amis et de bien réfléchir avant de prendre une dernière décision. En un mot, toutes les mesures devaient être prises de manière à donner au docteur pendant au moins trois mois un pouvoir absolu sur son genre de vie et sur les changements qu'on voudrait y introduire.

Aussitôt qu'elle et sa famille se seraient décidées à souscrire à ces conditions, Lucile n'avait qu'à lui écrire à son hôtel, à Londres, et le lendemain il serait à Dimchurch. Alors, si la jeune fille se trouvait dans les conditions de santé voulues, il l'opérerait sans plus tarder.

Sur ce, Herr Grosse, tout essoufflé, poussa un Ah ! guttural et caverneux, et se releva tout guilleret sur ses petites jambes.

Au mên instant, Zillah frappa à la porte pour dire que la voiture attendait les deux docteurs à la grille du presbytère.

M. Sebright se leva, s'imaginant évidemment que son collègue n'avait pas encore achevé tout ce qu'il avait à dire.

« Ne vous gênez pas pour moi, lui dit-il, mes affaires m'appellent à Londres et il faut absolument que je prenne le premier train.

— Soh! et moi aussi, j'ai mes affaires à Londres, mais des affaires d'amusement. »

M. Sebright fut tout scandalisé de la franchise de cet aveu.

« J'aime tant les musiques, continua Herr Grosse. Je foudrais arriver à temps pour l'Obéra. Ah Gott! elle goûte chère les musiques en Angleterre. Je grimpe au baradis, et cependant je paye mes cinq shillings en pon argent. Pour cinq pence, dans mon bays, j'entendrais la même chose, mais mieux exécutée. Des apimes profonds de mon cœur, continua cet homme singulier, che vous remercie, montâme, de votre mayonnaise. Quand che reviendrai, faites-moi encore un plat de ce mets admiraple, che vous en prie. »

Puis, se tournant vers Lucile, il lui posa une dernière fois le pouce sur la paupière.

« Ma chère matemoiselle Vinch, n'oubliez bas ce que votre oculiste vous a dit. Che fous rentrai la lumière, mais à ma manière et à l'heure que che fixerai. Ma cholie petite temoiselle sera infiniment plus cholie, j'en réponds, quand elle oufrira ses beaux yeux. »

Sur ce, il saisit la main de Lucile et l'introduisit senti-mentalement dans son gilet, sur la région du cœur, en posant son autre main dessus, comme pour lui tenir bien chaud.

Dans cette attitude sentimentale, il poussa un énorme soupir, se remit en secouant sa tête crêpue, me cligna de l'œil à travers ses lunettes et suivit, en se balançant sur ses petites jambes, M. Sebright qui était au bas de l'escalier.

Qui aurait deviné à le voir que cet homme tenait, pour ainsi dire, la clef qui devait ouvrir à Lucile les portes d'une nouvelle existence!

XXXII.

NOUVEAUX OBSTACLES.

Nugent nous quitta pour reconduire les deux médecins à la grille du jardin.

Nous étions seules; Lucile ne pouvait manquer de s'apercevoir de l'absence d'Oscar, et, au moment où elle commençait à s'en inquiéter et que je ne savais comment calmer ses appréhensions, nous fûmes interrompues par les cris du baby, qui partaient du jardin.

Je courus à la fenêtre et je regardai, pour en chercher la cause.

Ce n'était ni plus ni moins que Mme Finch, qui, prenant tout son courage, avait enfin mis à exécution son projet d'interroger les deux médecins sur les yeux du baby.

Vêtue de sa jupe et d'un châle... (son roman gisait d'un côté de la pelouse et son mouchoir de l'autre), elle poursuivait les deux médecins qui regagnaient leur voiture.

Sacrifiant toutes convenances, Herr Grosse avait pris ses jambes à son cou en se bouchant les oreilles. Il fuyait de toute la vitesse de ses petites jambes devant l'enfant qui hurlait.

Nugent le précédait pour aller ouvrir la grille.

Quant à M. Sebright, sa respectabilité de médecin le rendant incapable de courir, il protégeait la retraite.

A chaque instant Mme Finch, qui le suivait, lui tendait le baby pour qu'il l'examinât; mais M. Sebright se contentait de lever les mains poliment en semblant protester.

Nugent, qui riait à gorge déployée, ouvrit la grille, à travers laquelle Herr Grosse disparut avec rapidité.

M. Sebright suivit Herr Grosse.

Mme Finch voulut suivre M. Sebright, quand un nouveau personnage parut en scène.

C'était M. Finch, qui, troublé dans le silence de son sanctuaire, ou plutôt de son cabinet, s'avança d'un air d'importance dans le jardin et arrêta Mme Finch en demandant de sa grosse voix ce que signifiait cette scène inconvenante.

La voiture partit, et Nugent ferma la grille.

Quelques mots que je ne pus saisir furent échangés entre Nugent et le recteur ; je supposai qu'ils avaient trait à la visite des deux médecins.

Quelques moments après, M. Finch se détourna, offensé selon toute apparence par quelque chose qu'il lui avait dit, et s'adressa à Oscar, qui reparut sur la pelouse, attendant pour se montrer que la voiture fût partie.

Le recteur lui prit le bras d'une manière toute paternelle, et, appelant sa femme, il lui offrit l'autre bras. Marchant majestueusement entre eux deux, M. Finch semblait affirmer son autorité tantôt auprès d'Oscar, tantôt auprès de sa femme.

Sa voix tonnante parvenait distinctement à mon oreille, accompagnée à faux par les faibles vagissements de l'enfant, fatigué de crier.

C'est par ces paroles solennelles que commença le pape de Dimchurch : « Je tiens à ce que vous compreniez distinctement que je proteste toujours contre cette entreprise impie qui a pour but de rendre la vue à ma fille. Quant à vous, madame Finch, si j'excuse, entendez-le bien, vos manières peu convenables en courant après deux médecins, c'est en considération de l'état de santé où vous vous trouvez actuellement. Après vos neuvièmes couches, je me rappelle que vous êtes devenue nerveuse au point de ne pouvoir être responsable de vos actions. Pas un mot ! Je vous dis qu'en ce moment même vous êtes en proie à la même excitation nerveuse qui fait que vous n'êtes plus maîtresse de vos actions. Je dois vous déclarer, Oscar, que je refuse d'assister à toute discussion qui pourrait suivre la visite des deux médecins. Mais je ne me refuse pas à vous donner de bons conseils. Je mets opposition à tout ceci, faites comme moi. Combien y a-t-il de temps que vous avez mangé, madame Finch?

— Deux heures.

— En êtes-vous bien sûre? Très-bien, il vous faut un calmant. Je vous ordonne un bain chaud, dans lequel vous resterez jusqu'à ce que je vienne vous trouver. Oscar, mon cher ami, vous manquez de poids moral. Tâchez de vous opposer résolûment à tous ces projets, qu'ils viennent de ma fille ou de ceux qui la conseillent, projets qui amèneraient de nouvelles dépenses de médecins. La température du bain, madame Finch, doit être de 98 Fahrenheit et vous devez rester partiellement couchée... Oui, Oscar, je vous autorise, si vous ne pouvez en venir à bout autrement, à faire valoir mon propre poids moral. Je vous donne liberté pleine et entière de dire : Je m'oppose à telle ou telle chose avec l'assentiment de M. Finch et avec sa sanction pleine et entière. Madame Finch, je veux vous faire comprendre l'utilité de ce bain..... Taisez-vous, c'est pour exercer une influence bénigne sur la peau. Une des domestiques devra, pendant que vous vous baignerez, avoir l'œil sur votre front. Sitôt qu'elle apercevra la moindre transpiration, elle devra venir me prévenir. Oscar, vous aurez l'obligeance de me faire savoir la décision qu'on adoptera là-haut, dans l'appartement de ma fille, après que vous aurez donné votre opinion et jeté mon poids moral dans la balance... Madame Finch, il faudra que vous ne soyez que légèrement vêtue après le bain, et je défends, pour empêcher le sang de se porter à la tête, toute compression autour de la taille, soit d'un lacet, soit d'un corset. C'est pour cela aussi que je vous défends les jarretières. Vous vous abstiendrez de prendre du thé ou de parler, et vous vous coucherez sur le dos sans vous couvrir. Vous... »

Je perdis le reste de la phrase qu'adressait M. Finch à son épouse infortunée, et il disparut avec elle derrière la maison.

Oscar resta à la porte de Lucile jusqu'à ce que Nugent

vint le retrouver et rentrât avec lui dans le boudoir, où
nous les attendions tous deux.

Quelques minutes après, les deux frères reparurent.

Pendant tout le temps qu'avaient passé les médecins
dans la maison, j'avais remarqué que Nugent s'était effacé
pour ainsi dire, avec une persistance scrupuleuse.

Il paraissait vouloir se borner à la responsabilité déjà
grave de faire examiner les yeux de Lucile par les médecins, et à ne plus se mêler de l'affaire une fois qu'il l'aurait mise en train. Alors que nous nous trouvâmes réunis
en petit comité pour discuter et peut-être combattre la
résolution de Lucile, il s'abstint de nouveau de prendre
la chose activement en main.

« J'ai ramené Oscar, dit-il à Lucile, et je lui ai parlé de
la différence d'opinion des deux médecins. Je lui ai aussi
appris que ma fille était décidée à se ranger de l'avis le
plus favorable... celui de Herr Grosse. Voilà tout ce que
je lui ai dit. »

Puis il s'arrêta et s'assit à l'écart dans le fond de la
chambre.

Lucile pria Oscar d'expliquer sa conduite.

« Pourquoi vous êtes-vous tenu à l'écart? demanda-
t-elle, et pourquoi, au moment le plus critique de mon
existence, êtes-vous resté absent?

— Parce que la cruelle anxiété que vous avez dû éprouver m'aurait trop fait souffrir, lui dit Oscar. Ne croyez pas
que ce soit par indifférence pour vous, Lucile, que je me
suis éloigné; je n'aurais pu me contenir si j'étais resté. »

Je trouvai cette réponse trop adroite pour être de son
propre cru. Et puis il jeta, en disant ces mots, un regard
à son frère. Il semblait plus que probable que, dans le
court intervalle qui s'était écoulé avant qu'ils reparussent
dans le boudoir, Nugent lui avait conseillé cette réponse.

Lucile reçut ses excuses de la meilleure grâce et avec
la plus grande douceur.

« M. Sebright me dit que ma vue est complétement
perdue, et Herr Grosse m'assure, au contraire, que l'opération réussira. Inutile de vous dire auquel des deux je
donne raison. S'il n'avait dépendu que de moi, Herr

Grosso m'aurait opérée avant même de repartir pour Londres.

— Il a refusé?

— Oui.

— Pourquoi? »

Lucile lui expliqua les raisons indiscutables de l'Allemand.

Oscar écouta avec attention et regarda encore son frère avant de répondre.

« Je comprends, si vous vous décidez à courir le risque de l'opération dans peu de temps, que vous vous résigniez à subir une claustration de six semaines dans une chambre obscure et à vous mettre pendant six autres semaines entièrement entre les mains du docteur. Mais avez-vous bien réfléchi, Lucile, à ce qu'entraîne une pareille décision, c'est-à-dire à vous forcer de remettre le mariage à trois mois au moins?

— Si vous étiez à ma place, Oscar, vous ne permettriez qu'aucune considération entravât votre guérison. Ne me demandez donc pas de réfléchir plus longtemps, Oscar. Je ne puis penser qu'au plaisir de vous voir, quand j'aurai recouvré l'usage de mes yeux. »

Cette déclaration, faite avec franchise et sans crainte, le réduisit au silence. Il était assis en face de la glace, de manière à s'y voir. Le pauvre infortuné se leva et se retourna brusquement pour ne plus voir sa figure.

Je regardai Nugent et je le surpris essayant d'attirer l'œil de son frère.

Poussé par lui, je n'en avais aucun doute, Oscar avait mis le doigt sur certaines difficultés de famille qui s'étaient présentées à mon esprit dès qu'on avait discuté pour la première fois la question de l'opération.

Il devient nécessaire d'expliquer qu'un obstacle s'était présenté au mariage de Lucile, lequel avait été remis à cause de sa tante, qui était tombée gravement malade.

Mlle Batchford ayant été invitée, comme de juste, à assister à la cérémonie, avait, avec beaucoup de considérations, prié de ne pas remettre la cérémonie à cause d'elle.

Lucile avait cependant refusé de faire célébrer le mariage à un moment où celle qui avait été pour elle une
seconde mère était en danger de mort.

Le recteur, qui guettait l'argent de la riche Mlle Batchford, pas pour lui-même (Mlle Batchford le détestait cor-
dialement), mais pour Lucile, avait approuvé la décision
de sa fille, et Oscar s'était vu forcé de s'y soumettre.

Ces événements avaient eu lieu trois semaines auparavant, et nous venions de recevoir la nouvelle que la vieille
tante de Lucile entrait en convalescence et qu'elle serait
en état d'assister à la noce dans une quinzaine.

Les robes et le voile de la mariée étaient donc déjà
préparés au presbytère.

M. Finch se tenait tout prêt à officier, quand cette opération survint à l'improviste et nous menaça de reculer
encore l'époque du mariage de trois mois au moins.

Ajoutez à cela un nouveau sujet d'embarras.

Qu'arriverait-il si Lucile persistait dans sa résolution
et qu'Oscar continuât à lui cacher les effets du remède
qui l'avait guéri?

Si l'opération réussissait, Lucile découvrirait de ses
propres yeux, avant le mariage, la manière dont on l'a-
vait trompée?

Comment accepterait-elle le désappointement qui pourrait s'ensuivre?

Personne de nous ne pouvait le prévoir.

Telle était notre position lorsque, après le départ des
médecins, nous nous réunîmes en petit comité.

N'ayant pu réussir à attirer l'attention de son frère,
Nugent n'eut d'autre alternative que d'intervenir directe-
ment.

« Permettez-moi de vous faire observer, Lucile, que
c'est votre devoir de considérer tous les côtés de la question avant de prendre une décision définitive. D'abord, il
est bien dur pour Oscar de reculer de nouveau le jour de
son mariage. Secondement, Herr Grosse n'est pas infaillible, tout habile qu'il soit. Il n'est pas impossible que
l'opération ne réussisse pas, et, en ce cas, vous auriez
reculé votre mariage de trois mois en pure perte. Songez-y

bien. En remettant l'opération après le mariage, vous
conciliez les intérêts de tout le monde et vous ne retardez
que d'un mois votre guérison. »

Lucile secoua la tête avec impatience.

« Si vous étiez aveugle, dit-elle, vous ne voudriez pas
reculer de votre plein gré, ne fût-ce que d'une heure, le
moment où la lumière vous serait rendue. Et vous me
demandez d'y réfléchir! Pensez donc aux années que j'ai
ainsi perdues! Pensez au bonheur suprême que je res-
sentirai quand je pourrai voir de mes propres yeux, au
pied de l'autel, l'époux auquel je me donne pour la vie
entière! Perdre un mois! autant me demander un mois
de mon existence. C'est déjà souffrir mille tourments que
de rester aveugle et de savoir qu'il y a, à quelques heures
de chemin de fer d'ici, un homme qui peut me rendre la
vue! Je vous le dis à tous franchement, je ne réponds pas
de moi-même si vous continuez à vous opposer à mon
projet. Si l'on n'écrit pas à Herr Grosse de revenir à
Dimchurch avant la fin de la semaine, j'irai le retrouver
à Londres. J'en suis maîtresse, si je le veux. »

Les deux frères se regardèrent.

« N'avez-vous rien à dire, madame Pratolungo? » me
demanda Nugent.

Oscar était trop péniblement affecté pour parler. Il vint
sans faire de bruit et, s'agenouillant près de moi, il porta
ma main à ses lèvres d'un air suppliant.

Vous pouvez me considérer, si vous le voulez, comme
une femme sans cœur. Peu m'importe. Les intérêts de
Lucile et les miens étaient en commun. J'avais résolu
tout d'abord qu'elle ne serait pas mariée avant de savoir
quel était celui des deux frères qui était défiguré. Mais si
elle le découvrait par elle-même en temps utile, elle
m'épargnerait un devoir des plus pénibles et des plus dé-
sagréables et ne se marierait, comme je le désirais, qu'en
pleine connaissance de cause. Les choses en étant là, ce
n'était point mon affaire de me joindre aux deux frères
pour faire revenir Lucile sur sa décision. Au contraire,
je devais l'y affermir.

« Je n'ai aucun droit d'intervenir ici, répondis-je. A la

placo de Lucile, après être restée aveugle depuis vingt
et un ans, moi aussi, je sacrifierais tout pour recouvrer
la vue. »

Oscar se leva; il était offensé de ce que j'avais dit et
alla vers la fenêtre.

La figure de Lucile s'éclaira.

« Oh! dit-elle, vous, au moins, vous me comprenez. »

Nugent se leva à son tour, déçu dans une espérance
qu'il nourrissait de voir la cérémonie s'accomplir avant
l'opération.

Le mariage dépendait maintenant des sentiments qu'é-
prouverait Lucile en apprenant la vérité. Je vis Nugent
aller vers la porte; sa figure s'assombrit.

« Madame Pratolungo, dit-il, vous pourrez un jour regretter votre résolution. Quant à vous, Lucile, faites
comme bon vous semblera. Je n'ai rien de plus à vous
dire. »

Il quitta la salle avec une résignation calme qui allait
bien à son caractère et qui contrastait favorablement avec
l'indécision de son frère.

Oscar, qui était à la fenêtre, se retourna avec l'idée
sans doute de suivre Nugent; mais dès le premier pas
il s'arrêta. Il y avait encore un effort à tenter et le poids
moral de M. Finch à jeter dans la balance.

« Avant que vous vous décidiez, Lucile, il y a encore
une chose à prendre en considération. J'ai vu votre père,
qui m'a prié de vous déclarer qu'il s'opposait à l'expérience que vous allez tenter. »

Lucile poussa un soupir de découragement.

« Ce n'est pas la première fois que mon père montre
peu de sympathie pour moi. J'en suis peinée, mais cela
ne me surprend pas. C'est vous qui me surprenez, dit-
elle en élevant la voix, vous qui vous opposez à mon
projet au moment où je me trouve sur le seuil d'une nouvelle existence. Grand Dieu! ne devrions-nous pas être
d'accord dans une circonstance aussi solennelle? Le
bonheur que j'éprouverai à vous voir de mes propres
yeux ne compense-t-il pas votre attente, surtout quand
je jure devant Dieu de vous aimer, de vous honorer et de

vous obéir? Comprenez-vous sa conduite? demanda-
t-elle en se tournant vers moi. Pourquoi s'oppose-t-il à
mon dessein et ne montre-t-il pas un désir aussi vif que
le mien de me voir recouvrer la vue? »

Je me tournai vers Oscar. N'était-ce pas le moment de
tomber aux pieds de Lucile et de tout lui avouer? Il
avait là une occasion qui pouvait ne jamais se représenter.

Je lui fis signe, dans mon impatience, d'en profiter.
Je lui rends maintenant justice, il voulut se conformer
à mon désir et s'avança vers elle; mais il y eut un
combat intérieur, et, au lieu de tout avouer, il se contenta de dire : « Ma conduite n'est pas sans motif, Lucile... »

Mais là il s'arrêta; la respiration lui manqua, et il reprit en balbutiant : « Un motif que j'ai eu peur de vous
avouer.... »

Puis il s'arrêta encore, tandis que la sueur coulait à
grosses gouttes de son front sur son visage.

Lucile perdit toute patience.

« Quel est votre motif? » dit-elle avec une certaine irritation.

Le ton qu'elle prit acheva de briser la résolution
d'Oscar. Il tourna la tête pour ne pas la regarder en face,
et, à ce moment décisif, le malheureux se rejeta sur une
excuse banale.

« C'est que je ne partage pas la confiance que vous
avez dans Herr Grosse, » dit-il d'une voix faible.

Lucile se leva avec un amer désappointement et ouvrit la porte qui conduisait à sa chambre.

« Si c'était vous qui eussiez été aveugle, répondit-elle,
je me serais empressée de partager vos espérances ; mais
il paraît que j'ai trop attendu de votre amour pour moi.
L'expérience vient avec le temps... Hélas! je m'en aperçois. »

Elle passa dans sa chambre et referma la porte sur
nous. Ne pouvant en supporter davantage, je me levais
avec la ferme résolution de la suivre et de lui dire ce
qu'Oscar aurait dû lui avouer, lorsque je me sentis

retenue par la main d'Oscar. Je me tournai et je le
regardai en silence.

« Non, dit-il en me regardant fixement et me tenant
toujours par le bras, si je ne lui dis pas la vérité moi-
même, personne ne la lui dira.

— On ne doit pas la tromper plus longtemps, il faut
qu'elle le sache et elle le saura, lui répondis-je ; lachez-
moi.

— Mais vous m'avez promis de ne pas dire un mot
sans ma permission. Eh bien ! je vous défends de parler.

— Voilà le cas que je fais de ma promesse, lui dis-je
en lui faisant claquer au nez les doigts de la main qui
était libre. Votre méprisable faiblesse met en danger non-
seulement son bonheur, mais le vôtre. »

Je tournai la tête vers la porte et j'appelai Lucile.

La main d'Oscar se serra sur mon bras, tandis qu'une
expression mauvaise et que je ne lui avais jamais vue
encore jaillit de ses yeux.

« Eh bien ! dites-lui la vérité, dit-il en serrant les
dents de colère, et je vous jette un démenti à la face ! Si
vous êtes poussée à bout, je le suis aussi, et je ne recu-
lerai pas devant une bassesse. Je nierai ce que vous
aurez dit, sur mon honneur et sous serment s'il le faut.
Vous vous rappelez ce qu'elle vous a dit aux Sables. Elle
me croira avant vous. »

Lucile ouvrit la porte et se montra sur le seuil en
demandant d'une voix calme ce qu'il y avait.

Un seul regard jeté sur Oscar m'avertit qu'il était
résolu à mettre sa menace à exécution dans le cas où je
persisterais à parler à Lucile.

Un homme faible, quand il est poussé à bout, devient
plus dangereux qu'un autre, parce qu'il perd alors tout
scrupule et toute modération.

Malgré ma colère, je reculai devant l'action honteuse
que j'allais lui faire commettre en me montrant aussi
obstinée que lui.

Par pitié pour lui et pour Lucile, je cédai.

« Je sortirai peut-être avant qu'il fasse nuit, dis-je à
Lucile, et comme j'irai dans le village, je venais vous

demander si vous aviez quelque commission à me donner.

— Oui, me répondit-elle ; si vous voulez bien attendre un peu, je vais vous confier une lettre pour la mettre à la poste. »

Elle rentra dans sa chambre.

Quand nous fûmes seuls, je me détournai d'Oscar sans dire un mot.

Il fut le premier à rompre le silence.

« Vous vous êtes souvenue de votre promesse, me dit-il, et vous avez bien fait.

— Je n'ai plus rien à vous dire, lui répondis-je ; je m'en vais dans ma chambre. »

Il me suivit d'un œil inquiet, tandis que je regagnais la porte.

« Je parlerai à Lucile quand il me plaira, » me dit-il d'un ton bourru.

Hélas ! je ne suis pas toujours sensée ; une femme plus sage que moi ne se serait pas laissée aller dans son irritation à lui dire un mot de plus.

« Quand vous voudrez, répétai-je après lui avec tout le mépris dont j'étais capable. Si vous ne lui dites pas la vérité avant le retour du médecin allemand, vous perdrez à tout jamais l'occasion de le faire. Herr Grosse ne vous a-t-il pas dit en termes clairs et nets que rien ne doit venir l'agiter ou lui causer du chagrin pendant plusieurs mois après l'opération ? Cette tranquillité est une condition essentielle de guérison. Soyez tranquille, monsieur Dubourg, vous aurez bientôt une excuse pour garder le silence. »

Le ton dont je prononçai ces paroles le piqua.

« Épargnez-moi vos sarcasmes, femme sans cœur ! s'écria-t-il avec fureur. Votre estime m'importe peu. Lucile m'aime, et Nugent sait compatir à mon malheur. »

Ma mauvaise humeur me fit trouver la réponse la plus cruelle que je pusse faire.

« Ah ! pauvre Lucile ! m'écriai-je. Quel heureux avenir elle aurait pu avoir !... Quel malheur que ce ne soit pas votre frère qu'elle épouse au lieu de vous !... »

Il frémit à cette réponse comme si le scalpel avait pénétré dans ses chairs. Il laissa retomber sa tête sur sa poitrine. Il s'éloigna de moi comme un chien qu'on vient de battre et disparut silencieusement.

A peine fus-je seule, que ma colère s'abattit malgré moi.

J'oubliai qu'il m'avait appelée femme sans cœur. Je regrettai ce que je venais de lui dire.

Un instant après, je courus vers les escaliers pour essayer de le rattraper.

Il était trop tard. Avant que j'eusse pu sortir de la maison, j'entendis la grille du jardin se fermer bruyamment. Deux fois je m'en approchai pour le suivre et deux fois je me retirai dans la crainte d'envenimer les choses. Je rentrai enfin dans le boudoir, fort mécontente de moi-même.

Mon isolement fut heureusement interrompu, non pas par Lucile, mais par la vieille nourrice, qui parut avec une lettre qui m'était adressée et qui venait d'être apportée au presbytère par le domestique des Sables. Je reconnus l'écriture d'Oscar, je rompis l'enveloppe, et je lus ces mots :

« MADAME PRATOLUNGO, — Comment pourrais-je expri-
« mer toute la douleur et le chagrin que vous m'avez
« causés ? Mes torts sont grands, je le sais ; mais, en vous
« demandant sincèrement pardon de ce que j'ai pu faire
« ou dire qui ait pu vous offenser, je ne puis me sou-
« mettre à l'arrêt cruel que vous avez prononcé contre
« moi. Si vous saviez combien j'adore Lucile, vous seriez
« moins sévère et vous me comprendriez mieux. Il me
« semble entendre encore vos paroles impitoyables, et je
« ne puis vraiment vous revoir avant que vous m'en
« donniez l'explication par écrit. En me déclarant que
« Lucile serait plus heureuse en épousant mon frère,
« vous m'avez enfoncé un poignard dans le cœur. J'es-
« père que vous n'avez pas voulu parler sérieusement.
« Veuillez m'écrire et me dire s'il en est ainsi.

« OSCAR. »

Lui écrire! quand nous étions à quelques minutes l'un de l'autre.

N'était-il pas absurde de voir Oscar préférer une lettre à une entrevue amicale?

Pourquoi ne venait-il pas me parler?

Nous nous serions réconciliés bien plus promptement.

Je résolus d'aller aux Sables et de me raccommoder avec ce pauvre enfant si faible, et qui jugeait si mal les choses, tout en étant plein de bonnes intentions.

N'était-il pas monstrueux de ma part d'avoir attaché de l'importance à ce qu'Oscar m'avait dit alors qu'il était sous l'influence d'une terreur aussi grande?

Le ton de sa lettre me causa un chagrin si profond que je lui en voulus de l'avoir écrite.

C'était par une de ces soirées encore froides d'un mois de juin anglais. Un maigre feu brûlait dans la cheminée. Je froissai la lettre et je la jetai ou je crus la jeter dans le foyer. Je découvris dans la suite qu'elle était tombée dans un coin du garde-feu.

Puis je mis mon chapeau, et, sans songer à la lettre qu'écrivait Lucile et que je devais porter à la poste, je courus bien vite aux Sables.

Croiriez-vous qu'Oscar était enfermé dans sa chambre? Une entrevue, seul moyen de s'expliquer avec une femme de mon caractère, effrayait tellement sa folle timidité qu'il s'était renfermé à clef et que je dus le menacer de forcer la porte pour qu'il m'ouvrît et me tendit la main.

Une fois en face de lui, j'eus bientôt tout raccommodé. Je crois vraiment qu'il était à moitié fou lorsqu'il m'avait déclaré, à la porte de Lucile, qu'il me donnerait un démenti.

Inutile de m'appesantir sur ce qui eut lieu. J'eus des raisons sérieuses dans la suite pour regretter de n'avoir pas cédé à la prière d'Oscar, de ne m'être pas réconciliée avec lui par lettre au lieu de le faire verbalement.

Si j'avais seulement reconnu par écrit mes torts envers lui, j'aurais pu m'épargner bien des chagrins, ainsi qu'à ceux qui m'entouraient. Quoi qu'il en soit, la seule preuve

qu'il me donna que j'avais regagné ma place dans son
affection fut une cordiale poignée de main sur le seuil de
la porte.

« Avez-vous vu Nugent ? » me demanda-t-il en m'accompagnant à travers le jardin qui s'étendait devant la
maison.

Je lui répondis que j'avais pris un chemin qui abou-
tissait au jardin de derrière et que je n'avais pas passé à
travers le village. Je lui demandai à mon tour si Nugent
s'en était retourné au presbytère.

« Oui... pour vous voir.

— Pourquoi ?

— Par pure amitié pour vous. Il voit les choses comme
vous les voyez. Il a ri quand il a su que je vous avais
écrit et il s'est sauvé, ce bon frère, pour aller intercéder
pour moi auprès de vous. Si vous étiez venue par le village, vous l'auriez rencontré. »

De retour au presbytère, je questionnai Zillah.

Nugent, ne me trouvant pas, était monté m'attendre
dans le boudoir ; mais, ne me voyant pas revenir et fatigué d'attendre, il était parti.

Je demandai ensuite où était Lucile.

Zillah me dit que, quelques minutes après le départ de
Nugent, elle avait quitté sa chambre en me faisant demander, et que, sur la réponse que je n'étais pas à la
maison, elle avait envoyé Zillah mettre sa lettre à la
poste et était rentrée dans sa chambre à coucher.

Pendant que Zillah me donnait ces détails, je me tenais
près du feu expirant, de manière à voir qu'il ne restait
plus une parcelle de la lettre d'Oscar. J'en conclus naturellement qu'elle avait été consumée par les flammes.

Étant entrée dans la chambre de Lucile pour m'excuser auprès d'elle de n'avoir pas attendu sa lettre, je la
trouvai bien fatiguée des divers événements de la journée
et se préparant à se coucher.

« Je ne m'étonne nullement, me dit-elle, que vous vous
soyez fatiguée d'attendre. Je n'écris que bien lentement
et péniblement ; mais il s'agissait ici d'une lettre qu'il
était nécessaire d'écrire de ma propre main. Devinez à

qui je l'ai adressée. A Herr Gross. C'est un fait accompli,
ma chère, je lui ai écrit.

— Déjà!

— Pourquoi aurais-je attendu plus longtemps? Toutes
mes réflexions étaient faites. J'ai dit à Herr Gross qu'à
la suite d'une consultation, je me mettais entièrement à
sa disposition pour tout le temps qu'il jugerait nécessaire. Et je l'avertis que s'il remet son départ pour Dimchurch, il me forcera à encourir le désagrément d'un
voyage à Londres. Je lui ai fait part de ma résolution à
ce sujet en termes non équivoques, soyez-en sûre. Il
pourra, s'il tient parole, en recevant ma lettre dans
l'après-midi, être ici après-demain.

— Oh Lucile! ce n'est pas pour l'opération?

— Si... c'est pour l'opération. »

XXXIII.

ATTENTE.

La veille du jour où devait arriver le docteur, je reçus
d'abord, dans la matinée, une lettre confidentielle d'Oscar.

Comme beaucoup de personnes timides, il avait la
manie de s'expliquer, dans les circonstances difficiles,
par écrit et fort mal, quand il lui eût été si facile de le
faire verbalement et d'une manière bien plus satisfaisante.

Oscar me disait dans sa lettre qu'il était parti pour
Londres par le premier train et que, s'il entreprenait ce
voyage inattendu, c'était pour aller demander à une personne qui avait étudié tout spécialement les effets physio-
logiques de la cécité sur les aveugles son avis sur sa
position à l'égard de Lucile.

En un mot, il voulait aller consulter M. Sebright.

« J'aime, continuait-il, M. Sebright autant que je dé-
« teste Herr Grosse. La courte conversation que j'ai eue
« avec lui m'a donné la meilleure opinion de sa bonté et
« de sa délicatesse. Je crois que si j'expose à cet habile
« médecin ma triste situation, il saura, grâce à son expé-
« rience, jeter un jour nouveau sur l'état mental de Lu-
« cile et sur le changement auquel nous pouvons nous
« attendre dans le cas où elle recouvrerait la vue. Ces
« conseils peuvent avoir une importance capitale en me
« montrant comment, sans lui nuire et sans me nuire à
« moi-même, je pourrai lui avouer la vérité. Ceci ne doit
« pas vous donner à supposer que je n'apprécie pas à
« leur juste valeur vos conseils, mais je me sentirai dou-
« blement fort pour me risquer à dire la vérité à Lucile
« après avoir consulté un homme de science. »

Tout ce qu'écrivait Oscar me sembla signifier qu'Oscar,
toujours en proie à l'hésitation, cherchait à satisfaire sa
conscience en gagnant du temps, et que son absurde
désir de consulter M. Sebright n'était qu'un prétexte spé-
cieux pour remettre à un autre jour le moment redouté.

Le fiancé de Lucile terminait sa lettre en me suppliant
d'arranger les choses de manière à avoir une entrevue
secrète avec lui à son retour de Londres, par le train du
soir.

J'avoue que je me sentis un certain désir de savoir ce
qu'avait conseillé ce M. Sebright, si correct et si froid, à
Oscar, qui était l'indécision en personne, et je m'arrangeai
pour aller me promener seule vers huit heures du soir
sur la route de Brighton.

Comme second incident, je puis mentionner l'entretien
confidentiel que j'eus avec Lucile touchant l'important
sujet qui occupait toutes nos pensées, en un mot l'heureux moment où elle recouvrerait la vue.

Lucile vint me retrouver à déjeuner. Sa méfiance habituelle était excitée plus que de coutume, pauvre fille! par
la conduite d'Oscar.

Pour expliquer son voyage à Londres, il lui avait
donné le prétexte banal que ses affaires l'y appelaient.

Elle le soupçonnait, sachant bien quelle était son opinion à cet égard, de nourrir le secret espoir d'entraver
l'opération que devait faire Herr Grosse.

Je calmai l'appréhension de la jeune aveugle en lui
rappelant la méfiance et l'aversion de son fiancé pour
l'oculiste allemand.

« Soyez tranquille, lui dis-je, je vous réponds qu'il ne
s'aventurera jamais auprès d'Herr Grosse. »

Quand Lucile reprit la parole après un assez long silence, ce fut pour me parler d'Oscar et de l'opération prochaine avec un découragement qui semblait avoir renversé toutes ses espérances.

Chose étonnante de sa part, elle se mit à dénigrer le
plaisir que doivent ressentir les aveugles qui recouvrent
la vue.

« Savez-vous, me dit-elle, que, sans mon prochain
mariage avec Oscar, je n'aurais jamais donné la peine à
aucun oculiste anglais, ou étranger, de faire le voyage
de Dimchurch?

— Je ne vous comprends pas, lui répondis-je. Comment, oserez-vous me dire que, mettant de côté cette
raison ou toute autre, vous ne seriez pas bien heureuse
de recouvrer l'usage de vos yeux?

— C'est précisément ce que je voulais dire.

— Comment, vous qui avez écrit à Herr Grosse dans
le but de hâter le moment de l'opération, vous me dé-
clarez que vous désirez ne pas être guérie?

— Tout ce que je désire, c'est de voir Oscar de mes
propres yeux; et si j'ai ce désir, c'est que je l'aime. Sans
cela, retrouver la vue n'a pour moi rien de bien attrayant.
J'ai été si longtemps aveugle que j'ai appris à me passer
de mes yeux.

— Et cependant, Nugent a semblé vous transporter de
joie en vous disant que vous n'étiez peut-être pas incurable.

— J'avoue, en effet, qu'au premier moment j'ai été
surprise et n'ai pu me contenir. J'ai fait mes réflexions
depuis, et mon premier enthousiasme s'est calmé. Vraiment, vous qui n'êtes pas aveugle, vous attachez une
importance absurde à l'organe de la vue. Sens contre

sens, jo gagerais quo mes doigts sont plus dignes de confiance que vos yeux. Si je ne mettais Oscar au-dessus
de tout, savez-vous ce que j'aurais bien mieux aimé que
de recouvrer l'usage de mes yeux, si j'eusse pu? Mais
voilà..., la chose est malheureusement impossible. »

En disant ces derniers mots, Lucile secoua la tête avec
une résignation comique.

« Qu'est-ce, Lucile?

— Que ces bras, dit-elle en les étendant au-dessus de
la table, pussent s'allonger à des distances incommensu-
rables. Voilà ce que j'aurais désiré. J'aurais pu alors découvrir ce qui se passe au loin bien mieux que vous avec
vos yeux et vos télescopes. J'aurais éclairci les doutes
qu'ont les savants sur le système planétaire, si j'avais pu
étendre les bras pour toucher les astres du doigt.

— Allons, ma chère enfant, voilà que vous vous mettez
à dire des absurdités.

— Des absurdités! reprit Lucile. Dites-moi donc un peu
si vous pouvez y voir dans l'obscurité, tandis que moi,
je jouis toujours du sens du toucher. Qui de vous ou de
moi possède le sens qui peut fonctionner pendant les
vingt-quatre heures de la journée sans interruption?
Tenez, pour vous parler franchement, si Oscar n'était en
jeu, j'aimerais mieux perfectionner un sens que je possède déjà que d'en acquérir un que je ne connais pas. Je
crois vraiment qu'avant de connaître Oscar je n'ai jamais
envié la possession de ce sens qui me manque.

— Lucile, vous m'étonnez. »

La jeune fille agita impatiemment sa cuiller dans sa
tasse.

« Pouvez-vous, reprit-elle, avoir une parfaite confiance
en vos yeux, même en plein jour? Combien de fois vous
ont-ils trompée, même dans les choses les plus simples ?
Pourquoi vous disputiez-vous donc l'autre jour dans le
jardin en regardant dans le lointain? Un objet quelconque, placé dans l'avenue d'arbres qui s'étend à l'autre
bout du mur du cimetière, avait attiré votre attention.

— En effet, l'objet en question se trouvait au bout de
l'avenue.

— Je vous entendais de ma chambre, reprit-elle. Malgré ces yeux auxquels vous attachez une si grande importance, vous étiez tous d'un avis différent. Mon père prétendait que cet objet remuait et vous affirmiez le contraire. Oscar disait que c'était un homme, et Nugent, qui y voyait un veau, courut examiner de plus près cet objet extraordinaire. Ce n'était que le tronc d'un vieil arbre, que le vent avait abattu en travers de l'avenue pendant la nuit. Comment pourrais-je après cela envier un sens qui trompe ainsi ceux qui en jouissent? Non, non, Herr Grosse va m'enlever, comme il le dit, ma cataracte, parce que je vais épouser l'homme que j'aime et que, comme une sotte, je m'imagine que je l'aimerai mieux si je puis contempler ses traits. Mais je puis me tromper, ajouta Lucile d'un petit air malicieux, et peut-être ne l'aimerai-je pas autant qu'à présent! »

En songeant à la figure d'Oscar, je me sentis une peur horrible qu'elle ne dît plus vrai qu'elle ne le croyait.

J'essayai de changer le sujet de la conversation; mais, avant que j'eusse pu dire un mot, son imagination l'avait emportée dans de nouvelles régions.

« Pour moi, poursuivit-elle, la lumière est synonyme de tout ce qu'il y a de beau et de divin, l'obscurité de tout ce qui est vil, horrible, diabolique. Je me demande si je conserverai cette idée en recouvrant l'usage de mes yeux.

— Je crois, lui dis-je, que vous serez bien étonnée en voyant combien votre imagination vous induit en erreur. »

Lucile tressaillit. J'avais sans le vouloir réveillé ses craintes.

« La figure d'Oscar sera-t-elle par hasard bien différente de ce que je m'imagine? me dit-elle avec une altération subite dans la voix. Prétendez-vous que le portrait que je me suis fait de lui jusqu'à ce jour ne lui ressemblerait en rien? »

Je voulus encore une fois changer le sujet de la conversation.

Pouvais-je en agir autrement en me souvenant de la recommandation du docteur allemand de ne pas agiter Lucile avant l'opération, qui devait se faire le lendemain?

Ce fut peine perdue.

La jeune fille continua, sans faire attention à ce que je disais : « N'ai-je pas la faculté de reconnaître comment est Oscar? Quand je me touche la figure, j'en constate la largeur, la longueur, et les proportions. Je touche ensuite le visage d'Oscar et je le compare au mien. Aucun détail ne m'échappe, et je le vois en imagination aussi clairement que vous me voyez en ce moment. Me direz-vous que je vais découvrir, quand je le verrai de mes propres yeux, quelque chose de complétement nouveau pour moi? Allons! je n'en crois rien... »

Lucile se leva avec impatience et fit un tour dans la chambre.

« Que ne puis-je, s'écria-t-elle en frappant du pied, prendre une dose suffisante de laudanum ou de chloroforme pour suspendre ma vie pendant les six semaines qui vont s'écouler, et ne revenir à moi qu'au moment où le médecin m'enlèvera le bandeau des yeux! »

Lucile se rassit et tomba sans transition dans une question purement morale.

« Dites-moi, me dit-elle, si la plus grande des vertus est celle que l'on a le plus de mal à pratiquer?

— Je le crois, » répondis-je.

Elle se mit à tambouriner des doigts sur la table aussi fort qu'elle le put.

« Alors, madame Pratolungo, la plus grande vertu, c'est la patience. Si vous saviez, ma chère amie, combien pour le moment je déteste cette vertu-là! »

Sur ce, nous changeâmes de conversation.

En songeant dans la suite au nouveau jour sous lequel s'étaient montrées les pensées de Lucile, je tirai une consolation de la conversation que nous avions eue à déjeuner. Dans le cas où la prédiction de M. Sebright s'accomplirait et où l'opération ne réussirait pas, je réfléchis que j'aurais la consolation de me rappeler que Lucile

n'avait déclaré que son infirmité n'était pas par elle-
même aussi affreuse pour les aveugles que nous le pen-
sions.

Vers sept heures et demie du soir, je sortis seule,
comme j'avais résolu de le faire, pour aller à la rencontre
d'Oscar, qui revenait de Londres.

Je l'aperçus sur la route, s'avançant vers moi. Il marchait d'un pas plus rapide qu'à l'ordinaire et chantait. Le
visage du pauvre garçon rayonnait de joie malgré la
couleur livide qui le défigurait.

Il agita joyeusement sa canne.

« Bonne nouvelle! cria-t-il de toute la force de ses
poumons. M. Sebright m'a rendu mon bonheur. »

Je n'avais jamais vu Oscar ressembler autant à son
frère qu'en ce moment. Il vint me serrer la main.

« Racontez-moi cela, » lui dis-je.

Il me donna le bras et nous nous mîmes à causer tout
en poursuivant notre chemin vers Dimchurch.

« D'abord, commença-t-il, M. Sebright affirme avec
plus d'assurance que jamais que l'opération ne réussira
pas.

— C'est cela que vous appelez une bonne nouvelle! lui
dis-je d'un ton de reproche.

— Non pas, répondit-il, j'avoue à ma honte qu'à un
certain moment j'espérais qu'il en serait ainsi. Mais
M. Sebright m'a rendu courage. J'ai, du reste, peu ou
rien à craindre dans le cas où, par extraordinaire, l'opération réussirait. Je vais vous dire tout simplement l'opinion de M. Sebright pour vous donner une idée du ton
qu'il a pris en entrant en matière. Il n'a consenti qu'en
protestant à admettre, même en imagination, le succès
que Lucile et Herr Grosse regardent comme certain.
« J'admets, a-t-il dit, pour vous faire plaisir, que
Mlle Finch ait recouvré la vue dans deux mois d'ici...
Allez. »

Je lui annonçai que j'allais épouser Lucile.

« Je vais vous dire comment M. Sebright a accueilli
cette nouvelle, dis-je : sans dire un mot et en vous faisant un salut. »

Oscar se mit à rire.

« C'est très-vrai, répondit-il. Je lui décrivis ensuite l'aversion extraordinaire de Lucile pour toutes les nuances foncées. Devinez ce qu'il m'a répondu. »

J'avouai que je ne connaissais pas assez M. Sebright pour deviner sa réponse.

« Eh bien, il m'a répondu que cette antipathie était commune, d'après son expérience, à tous les aveugles, et que c'était là un des singuliers effets de leur infirmité. « Le physique réagit d'une manière mystérieuse sur le « moral, sans que nous puissions en donner l'explication, « me dit-il; nous ne pouvons que le constater. L'antipa-« thie dont vous me parlez est incurable, à moins que « l'aveugle ne recouvre l'usage de ses yeux. » Le docteur Sebright s'arrêta et refusa, malgré mes instances, de continuer avant que je lui eusse fait part de tout ce que j'avais à lui dire... Je lui avouai donc la vérité.

— Vous ne lui avez rien caché.

— Rien. Je me suis montré à lui dans toute ma faiblesse. Je lui ai dit que Lucile était intimement convaincue que c'était Nugent qui était défiguré et non moi. Je le priai ensuite de me dire ce que j'avais de mieux à faire.

— Et que vous a-t-il répondu?

— Il m'a répondu en ces termes : « Si vous me deman-« dez ce qu'il y a à faire dans le cas où Mlle Finch reste-« rait aveugle, ce qui est sûr, je ne puis vous donner de « conseils. Je laisse à votre conscience et à votre honneur « le soin de résoudre cette question. Si l'opération doit « réussir, je puis satisfaire à votre demande et vous parler « à cœur ouvert. Laissez les choses où elles en sont et « attendez que Mlle Lucile ait recouvré la vue. » Ces pa-roles du docteur Sebright enlevèrent un si grand poids de ma poitrine que je n'osai en croire mes oreilles et que je les lui fis répéter. »

Je compris, en apprenant ce qu'avait dit M. Sebright, la joie d'Oscar.

« Vous a-t-il exposé, lui dis-je, la raison pour laquelle vous devez attendre?

— Je vais vous la dire. Le docteur a voulu savoir d'abord si je comprenais bien quelle était ma position à Dimchurch. La première condition de réussite, comme vous l'a dit Herr Grosse, est dans la tranquillité d'esprit parfaite de la demoiselle. Si vous lui faites vos aveux, vous la jetez dans un état d'agitation qui empêchera mon collègue d'entreprendre l'opération demain. Si vous ne les faites pas, il devient indispensable que vous gardiez le silence jusqu'à ce que l'oculiste ait amené une guérison radicale. V là la situation. Je vous conseille d'adopter la seconde alternative. Attendez et gardez, avec le concours des personnes qui l'entourent, le secret jusqu'à ce que l'opération ait complétement réussi. » J'interrompis le docteur. « Voulez-vous me dire, lui demandai-je, s'il faut que je sois présent la première fois qu'elle se servira de ses yeux? Doit-elle me voir défiguré comme je le suis sans que je prenne la précaution de l'y préparer? »

La conversation devenait intéressante.

Les Anglais, lorsqu'ils causent en marchant, ne savent pas s'arrêter au moment le plus intéressant, contrairement à ce que, nous autres Français, nous faisons toujours.

Oscar se montra surpris lorsque je l'arrêtai au beau milieu de la route.

« Qu'avez-vous donc? me demanda-t-il.

— Continuez! lui dis-je avec impatience.

— A marcher?... Je ne le puis, si vous me tenez ainsi. »

Je le tenais toujours et lui répétai de continuer. Oscar se résigna donc à s'arrêter au milieu de la route.

« M. Sebright, reprit-il, me répondit par une autre question. Il me demanda comment je comptais préparer Lucile à me voir défiguré comme je l'étais.

— Qu'avez-vous répondu?

— Je lui ai répondu que j'avais trouvé un prétexte pour quitter Dimchurch ce jour-là et pour écrire à Lucile afin de la préparer à me voir à mon retour.

— Qu'a-t-il pensé de ce prétexte?

— Il n'a pas même voulu le prendre en considération. Tout au contraire, il m'a dit : Je vous conseille fortement de vous présenter devant elle aussitôt qu'elle ouvrira les yeux. J'attache la plus grande importance à ce que Mlle Finch soit à même de corriger tout d'abord en vous voyant tel quel l'horrible image qu'elle se fait d'une figure telle que la vôtre. »

En causant ainsi nous avions repris notre marche; mais certains mots de cette dernière phrase me surprirent, et je m'arrêtai de nouveau.

« L'horrible image! répétai-je en pensant à la conversation que j'avais eue avec Lucile le matin même. Qu'a voulu dire M. Sebright en se servant de cette expression?

— C'est précisément la question que je lui fis. Sa réponse vous intéressera, car, en la faisant, il exposa les motifs qui la dictaient, motifs que vous désirez connaître. »

Mes pieds, collés au sol, reprirent leur activité, et nous poursuivîmes notre chemin.

« Quand j'eus parlé à M. Sebright du préjugé invétéré de Lucile, reprit Oscar, il m'apprit que ce préjugé était commun à tous les aveugles et qu'ils ne s'en débarrassaient qu'en recouvrant la vue. Puis il me cita, comme preuve de ce qu'il avançait, deux cas fort intéressants qu'il avait rencontrés dans le cours de sa carrière médicale. Le premier était celui d'une petite fille, aveugle comme Lucile dès sa plus tendre enfance, et dont le père avait servi aux Indes en qualité d'officier. Après l'opération, le docteur Sebright put permettre à la jeune fille d'exercer sa vue, ou plutôt d'essayer d'abord si elle saurait distinguer un objet foncé d'un objet de couleur claire. Parmi les membres de la famille et les domestiques réunis pour voir lever le bandeau se trouvait la nourrice indienne qui avait accompagné la famille en Angleterre. L'enfant jeta d'abord les yeux sur sa mère, qui était blonde. Elle fut tellement surprise qu'elle en leva les mains en l'air en les joignant; mais, en tournant la tête, elle aperçut la nourrice à la peau brune et se mit à pous-

ser des cris de terreur. M. Sebright m'a assuré qu'il ne
pouvait expliquer la raison de ce sentiment. L'enfant
n'avait jamais pu savoir ce que c'était que la couleur, et
cependant, à un âge aussi tendre — elle n'avait que dix
ans — elle montrait l'aversion violente et l'horreur qu'ont
les aveugles pour les nuances foncées. Je pensai, quand
il me raconta ce fait, à ma propre position et à mes
chances auprès de Lucile. Je demandai à M. Sebright si
l'enfant avait fini par s'habituer à sa nourrice. Il me répondit qu'une semaine après il trouva la petite fille
assise sur les genoux de cette femme aussi calme que lui
sur sa chaise. Ce fait est de nature à m'encourager,
n'est-ce pas?

— En effet, lui répondis-je; on ne pourrait le nier.

— Le second cas, reprit-il, était encore plus singulier.
Il s'agissait, cette fois, d'un homme, et le docteur a voulu
me le raconter pour me montrer quelles idées bizarres et
fantastiques les aveugles se font des personnes qui les
entourent. Cet homme était marié et devait voir, comme
Lucile me verra un jour, sa femme pour la première fois.
On lui avait dit, avant qu'il l'épousât, qu'elle était défigurée par une cicatrice à la joue. La pauvre femme, et
je le comprends parfaitement bien, tremblait d'appréhension. Son mari, qui l'avait aimée tendrement tant qu'il
était aveugle, pouvait la prendre en aversion en la voyant
défigurée. Il avait cependant été le premier à la calmer
sur ce point lorsqu'on avait décidé de faire l'opération. Il
déclara qu'à l'aide de son toucher et des renseignements
qu'on lui avait donnés, il avait une idée très-complète et
très-fidèle de l'aspect de sa femme. M. Sebright n'avait
pu le convaincre qu'il était impossible à lui, aveugle, de
se faire une idée d'une personne qu'il n'avait jamais vue.
Cet homme ne voulut pas entendre raison, et il était si
sûr de son fait qu'il tenait la main de sa femme dans la
sienne au moment où on lui enleva le bandeau; mais à
peine eut-il aperçu celle-ci, qu'il poussa un cri d'horreur
et retomba évanoui sur son siège. Sa pauvre femme était
au désespoir, et M. Sebright la calma de son mieux en
attendant que le mari fût assez remis de son émotion

pour répondre à ses questions. Il parut alors, dit le docteur, que l'idée qu'il s'était faite de sa femme et de la
cicatrice qu'elle portait était si grotesque et si invraisem-
blable à la fois qu'on ne savait s'il fallait en rire ou en
frémir. Quand il la comparait à l'idée qu'il s'en était
faite, elle était belle comme un ange; et cependant, quoiqu'il se fût habitué à cette idée, il avait éprouvé une vraie
terreur et un sentiment de répulsion en la voyant pour la
première fois. Au bout de quelques semaines, il fut à
même de la comparer avec les autres femmes, d'examiner des tableaux, et de comprendre ce que c'était que
le beau et le laid. A partir de ce moment, ils ont vécu
tous deux aussi heureux que tout autre couple du
Royaume-Uni. »

Je ne comprenais pas bien la morale de cette histoire et
je me sentis alarmée en songeant à Lucile. Je m'arrêtai
de nouveau.

« Quelle déduction M. Sebright a-t-il tirée de ce cas à
l'égard de Lucile? demandai-je à Oscar.

— Vous allez le savoir, me répondit-il. Il s'en servit
pour me démontrer que ce fait venait à l'appui de l'opinion qu'il avait émise, et qui était que Lucile devait se
faire de moi une idée complétement fausse. Il me demanda si j'étais enfin persuadé qu'elle était dans l'inca-
pacité de se faire une idée juste, soit de la figure des
gens, soit des couleurs, et si j'avais acquis la conviction
que l'image qu'elle se faisait de l'homme à la figure
bleuâtre était d'une bizarrerie fantastique et hideuse. Je
lui répondis qu'il en était ainsi. — Soit, reprit M. Sebright; mais souvenons-nous maintenant qu'il existe une
importante différence entre le cas de Mlle Finch et celui
que je viens de vous citer. Dans le susdit cas, le mari
s'était habitué à l'idée qu'il s'était faite. De là une pénible
émotion en voyant sa femme bien différente de ce qu'il
s'était imaginé. Quant à Mlle Finch, cette figure bleuâtre
lui est odieuse, mais il ne faudrait pas en conclure que
lorsqu'elle vous verra pour la première fois elle sera terrifiée au lieu d'éprouver du soulagement. Je crois même,
d'après mon expérience, que c'est cette dernière conclu-

sion qu'il faut adopter, et je vous conseille, dans votre
propre intérêt, d'être présent quant on enlèvera le bandeau. En supposant même que je me trompe et qu'elle
ne s'habitue pas tout de suite à votre aspect, j'ai là
l'exemple de l'enfant et de sa nourrice indienne pour
vous prouver que ce n'est qu'une affaire de temps pour
qu'elle s'habitue à vous voir. Tôt ou tard elle en prendra
son parti, comme le ferait toute autre jeune fille. Elle s'in-
dignera d'abord que vous l'ayez trompée, mais si vous
êtes sûr qu'elle vous aime, elle finira par vous accorder
votre pardon. Voilà mon avis sur votre situation et voilà
aussi les raisons sur lesquelles je me base pour vous le
donner. Pour le moment, je maintiens plus que jamais ce
que j'ai déjà dit touchant l'opération, et je crois ferme-
ment que les conseils que je viens de vous donner ne
vous serviront à rien. Il y a cinq cents chances contre
une que Mlle Lucile ne vous verra pas plus quand il enlèvera son bandeau qu'elle ne vous voit à présent. —
Telles furent les dernières paroles du docteur Sebright, »
dit Oscar en finissant.

Nous continuâmes notre chemin en silence.

Je n'avais rien à opposer aux raisons données par
M. Sebright. Il était impossible de nier que le docteur
anglais ne se basât sur des exemples qu'il avait vus dans
le cours de sa carrière médicale.

Je sentais qu'il avait raison en ce qui regardait les
aveugles pris en masse, et que la déduction qu'il tirait
de son expérience propre était la vraie.

Mais il s'agissait ici de Lucile, qui faisait tout à fait exception à la règle, et, malgré l'expérience de M. Sebright,
je connaissais trop bien la jeune fille pour partager, en
songeant à l'avenir, les espérances d'Oscar.

Lucile avait le caractère ainsi fait que l'on pouvait s'attendre à quelque chose, en actes ou en paroles, qui mettrait en déroute toutes les prévisions.

L'avenir d'Oscar ne m'avait jamais paru aussi sombre
qu'à ce moment.

Il eût été cruel et inutile d'en avertir Oscar.

Je pris donc un air aussi satisfait que possible, et lui

demandai s'il se proposait de suivre les conseils de M. Sebright.

« Oui, me répondit-il, à une exception près, et à laquelle je n'ai songé qu'après avoir quitté le docteur.

— Puis-je vous demander ce que c'est?

— Certainement! Je prierai Nugent de quitter Dimchurch avant que Lucile ait complétement recouvré l'usage de ses yeux. Il fera cela pour moi, j'en suis sûr.

— Et quand votre frère sera parti, que ferez-vous?

— J'assisterai à la levée du bandeau qui couvre les yeux de Lucile.

— En la prévenant sans doute que c'est vous qui êtes dans la chambre?

— Non, et c'est alors que je prendrai la précaution dont je voulais parler. Je me propose de laisser Lucile dans l'idée que c'est moi qui ai quitté Dimchurch et que ma figure est celle de Nugent. Si les prévisions de M. Sebright sont vraies et que sa première sensation soit un mouvement de soulagement, je lui avouerai la vérité le jour même. Dans le cas contraire, j'attendrai qu'elle soit habituée à mon aspect. Je pare de cette manière à toutes les éventualités. C'est, depuis que je suis à Dimchurch, la seule idée ingénieuse qu'ait conçue mon cerveau obtus. »

Oscar prononça ces paroles d'un air triomphant, et avec tant de naïveté, que je ne me sentis pas le courage de modérer son ardeur en lui disant ce que je pensais de son idée.

Je me contentai de lui dire que les meilleures idées étaient à la merci des circonstances, et qu'il pouvait survenir au dernier moment un incident qui le forcerait à s'expliquer.

Nous arrivâmes en vue du presbytère au moment où je lui donnais ce dernier avertissement.

Nugent se promenait sur la route en nous attendant.

Je laissai Oscar lui raconter tout ce qu'il venait de me dire et je rentrai dans la maison.

Lucile était au piano. Elle chantait, chose qu'elle faisait rarement, en s'accompagnant.

Les paroles et l'accompagnement étaient de sa composition. *Je vais le voir ! je vais le voir !* tels étaient les quelques mots dont se composait la chanson, et Lucile les adaptait à toutes les mélodies dont elle avait conservé un heureux souvenir dans son cœur.

Ses mains semblaient, si je puis m'exprimer ainsi, folles de joie, et menaçaient à chaque instant de briser les cordes de l'instrument. Jamais, depuis mon arrivée au presbytère, je n'avais entendu un pareil vacarme dans notre maison, si tranquille d'ordinaire.

Lucile était dans un état de surexcitation fébrile qui, à cause des pressentiments que j'avais, me fit de la peine. Je l'enlevai de son tabouret et je fermai le piano de force.

« Pour l'amour de Dieu ! calmez-vous, lui dis-je; vous voulez donc tomber dans un état complet d'épuisement avant l'arrivée du docteur allemand, qui doit venir demain ? »

Ces paroles la calmèrent tout de suite. Elle passa comme un enfant de la surexcitation à la tranquillité.

« J'avais tout oublié, dit-elle en s'asseyant tout inquiète dans un coin. Le docteur peut refuser de faire l'opération. Faites tout votre possible, ma chère, pour me calmer. Prenez le premier livre venu et lisez-moi quelque chose. »

Je fis ce qu'elle me demandait, mais ni elle ni moi ne fîmes attention au malheureux auteur, et, ce qui est pis, nous le conspuâmes parce qu'il n'avait pas le don de nous intéresser.

Nous le replaçâmes brutalement et à l'envers sur le rayon de la bibliothèque, et nous fûmes nous coucher.

Quand j'allai lui souhaiter le bonsoir, Lucile se tenait à la fenêtre et la lune baignait d'une douce lumière sa charmante figure.

« Astre que je n'ai pas encore vu, murmurait-elle doucement, quand donc pourrai-je te contempler ? »

Elle se retourna vers moi et, me prenant vivement la main, elle la posa sur son poignet pour que je lui tâtasse le pouls.

« Ne suis-je pas tout à fait calme à présent ? me de-

manda-t-elle, et le docteur ne me trouvera-t-il pas dans
un état favorable pour l'opération?... Mon pouls bat-il
régulièrement ? »

Je sentis que les battements augmentaient à chaque
instant.

« Le sommeil va vous calmer, » lui répondis-je.

Je l'embrassai et je la quittai.

Lucile dormit bien.

Il n'en fut pas ainsi pour moi ; je passai une fort
mauvaise nuit, et je me sentis si fatiguée le matin que
force me fut d'aller me recoucher après déjeuner.

Lucile, du reste, m'y engagea, en me prévenant que
Herr Grosse ne devait arriver que dans l'après-midi et
que je pouvais dormir jusque-là.

Nous avions compté sans l'excentricité de notre Allemand. Hors de son art, Herr Grosse ne se réglait sur
rien et faisait tout par impulsion.

A peine m'étais-je endormie d'un sommeil agité et peu
réparateur que je sentis la main de Zillah se poser sur
mon épaule. La nourrice me dit à l'oreille de me lever,
que le docteur venait d'arriver par le train du matin.

Je courus au salon et j'aperçus Herr Grosse assis devant la table avec sa trousse tout ouverte devant lui.

Il examinait de ses gros yeux effarés et d'un air joyeux
toute une hideuse collection de ciseaux et d'instruments
coupants et piquants. Son chapeau était plein de charpie
et de bandes de toile entassées pêle-mêle dans la coiffe.

Lucile se courbait au-dessus de lui en lui appuyant
familièrement une main sur l'épaule, tandis que de l'autre elle maniait avec dextérité les affreux instruments
pour se rendre compte de leur forme !...

FIN DU PREMIER VOLUME.

TABLE DES MATIÈRES

Coulommiers. — Typ. PAUL BRODARD et Cⁱᵉ.

www.ingramcontent.com/pod-product-compliance
Lightning Source LLC
Chambersburg PA
CBHW070454030726
47503CB00004B/1034